붉은 수확

대실 해밋 전집 1

붉은 수확

Red Harvest

대실 해밋 지음
김우열 옮김

황금가지

차례

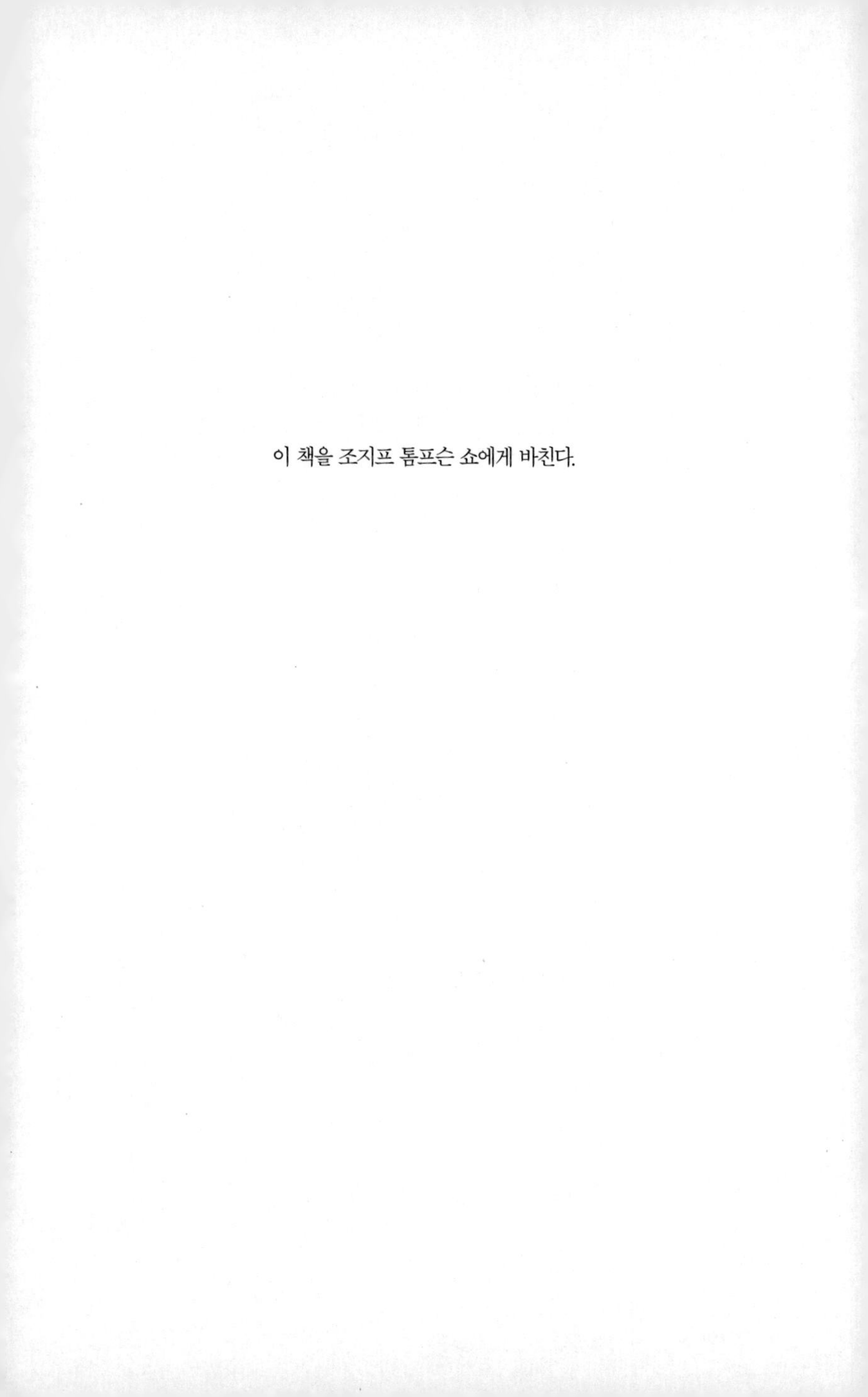

이 책을 조지프 톰프슨 쇼에게 바친다.

1장

녹색 옷을 입은 여자, 회색 옷을 입은 남자

퍼슨빌 시를 포이즌빌이라고 부르는 걸 내가 맨 처음 들은 것은 뷰트 카운티의 빅십이라는 술집에서 히키 듀이라는 빨강머리 광부와 노닥거리며 그의 얘기를 듣고 있을 때였다. 그는 셔츠도 포이즌빌처럼 r 발음을 빼고 쇼이츠라고 발음하긴 했다. 나는 그가 그 도시를 어째서 포이즌빌이라고 부르는지 영문을 알 수 없었다. 나중에 보니 r 발음을 제대로 할 줄 아는 사람도 그 도시를 꼭 포이즌빌이라고 불렀다. 그때 그 이유를 알 수는 없었지만 도둑들이 딕셔너리를 리처즈너리라고 부르는 것과 마찬가지로 별 뜻 없는 우스갯소리려니 하고 넘어갔다. 마침내 그 속사정을 알게 된 것은 몇 년 뒤 퍼슨빌 시에 가게 됐을 때였다.

당시 퍼슨빌에 도착한 나는 역내 공중전화로 《헤럴드》 신문사의 도널드 윌슨에게 전화를 걸어 방금 도착했다고 말했다.

"오늘 밤 10시에 우리 집으로 와 주시겠습니까?" 윌슨이 듣기 좋은 카랑카랑한 목소리로 말했다. "마운틴 대로 2101번지입니다. 브로드웨이행 전차를 타고 로럴 거리에서 내린 뒤 서쪽으로 두 블록 오시면 됩니다."

나는 그러마고 약속했다. 그런 다음 차를 잡아타고 그레이트 웨스턴 호텔로 가서 짐을 던져놓고 시내 구경을 하러 나갔다.

퍼슨빌의 경관은 그리 탐탁지 않았다. 이곳 건축업자들은 대부분 번드르르한 외관에만 신경을 썼던 것 같았다. 처음에는 그럴듯해 보였을지도 모른다. 하지만 시간이 흐르면서 남쪽의 음침한 산을 등지고 여기저기 제련소의 벽돌 굴뚝이 울쑥불쑥 솟아오르자 온 도시가 누런 연기로 우중충해졌다. 그 결과 채굴로 곳곳이 파헤쳐져 흉측한 모습으로 변해 버린 두 산 사이에 움푹 파인 보기 흉한 골짜기에 인구 4만의 추악한 도시가 자리 잡게 된 것이다. 이 도시를 뒤덮은 하늘조차 제련소 굴뚝에서 방금 튀어나온 것처럼 온통 시커멨다.

내가 처음 마주친 경찰관은 면도를 하지 않았다. 두 번째 만난 경찰관은 추레한 제복을 입었고 단추도 두 개나 떨어져 있었다. 세 번째 경찰관은 브로드웨이와 유니언가가 만나는 도심 교차로 한복판에 서서 시가를 문 채 교통정리를 하고 있었다. 그 뒤로는 더 이상 경찰관을 살펴보지 않았다.

나는 9시 30분에 브로드웨이행 전차를 타고 도널드 윌슨이 일러 준 대로 길을 찾아갔다. 길모퉁이에 이르자 넓은 잔디밭에 산울타리를 두른 커다란 저택이 나타났다.

문을 열어 준 하녀는 윌슨 씨가 집에 없다고 말했다. 내가 윌슨 씨와 만나기로 약속했다고 설명하는 중에 서른이 채 안 되어 보이는, 녹색 크레이프 옷을 입은 호리호리한 금발 여인이 문간으로 다가왔다. 여인의 푸른 눈은 미소를 지을 때조차 냉담하기만 했다. 나는 여인에게 다시 사정을 설명했다.

"남편은 지금 집에 없는데요." 분명치 않은 악센트 때문에 s 발음이 거의 들리지 않았다. "하지만 손님을 초대했다면 곧 돌아올 거예요."

여인은 나를 로럴 거리와 마주한 위층 거실로 안내했다. 갈색과 빨간색이 어우러진 거실에는 책이 무척 많았다. 활활 타오르는 벽난로를 향해 비스듬히 마주보고 있는 가죽 의자에 앉자, 여인이 무슨 일로 남편을 만나러 왔는지 캐묻기 시작했다.

"퍼슨빌에 사시나요?" 윌슨 부인이 먼저 물었다.

"아니요. 샌프란시스코에 삽니다."

"하지만 여기 처음 오신 건 아니죠?"

"처음입니다."

"정말요? 여기가 마음에 드세요?"

"아직 충분히 둘러보질 못해서 잘 모르겠습니다."

거짓말이었다. 나는 이미 충분히 둘러봤다.

"오늘 오후에야 도착했거든요."

"분명 따분한 곳이라고 생각하실 거예요."

말하는 동안 윌슨 부인의 반짝이는 눈에서 캐묻는 듯한 기색이 잠깐 사라졌다가 이윽고 다시 나타났다.

"광산 도시는 원래 다 이래요. 선생님도 광산 일을 하세요?"

"지금은 안 합니다."

윌슨 부인이 벽난로 선반 위에 놓여 있는 시계를 흘끗 보고 나서 말했다.

"근무시간도 훨씬 지난 이런 늦은 밤에 오시라고 해 놓고 기다리시게 하다니 그이도 참 너무하네요."

나는 괜찮다고 안심시켰다.

"아마도 사업 문제는 아니겠지만요."

윌슨 부인이 슬쩍 내 용건을 떠 보았다.

내가 아무 말도 하지 않자 윌슨 부인이 웃음을 터뜨렸다. 뭔가 날카로운 구석이 있는 짤막한 웃음이었다.

"제가 참견하기 좋아하는 여자라고 생각하시겠지만 평소엔 이렇지 않아요."

윌슨 부인이 명랑하게 말했다.

"하지만 너무 말씀이 없으시니까 호기심이 생기네요. 밀주업자는 아니시죠? 그인 업자들을 너무 자주 바꾸더라고요."

나는 씩 웃으면서 윌슨 부인이 멋대로 생각하게 내버려 두었다.

아래층에서 전화벨이 울렸다. 윌슨 부인은 녹색 슬리퍼를 신은 발을 활활 타오르는 석탄불 쪽으로 쭉 뻗으며 전화벨 소리를 못 들은 척했다. 나로서는 그녀가 왜 그러는지 알 도리가 없었다.

윌슨 부인은 "제 생각엔……." 하고 운을 뗐다가 문간에 나타난 하녀를 보고 입을 다물었다.

하녀는 윌슨 부인에게 전화가 왔다고 말했다. 윌슨 부인은 내게 양해를 구하고 하녀를 따라 거실을 나갔다. 그녀는 아래층으로 내려가지 않고 나한테까지 말소리가 들리는 곳에서 전화를 받았다.

"전화 바꿨습니다. ……그런데요……. 네? ……누구요? ……좀 더 크게 말씀해 주시겠어요? 뭐라고요? ……네 ……네 ……누구라고요? ……여보세요! 여보세요!"

딸깍 전화기를 내려놓는 소리가 났다. 곧이어 윌슨 부인이 종종걸음으로 복도를 걸어가는 소리가 들렸다.

나는 불을 붙인 담배를 가만히 바라보면서 부인이 계단을 내려가는 소리가 들릴 때까지 기다렸다. 그런 다음 창가로 가서 블라인드 틈 사이로 로럴 거리와 집 뒤쪽에 있는 네모진 흰 차고를 내다보았다.

이윽고 검은 코트에 검은 모자를 쓴 호리호리한 여인이 집에서 나와 차고를 향해 황급히 달려가는 모습이 보였다. 윌슨 부인이었다. 그녀는 뷰익 쿠페를 운전해서 어딘가로 가 버렸다. 나는 도로 의자에 앉아 기다렸다.

사십오 분이 흘렀다. 11시 5분이 되어서야 바깥에서 자동차 브레이크 소리가 들렸다. 이 분 뒤 윌슨 부인이 방으로 들어왔다. 그녀는 모자와 코트를 벗었다. 얼굴은 창백하고 눈가에는 어두운 그림자가 서려 있었다.

꽉 다문 입술은 경련을 일으켰다.

"정말 죄송합니다만 괜히 기다리셨네요. 그이는 오늘 밤 집에 돌아오지 않을 거예요."

나는 내일 아침에 《헤럴드》 신문사로 연락하겠다고 말했다.

왜 윌슨 부인의 녹색 슬리퍼 왼쪽 앞코에 피처럼 거무스름하고 축축한 것이 묻어 있었을까. 나는 궁금해 하면서 그 집을 나왔다.

브로드웨이로 걸어가 전차를 탄 나는 호텔에서 북쪽으로 세 블록 떨어진 곳에서 내렸다. 시청 옆문 주변에 사람들이 떼지어 있는 이유가 궁금했기 때문이다.

사내들 삼사십 명과 여인네 몇 명이 보도에 몰려서서 '경찰서'라고 써 있는 문을 바라보고 있었다. 아직까지 작업복 차림인 광부와 제련공들, 당구장과 무도장에서 나온 듯 야단스럽게 치장한 젊은이들, 번드르르한 하얀 얼굴에 부티 나게 차려입은 사내들, 유부남 특유의 점잖고 칙칙한 표정을 짓고 있는 사내들, 똑같이 점잖고 칙칙한 표정을 짓고 있는 여인네 서너 명과 밤거리 여인도 몇 명 있었다.

나는 사람들이 모여 있는 곳으로 다가가 구겨진 회색 양복을 입은, 어깨가 떡 벌어진 사내 옆에서 걸음을 멈췄다. 사내는 삼십 대 초나 중반 정도로 보였지만 얼굴은 물론 두툼한 입술까지 온통 잿빛이었다. 넓적하고 선이 굵은 얼굴은 똑똑해 보였다. 사내의 모습에서 유일하게 생기 있어 보이는 부분은 회색 플란넬 셔츠 위에 꽃처럼 피어 있는 빨간색 나비넥타이뿐이었다.

"웬 소동입니까?" 내가 사내에게 물었다.

사내는 대답 대신 먼저 나를 유심히 살펴보았다. 정보를 알려 줘도 괜찮을지 확인하려는 성싶었다. 사내의 눈은 옷 색깔과 같은 회색이었지만 그만큼 연하지는 않았다.

"도널드 윌슨이 하느님의 오른편 자리에 가서 앉았습니다. 하느님께서 총알구멍을 싫어하지 않으신다면 말입니다만."

"누가 쐈답니까?"

회색 옷을 입은 남자가 목덜미를 긁으면서 대답했다.

"누구든 총 쥔 놈이 쐈겠죠."

내가 바란 것은 정확한 정보였지 재치 있는 말이 아니었다. 빨간 넥타이에 흥미를 느끼지만 않았다면 다른 사람에게 물어보았을 것이다.

"난 이곳 사람이 아닙니다. 그러니 좀 자세히 설명해 주시죠. 외지인도 알아들을 수 있게요."

"《모닝 헤럴드》와 《이브닝 헤럴드》 신문사 사장인 도널드 윌슨 선생이 조금 전에 허리케인가에서 총에 맞아 죽은 채로 발견됐습니다. 범인은 아직 모르고요." 사내가 단조롭고 빠른 어조로 말했다. "이 정도면 되겠습니까?"

"고맙습니다."

나는 한 손가락을 내밀어 남자의 넥타이 한쪽 끝을 건드리며 물었다.

"여기에 무슨 의미라도 있습니까? 아니면 그냥 매고 다니는 겁니까?"

"난 빌 퀸트라고 합니다."

"아하, 그러시군요!" 나는 소리를 치면서 그 이름을 어디서 들었는지 생각해 내려고 머리를 핑핑 굴렸다. "맙소사, 이렇게 만나 뵙게 되어 영광입니다!"

나는 명함 케이스를 꺼내 여기저기서 이런저런 방법으로 긁어모은 명함들을 훑어보았다.

내가 찾던 것은 빨간 명함이었다. 내가 숙련된 선원이자 세계 산업노동자 조합의 정회원인 헨리 F. 닐이라고 증명해 주는 명함. 사실은 새빨간 거짓말이지만.

나는 이 명함을 빌 퀸트에게 건넸다. 그는 명함을 앞뒤로 유심히 살펴보고 나서 내게 돌려준 뒤 모자부터 신발까지 의심스러운 눈초리로 꼼꼼히 나를 훑어보았다.

"이제 윌슨은 다시 죽을 일은 없을 겁니다." 빌 퀸트가 말을 끊었다가 불쑥 물었다. "어느 쪽으로 가시는지?"

"아무 데든 상관있나요."

우리는 하릴없이 거리를 걷다가 모퉁이를 돌았다.

"선원이라면서 여긴 뭐 하러 오셨습니까?"

퀸트가 무심한 얼굴로 물었다.

"그건 왜 물어보십니까?"

"명함을 봤으니까 하는 말입니다."

"허허, 난 벌목꾼 명함도 있습니다. 광부여야 한다면 내일 광부 명함도 구해 오죠."

"그건 안 될 겁니다. 여긴 내가 관리하니까."

"시카고에서 전화가 온다면?"

"감히 시카고 따위가! 여긴 내가 관리한다고 했잖습니까." 퀸트는 고갯짓으로 한 레스토랑을 가리키며 물었다. "한잔 하시렵니까?"

"굳이 사 주시겠다면야 뭐."

레스토랑으로 들어간 우리는 계단을 올라가 길쭉한 바와 테이블이 한 줄로 놓인 좁은 방으로 들어갔다. 빌 퀸트는 테이블과 바에 앉아 있는 몇몇 남녀에게 고개를 끄덕이며 "안녕하신가!" 하고 인사한 뒤 바 반대쪽 벽에 나란히 늘어선 녹색 커튼으로 가려진 칸막이 방으로 나를 이끌었다.

우리는 두 시간 동안 위스키를 마시면서 이야기했다.

회색 옷을 입은 남자는 내가 건넨 명함을 곧이곧대로 믿으려 하지 않았다. 어떤 명함을 들이대도 마찬가지였다. 내가 성실한 조합원으로 보이지 않았던 모양이다. 그는 세계 산업노동자 조합의 퍼슨빌 지부장으로서 내 정체를 밝히는 한편, 그 직위를 맡고 있는 한 급진적인 중요 사안들을 결코 발설해선 안 될 의무가 있다고 확신했다.

그런 것은 아무래도 상관없었다. 내 관심사는 퍼슨빌이었으니까. 퀸트는 내 빨간 명함에 관해 무심한 듯 캐묻는 중간중간 퍼슨빌에 관해 거리낌 없이 이야기했다.

내가 빌 퀸트에게서 알아낸 것은 다음과 같다.

퍼슨빌의 모든 것은 40년 동안 일라이휴 윌슨(오늘 밤 살해된 사내의 아버지) 소유였다. 일라이휴 윌슨은 퍼슨빌 광업회사와 퍼스트 내셔널 은행의 사장이자 대주주이고, 둘밖에 없는 지역 신문 《모닝 헤럴드》와 《이브닝 헤럴드》의 소유주일 뿐 아니라 그 밖에도 열 손가락에 꼽을 만한 거의 모든 알짜배기

기업을 적어도 공동으로 소유한 영감이었다. 또한 상원의원 한 명과 하원의원 두 명, 주지사, 시장, 주의회 의원 등 대다수 정계 요인까지 쥐락펴락했다. 일라이휴 윌슨은 퍼슨빌 자체이며, 거의 카운티 전체와 다름없었다.

제1차 세계대전 당시 서부 전역에서 전성기를 누리던 세계 산업노동자 조합은 퍼슨빌 광업회사의 노동자들을 산하에 받아들였다. 노동자들은 그리 귀한 대접을 받아 오지 못했던 터라 새로 얻은 힘을 사용해 자신들이 원하는 것을 요구했다. 일라이휴 영감은 꼭 주어야 할 것만 주고 때가 오기를 기다렸다.

때는 1921년이었다. 사업이 부진했다. 일라이휴 영감은 회사 문을 잠시 닫느냐 마느냐 하는 문제는 개의치 않았다. 그는 노동자들과 맺었던 협정을 파기하고 그들을 다시 전쟁 이전의 상태로 몰아가기 시작했다.

물론 노동자들은 시카고 세계 산업노동자 조합 본부에 도움을 요청했다. 조합 본부에서는 빌 퀸트를 보내 조치를 취하게 했다. 퀸트는 공공연한 동맹 파업에 반대하고 출근은 하되 일은 태만히 하는 오래된 사보타주 전술을 권했다. 그러나 퍼슨빌 노동자들은 그따위 고리타분한 방법은 씨도 먹히지 않을 거라고 생각했다. 그들은 노동 운동사에 이름을 남길 만한 대단한 노동 운동을 하고 싶어 했다.

그들은 파업에 돌입했다.

파업은 팔 개월 동안 지속되었다. 양쪽 다 많은 피를 흘렸다. 조합원들은 바로 자신들의 피를 흘렸다. 하지만 일라이휴 영감은 총잡이와 파업 방해꾼, 주 방위군, 심지어 일부 정규군까지 동원해서 자기 몫의 피를 대신 흘리게 했다. 마지막 두개골이 깨지고 마지막 갈비뼈가 부러졌을 때 퍼슨빌의 노동자 조합원들은 다 터진 폭죽 신세가 되어 있었다.

그러나 빌 퀸트의 말에 따르면, 일라이휴 영감은 자신이 이탈리아의 전철을 밟고 있는 줄은 꿈에도 몰랐다. 일라이휴 영감은 파업 노동자들은 이겼지만 시와 주에 대한 지배력을 잃었다. 광부들을 타도하기 위해 용역 폭력배들이 제멋대로 날뛰게 내버려 두었는데, 싸움이 끝난 뒤 그들을 제거할 수가 없었기 때문이다.

마침내 일라이휴 영감은 자신이 쥐락펴락하던 도시를 그들에게 넘겨주고 말았다. 빼앗긴 도시를 되찾기에는 힘이 모자랐던 것이다. 폭력배들은 퍼슨빌을 기꺼이 접수했다. 일라이휴 영감을 위해 파업 노동자들을 진압해 주고 전리품으로 퍼슨빌을 차지한 것이다. 일라이휴 영감은 그들과 공공연하게 관계를 끊을 수는 없었다. 그러기에는 그들이 그의 약점을 너무 많이 알고 있었다. 그는 파업이 진행되는 동안 그들이 저지른 모든 만행에 대해 책임을 대신 떠맡아야 했다.

여기까지 이야기했을 때쯤 빌 퀸트와 나는 제법 얼근히 취해 있었다. 그는 잔을 다시 비우고 이마에 흘러내린 머리카락을 넘겨 올린 뒤 최근의 이야기로 화제를 돌렸다.

"제일 막강한 놈은 아마 핀란드인 피트일 겁니다. 우리가 마시고 있는 술도 그놈 거죠. 그 다음은 루 야드. 놈은 파커가에서 전당포를 운영하며 보석금 사업도 벌이고 장물도 거래하는데, 들리는 얘기론 경찰서장 누넌이랑 아주 친하다고 합니다. 게다가 위스퍼라는 이름으로 더 유명한 맥스 탈러라는 녀석이 있는데 이놈 역시 친구가 많죠. 반반한 얼굴에 까무잡잡하고 몸집이 자그마한 녀석인데, 목에 무슨 문제가 있는지 말을 제대로 못해요. 도박꾼이죠. 그 세 놈들이 누넌이랑 손을 잡고 일라이휴 노인네를 도와 이 도시를 쥐락펴락하는 모양샌데, 노인네가 바라는 이상으로 돕는다는 게 문제지요. 하지만 그놈들 장단에 맞춰 줘야지 안 그랬다간……"

"오늘 밤 죽은 그 친구, 그러니까 일라이휴 영감의 아들은 어떤 입장이었습니까?"

내가 퀸트의 말을 끊고 물었다.

"아비가 시키는 대로 하다가 그 꼴이 된 거지요."

"그럼 그 영감이 자기 아들을……?"

"그럴 수도 있겠지만 난 그리 생각진 않습니다. 도널드는 고향으로 돌아와서 노인네 대신 신문사를 경영하기 시작했죠. 그 늙은 악마는 죽을 때가 가까워지긴 했지만 누가 자기 걸

훔쳐 가는데 가만히 있을 양반이 아니거든. 하지만 그 세 놈들한테 티를 내선 안 됐지요. 그래서 파리에 있던 자기 아들이랑 프랑스인 며느리를 불러다 대신 재주를 부리게 한 겁니다. 지랄 맞게 훌륭한 술수였지요. 도널드가 신문으로 개혁 운동을 시작했으니까. 이 도시에서 악덕과 부패를 몰아내겠다는 건 결국 피트와 루와 위스퍼를 몰아내겠다는 거거든. 아시겠습니까? 그 노인네는 놈들을 몰아내려고 아들을 이용한 겁니다. 하지만 놈들이 그렇게 쉽사리 밀려날 리가 없죠."

"뭔가 냄새가 좀 나는군요."

"이 지저분한 바닥엔 냄새 나지 않는 게 없죠. 이만하면 됐습니까?"

나는 그렇다고 대답했다. 우리는 거리로 나왔다. 빌 퀸트는 포리스트가에 있는 광부 공관에 산다고 했다. 그의 집으로 가는 길목에 내 호텔이 있어서 우리는 함께 걸어갔다. 호텔 앞 보도에 사복형사로 보이는 한 근육질 사내가 서서 스터츠 세단을 탄 사람과 이야기를 하고 있었다. 빌 퀸트가 작은 목소리로 말했다.

"차 안에 있는 자가 위스퍼입니다."

나는 근육질 사내에게서 시선을 돌려 맥스 탈러의 옆모습을 보았다. 젊고 까무잡잡하고 자그마하며, 이목구비가 깎은 듯 단정한 곱상해 보이는 사내였다.

"예쁘장하군요." 내가 말했다.

"아무렴요. 다이너마이트도 예쁘장하지 않습니까."

회색 옷을 입은 빌 퀸트가 맞장구를 쳤다.

2장

포이즌빌의 독재자

《모닝 헤럴드》는 양면에 걸쳐 도널드 윌슨의 죽음을 보도했다. 신문에 실린 그의 얼굴은 곱슬머리와 미소를 머금은 눈과 입, 끝이 갈라진 턱, 줄무늬 넥타이가 함께 어우러져 쾌활하고 똑똑해 보였다.

도널드 윌슨이 사망한 경위는 간단했다. 그는 전날 밤 10시 40분, 배와 가슴과 등에 총알을 네 발 맞고 즉사했다. 총을 맞은 장소는 허리케인가 1100블록. 그 블록 주민들이 총소리를 듣고 내다보았을 때 도널드 윌슨은 이미 죽어서 길가에 뻗어 있었다. 한 남자와 한 여자가 시체를 굽어보고 있었지만 거리가 너무 어두워서 사람도 물건도 아무것도 제대로 보이지 않았다. 두 남녀는 다른 사람들이 오기 전에 사라져 버렸다. 그들의 얼굴을 기억하는 사람은 아무도 없었다. 그들이 떠나는 것을 본 사람도 없었다.

윌슨에게 발사된 총알은 여섯 발이었고 흉기는 32구경 권총이었다. 두 발은 빗나가서 어떤 집의 벽에 박혔다. 경찰은 이 두 발의 탄도를 추적해서 총알이 길 건너편 좁은 골목에서 날아왔다는 사실을 알아냈을 뿐 그 밖에는 아무것도 밝히지 못했다.

《모닝 헤럴드》는 사설에서 사회개혁가로서 고 도널드 윌슨의 짧은 이력을 소개하고, 퍼슨빌의 개혁을 원치 않는 누군가가 그를 살해했으리라는 입장을 표명했다. 덧붙여 경찰서장이 이 사건의 공모자가 아님을 입증하려면 살인자를 신속히 체포하여 유죄 판결을 받게 하는 수밖에 없다고 주장하기도 했다. 사설의 논조는 퉁명스럽고 신랄했다.

나는 커피 두 잔을 마신 다음 브로드웨이행 전차를 타고 로럴 거리에서 내려 피살자의 집으로 걸어갔다.

하지만 집까지 반 블록쯤 남았을 때 나는 목적지를 바꾸었다. 예상치 못한 일이 일어났기 때문이다.

세 가지 톤이 어우러진 갈색 옷을 입은 작달막한 젊은 남자가 앞쪽 거리를 건너갔다. 까무잡잡한 옆얼굴이 예쁘장했다. 맥스 탈러, 바로 위스퍼였다. 내가 마운틴 대로 모퉁이에 이르렀을 때는 마침 탈러의 갈색 다리가 피살된 도널드 윌슨의 집 현관문 안쪽으로 사라진 찰나였다.

나는 브로드웨이로 되돌아가서 공중전화가 있는 약국으로 들어갔다. 전화번호부에서 일라이휴 윌슨의 번호를 찾아 전화를 거니 영감의 비서라는 남자가 받았다. 나는 그에게 도널드 윌슨의 의뢰를 받고 샌프란시스코에서 왔는데 그의 죽음에 관해 아는 것이 있어 일라이휴 윌슨을 만나고 싶다고 말했다.

단호한 말투에 기가 죽은 모양인지 와도 좋다는 대답이 돌아왔다.

비서(조용하고 호리호리하고 눈매가 날카로운 40대)의 안내에 따라 침실로 들어갔을 때 포이즌빌의 독재자는 침대에 기대 앉아 있었다.

영감의 조그만 머리는 거의 완벽한 구형으로 짧은 백발이 덮여 있었다. 옆머리에 착 달라붙은 작은 귀는 머리가 더욱 둥글어 보이는 데 한몫을 했다. 코 역시 작아서 곧지고 앙상한 이마 뼈가 그대로 이어져 내려온 것처럼 보였다. 입과 턱은 둥근 공을 싹둑 자른 듯 곧은 직선을 그렸다. 짧고 굵직한 목 아래 파자마 사이로 드러난 어깨는 두툼하고 딱 벌어져 있었다. 짧고 다부져 보이는 한쪽 팔이 이불 밖으로 나와 있었으며, 손은 뭉툭하고 손가락도 굵직굵직했다.

둥글고 작은 푸른 눈에는 눈물이 어려 있었다. 하지만 그 눈은 짙은 눈썹 아래 촉촉한 결막 뒤에 숨어 있다가 때가 되면 튀어나와 무언가를 잡아챌 것만 같았다. 손놀림에 어지간히 자신 있는 소매치기가 아니라면 이 영감의 주머니는 선불리 털지 못할 터였다.

영감은 동그란 머리를 5센티미터 정도 까딱이며 나에게 침대 옆 의자에 앉으라고 명령하더니 또 한 번 고개를 까딱여 비서를 내보내고 나서 말했다.

"내 아들 일이란 게 뭔가?"

거친 목소리였다. 가슴에 품은 말은 너무 많은데 그 작은 입은 모든 걸 차분하게 설명하기에 너무 벅차 보였다.

"저는 콘티넨털 탐정사무소의 샌프란시스코 지부 소속 탐정입니다. 며칠 전에 아드님이 저희한테 의뢰할 일이 있으니 사람을 보내 달라고 편지를 보내면서 수표를 한 장 동봉했습니다. 그래서 제가 왔고요. 어젯밤에 집으로 오라고 해서 방문했는데 아드님은 돌아오지 않았습니다. 저는 시내에 가서야 아드님이 살해됐다는 걸 알았죠."

일라이휴 윌슨은 의심스러운 눈길로 나를 살피면서 물었다.

"그래, 그게 뭐 어쨌다고?"

"기다리는 동안 며느님이 전화를 받고 나갔는데 신발 한쪽에 피 같은 걸 묻히고 돌아와선 아드님이 돌아오지 않을 거라고 하더군요. 아드님은 10시 40분에 총을 맞았습니다. 며느님은 10시 20분에 나가서 11시 5분에 돌아왔고요."

영감은 침대에 등을 꼿꼿하게 세우고 앉더니 한바탕 젊은 윌슨 부인에 대해 욕지거리를 해 댔다. 욕을 할 만큼 하고 나서도 성이 덜 찼는지 이번에는 내게 소리를 버럭 질렀다.

"계집은 감방에 들어갔나?"

나는 그런 것 같지 않다고 대답했다.

영감은 며느리가 감옥에 갇혀 있지 않은 것이 마음에 들지 않았는지 또 한바탕 핏대를 올렸다. 내 성미에 맞지 않는 막말을 한참 퍼붓던 그는 "빌어먹을, 자넨 대체 뭘 기다리고 있는 건가?" 하는 말로 끝을 맺었다.

한 대 후려치기엔 너무 늙고 병든 영감이었기에 나는 웃으면서 대답했다.

"증거를 기다립니다."

"증거라고? 대체 무슨 소리를 하는 거야? 자넨……"

"얼간이처럼 굴지 마십쇼. 며느님이 뭐 하러 아드님을 죽이겠습니까?"

내가 영감의 고함을 가로막았다.

"그 계집은 막돼먹은 프랑스 년이니까! 그년은……."

비서가 깜짝 놀란 얼굴로 문간에 나타났다.

"썩 꺼져!"

영감이 고함을 지르자 비서의 얼굴이 사라졌다.

"며느님이 질투가 심했습니까?"

나는 영감이 또다시 소리치기 전에 선수를 쳐서 입을 막았다.

"그렇게 소리 지르지 않으셔도 잘 들립니다. 이스트를 먹기 시작한 뒤로 귀머거리 증세가 아주 좋아졌거든요."

영감은 허벅지 때문에 불룩해진 이불 위에 주먹을 올려놓고 나를 향해 네모난 턱을 치켜들고는 또박또박 말했다.

"내 비록 늙고 병든 몸이긴 하지만 일어나서 자네 엉덩짝을 걷어찼으면 소원이 없겠구먼."

나는 영감의 말을 무시하고 질문을 되풀이했다.

"며느님이 질투가 심했습니까?"

"심했지."

영감은 더 이상 소리 지르지 않고 대답했다.

"그뿐인가. 거만하고, 버릇없고, 의심 많고, 탐욕스럽고, 못돼 먹고, 파렴치하고, 툭하면 거짓말에, 이기적이고, 아주 나쁜 년이지. 벼락 맞아 죽을 나쁜 년이라고!"

"질투할 만한 이유라도 있었습니까?"

"그랬으면 차라리 좋겠네. 내 아들놈이 그 계집밖에 몰랐을 거라고 생각하긴 싫거든. 그 녀석은 그러고도 남을 놈이었지만. 매사에 늘 그랬지."

영감이 비통한 어조로 말했다.

"하지만 며느님이 아드님을 살해할 만한 이유는 모르시는 거죠?"

"이유를 모른다고?"

영감이 다시 목에 핏대를 세우며 소리를 질렀다.

"내가 방금 얘기하지 않았나……."

"네. 하지만 그건 아무 의미도 없습니다. 좀 유치하지 않습니까?"

영감은 다리에 덮여 있던 이불을 걷어차고 침대에서 일어나려다가 더 좋은 생각이 떠올랐는지 시뻘건 얼굴을 쳐들고 소리쳤다.

"스탠리!"

문이 열리고 비서가 미끄러지듯 방 안으로 들어왔다.

"이 새끼 쫓아내!"

영감이 내 쪽으로 주먹을 휘두르며 명령했다.

비서가 나를 돌아보았다. 내가 고개를 저으며 말했다.

"혼자서는 힘들 텐데."

비서가 얼굴을 찌푸렸다. 우리는 같은 연배였다. 그는 키가 나보다 거의 머리 하나만큼 더 컸지만 몸이 호리호리한 편이라 몸무게는 23킬로그램 정도 적게 나갈 것 같았다. 86킬로그램인 내 몸뚱이에 지방만 있는 것은 아니었다. 비서는 주저하더니 사과하듯 미소를 지으며 밖으로 나갔다.

"제가 말씀드리려는 건 오늘 아침에 며느님과 얘기를 좀 하려고 했다는 겁니다. 그런데 맥스 탈리가 아드님 집으로 들어가는 걸 보고 방문을 미뤘지요."

일라이휴 윌슨은 걷어찼던 이불을 조심스럽게 끌어올려 다리에 덮고 다시 베개를 베고 누워서는 천장을 뚫어져라 쳐다보며 말했다.

"흐으음, 그렇게 됐다 이거지?"

"무슨 말씀이십니까?"

"그 계집이 내 아들을 죽였다 그 말이야."

노인이 단언했다.

복도에서 발자국 소리가 들렸다. 비서의 발자국 소리보다 기운찬 소리였다. 그들이 문 바로 밖에 이르자 내가 운을 뗐다.

"영감님은 아드님을 이용해서……"

"문 닫고 썩 꺼져!"

영감이 문간에 서 있는 자들에게 소리를 질렀다.

그러고는 나를 노려보면서 따져 물었다.

"내가 아들을 이용해서 뭘 어쨌다고?"

"탈러와 야드, 피트에게 칼을 꽂으려고 하셨죠."

"이런 거짓말쟁이 같으니라고."

"이건 제가 꾸며낸 얘기가 아닙니다. 퍼슨빌에 온통 퍼진 얘기죠."

"거짓말이야. 난 아들놈한테 신문사를 줬어. 녀석은 그걸로 제가 하고 싶은 일을 한 거고."

"그런 얘긴 친구들한테나 하셔야죠. 그들이라면 믿어 줄 겁니다."

"그놈들 얘기는 다 개수작이야! 내가 지금 자네한테 말하고 있는 게 진짜야."

"그게 뭐 어쨌다는 겁니까? 아드님이 실수로 살해됐다고 해서 되살아나는 건 아닙니다. 실수인지도 의문이지만요."

"그 계집년이 내 아들을 죽인 거야."

"어쩌면요."

"그 망할 놈의 어쩌면은 집어치워! 그년이 한 짓이라니까."

"그럴지도 모르죠. 하지만 다른 각도, 이를테면 정치적인 면에서도 살펴봐야 합니다. 제게 말씀하실 수……"

"내가 자네한테 얘기할 수 있는 건 그 막돼먹은 프랑스 계집이 내 아들을 죽였고, 그 밖에 자네가 생각하는 염병할 것들은 다 엉터리라는 거야."

"그래도 조사해 봐야 합니다."

나는 고집을 꺾지 않았다.

"사장님은 퍼슨빌 정계의 속사정을 누구보다 잘 아시지 않습니까. 살해된 사람은 아드님이십니다. 사장님이 하실 수 있는 최소한의……"

"내가 할 수 있는 최소한의 일은 자네한테 샌프란시스코로 꺼져 버리라고 말하는 거야. 자네 같은 얼간이……"

내가 불쾌한 얼굴로 일어서며 말했다.

"전 그레이트 웨스턴 호텔에 묵고 있습니다. 혹시라도 분별 있는 얘길 하고 싶어지시면 연락 주십쇼."

나는 침실에서 나와 계단을 내려갔다. 비서가 맨 아래 계단에서 서성거리며 겸연쩍게 미소 지었다. 내가 투덜거렸다.

"끝내주게 난폭한 노인네군요."

"기력이 대단한 분이시죠."

비서가 중얼거리듯 대꾸했다.

나는《헤럴드》신문사로 가서 피살자의 비서를 찾았다. 커다란 적갈색 눈과 밝은 갈색 머리, 창백하고 예쁜 얼굴의 자그마한 아가씨였다. 나이는 열아홉이나 스물쯤 되어 보였다. 이름은 루이스였다.

비서는 자신의 고용주가 나를 퍼슨빌로 부른 일에 관해서는 아무것도 몰랐다고 말했다.

"하긴 사장님은 가능하면 모든 걸 비밀로 하셨죠. 그건…… 그분이 이곳 사람들 중 그 누구도 완전히 믿지 않으셨기 때문일 테고요."

"아가씨도?"

비서는 얼굴을 붉히며 대답했다.

"네. 하지만 사장님은 여기 오신 지 얼마 안 돼서 저희를 잘 몰랐기 때문일 거예요."

"다른 이유도 있었을 텐데."

"글쎄요."

비서는 입술을 깨물더니 죽은 남자가 쓰던 책상의 반들거리는 모서리를 따라 집게손가락으로 지문을 찍으며 소곤거렸다.

"일라이휴 영감님은 사장님이 하시는 일을 마뜩잖게 생각하셨어요. 신문사의 실질적인 소유주가 영감님이시니 사장님 입장에선 당연히 자신보다 아버지인 영감님께 더 충실한 직원들이 있을 거라고 생각하셨겠죠."

"그 영감이 개혁 운동에 찬성하지 않았다고? 신문사가 본인 거라면서 왜 아들이 하는 일을 내버려 뒀다는 거요?"

비서는 고개를 숙여 자신이 찍어 놓은 지문을 살펴보며 낮은 목소리로 말했다.

"사정을 모르면 이해하기 어려우실 거예요. 영감님이 사장님을 불러들이신 건 최근에 앓아누우셨을 때거든요. 아시다시피 사장님은 그전에 유럽에 사셨죠. 주치의이신 프라이드 박사님이 일라이휴 씨에게 사업 경영을 그만두셔야 한다고 강권해서 사장님을 전보로 불러오신 거예요. 하지만 사장님이 돌아오셨는데도 일라이휴 씨는 전권을 내놓을지 결정하지 못하셨어요. 그래도 사장님을 여기에 붙들어 두고 싶으셨는지 신문사를 넘겨주셨죠. 다시 말해 발행인 자리를 맡기셨다고 해야 할까요. 사장님은 좋아하셨어요. 파리에 계실 때 언론에 관심이 많았다고 하시더라고요. 얼마 후 이곳 상황이 얼마나 형편없는지 알게 된 사장님은 개혁 운동을 시작하셨죠. 하지만 사장님은 이곳 사정을 전혀 모르셨어요. 어릴 때부터 외국에 나가 계셨으니까요."

"자기 아버지가 누구보다도 더 깊이 관여되어 있다는 걸 몰랐겠지."

내가 비서의 말을 거들었다.

자신의 지문을 살펴보던 비서가 이 말을 듣고 약간 몸을 움찔했지만 대꾸는 않고 하던 말을 계속했다.

"두 분은 다투셨어요. 일라이휴 씨는 괜히 문제를 일으키지 말라고 하셨지만 사장님은 멈추려 하지 않으셨죠. 내막을 모두 아셨다면 그만두었을지도 몰라요. 하지만 제 생각엔 일라이휴 씨가 그 모든 일에 연루되었으리라고는 꿈에도 생각지 못하셨을 거예요. 일라이휴 씨가 말씀하지 않으셨거든요. 아버지로서 아들에게 그런 얘길 하긴 어려웠겠죠. 일라이휴 씨는 신문사를 뺏어 가겠다고 사장님을 협박하셨어요. 진심으로 그러셨던 건지 어떤지는 모르겠지만요. 하지만 일라이휴 씨가 다시 앓아누우시는 바람에 모든 게 원래대로 진행됐죠."

"이 모든 얘길 도널드 윌슨이 알려 준 건 아니겠지?"

"네에."

비서의 대답은 속삭임에 가까웠다.

"그럼 이런 얘기를 어디서 들은 거요?"

"전…… 전 사장님을 살해한 범인을 찾아내는 일을 도우려는 건데, 이러시면 안 되죠."

비서가 심각한 얼굴로 말했다.

"그 얘길 어디서 들었는지 말해 주는 게 더 도움이 될 거요."

내가 우겼다.

비서는 책상을 응시하면서 아랫입술을 잘근잘근 씹었다. 나는 기다렸다. 이윽고 그녀가 대답했다.

"제 아버지가 일라이휴 씨의 비서예요."

"아, 그러시군. 고맙소."

"하지만 오해하시면 안 돼요. 저희가……"

"그건 나랑 아무 상관없는 일이오."

나는 비서를 안심시켰다.

"윌슨 씨는 자택에서 나와 만나기로 한 어젯밤에 허리케인가에서 뭘 하고 있었죠?"

비서는 모른다고 대답했다. 나는 윌슨 씨가 전화로 내게 10시에 자기 집으로 오라고 말하는 것을 들었냐고 물었다. 그녀는 들었다고 대답했다.

"윌슨 씨는 전화를 끊고 나서 뭘 했소? 아가씨가 저녁에 퇴근할 때까지 사장이 한 말과 행동을 사소한 것까지 모두 떠올려 보시오."

비서는 이마를 찌푸린 채 의자에 등을 기대고 눈을 감았다.

"사장님이 댁으로 오라고 말씀하신 분이 탐정님이라면, 탐정님은 2시경에 전화하셨죠. 그 뒤 사장님은 편지를 받아쓰게 하셨어요. 한 통은 제지공장에, 한 통은 우체국 규정 변경과 관련해서 상원의원 키퍼 씨에게 보내는 거였죠. 그리고…… 아, 맞다! 3시 조금 전에 약 이십 분 동안 외출하셨어요. 나가시기 전에 수표를 한 장 쓰셨고요."

"누구 앞으로?"

"모르겠어요. 전 쓰시는 것만 봤어요."

"수표책은 어디 있소? 윌슨 씨 본인이 갖고 다니는 거요?"

"여기 있어요."

비서는 벌떡 일어나서 사장의 책상 앞으로 돌아가더니 맨 위 서랍을 열어 보았다.

"어머, 잠겼네요."

나는 철사 클립을 곧게 펴서 꼬챙이를 만든 다음 그것과 칼날을 써서 서랍을 열었다.

비서는 얇고 납작한 퍼스트 내셔널 은행 수표책을 꺼냈다. 마지막으로 뗀 수표의 남은 부분에 5000달러라고 적혀 있었다. 그밖에는 아무것도 표시되어 있지 않았다. 이름도, 설명도.

"이 수표를 가지고 나가서 이십 분 동안 돌아오지 않았단 말이지? 은행에 다녀오기 충분한 시간이오?"

"은행에 갔다면 오 분 이상은 걸리지 않았을 거예요."

"수표를 쓰기 전에 무슨 일이 있진 않았소? 생각해 보시오. 메시지를 받았다든가? 편지라든가? 전화라든가?"

"글쎄요." 비서가 다시 눈을 감았다. "편지를 받아쓰게 하셨고…… 아, 이런 바보! 전화를 한 통 받으셨어요. '10시에 갈 순 있지만, 금방 나와야 할 겁니다.'라고 하시더니 다시 '좋습니다, 10시에요.'라고 말씀하셨어요. 그리고 몇 번 '네, 네'라고 대답한 것이 다였어요."

"상대가 남자였소, 여자였소?"

"그건 모르겠어요."

"생각해 보시오. 목소리가 달랐을 텐데."

비서가 잠시 생각해 보더니 말했다.

"여자였던 것 같네요."

"아가씨와 사장 중에 누가 먼저 퇴근했소?"

"저요. 아버지…… 제 아버지가 일라이휴 씨 비서라고 말씀드렸죠. 아버지가 저녁에 사장님과 만나기로 약속했거든요. 신문사 재정 문제로요. 아버지는 5시 조금 지나서 오셨어요. 아마 사장님과 함께 저녁 식사를 하셨을 거예요."

루이스라는 아가씨가 내게 줄 수 있는 정보는 그게 다였다. 그녀는 사장이 허리케인가 1100블록에서 시체로 발견된 이유에 관해서나 사장 부인에 관해서는 아는 바가 없다고 말했다.

나는 루이스와 함께 죽은 사장의 책상을 뒤졌지만 쓸 만한 것은 아무것도 발견하지 못했다. 전화교환원 아가씨들에게도 물어봤으나 아무것도 알아내지 못했다. 한 시간 동안 심부름꾼이며 사회부장 등에게 캐물어 봤지만 결과는 마찬가지였다. 죽은 남자는 비서 아가씨의 말대로 자기 비밀을 철저히 지켰던 모양이었다.

3장

다이나 브랜드

퍼스트 내셔널 은행에 찾아간 나는 앨버리라는 보조 출납원과 이야기하게 되었다. 스물다섯쯤 돼 보이는 잘생긴 금발 청년이었다. 내가 무슨 용건으로 찾아왔는지 설명하자 그가 말했다.

"제가 윌슨 씨의 수표를 지급 보증했습니다. 다이나 브랜드의 명의로 인출할 수 있게요. 5000달러였습니다."

"그 여자가 누군지 아나?"

"그럼요! 알다마다요."

"얘기 좀 해줄 수 있을까?"

"물론이죠. 기꺼이 해 드리죠. 하지만 지금은 회의에 가야 합니다. 벌써 팔 분이나 늦었거든요."

"그럼 오늘 저녁에 같이 식사하면서 얘기해 주겠나?"

"좋습니다."

"그레이트 웨스턴 호텔에서 7시 어떤가?"

"좋죠."

"회의에 참석해야 한다니 이만 가 보겠네. 아, 그런데 이 은행에 다이나의 계좌가 있나?"

"네. 오늘 아침에 그 수표를 예금했죠. 지금은 경찰이 갖고 있지만요."

"그래? 그럼 그 여자 주소는 아나?"

"허리케인가 1232번집니다."

"아, 그렇군! 저녁에 보세."

나는 은행에서 나왔다.

다음으로 찾아간 곳은 시청의 경찰서장실이었다.

경찰서장 누넌은 둥글고 쾌활한 얼굴에 반짝이는 푸른 눈을 가진 뚱뚱한 남자였다. 내가 이 도시에서 무슨 일을 하고 있는지 이야기했더니 반기는 눈치였다. 그는 내게 악수를 청한 뒤 시가를 권하며 앉으라고 말했다. 그러고는 나에게 물었다.

"자, 누가 장난질을 쳤는지 말해 주시겠소?"

"그건 나도 모릅니다."

"나도 마찬가지라오." 서장은 담배 연기를 내뿜으며 유쾌하다는 듯이 물었다. "그럼 짐작 가는 사람은 있소이까?"

"난 짐작 같은 거 잘 못합니다. 특히 사실을 제대로 모를 때는요."

"사실이야 금방 알려 드릴 수 있지. 어제 은행 문을 닫기 직전에 윌슨이 다이나 브랜드 명의로 5000달러짜리 수표를 지급 보증 받았소. 그러곤 어젯밤 그 여자 집에서 한 블록도 채 떨어지지 않은 곳에서 32구경 권총에 맞아 죽었지. 총소리를 들은 사람들 얘기론, 한 남자와 한 여자가 시체를 굽어보고 있었다더군. 그리고 오늘 아침 일찍 다이나 브랜드가 방금 얘기한 수표를 은행에 예금했소. 자, 어떠시오?"

"다이나 브랜드는 어떤 여잡니까?"

서장은 책상 한가운데에 재를 떨고 통통한 손으로 시가를 흔들어 대며 대답했다.

"타락한 여자라고들 합디다. 돈만 밝히는 고급 매춘부라고나 할까."

"그 여자는 조사해 봤습니까?"

"아니오. 먼저 살펴봐야 할 게 두어 개 있어서 말이지. 우린 그 여잘 감시하며 기다리고 있소이다. 지금 말한 건 비밀이오."

"알겠습니다. 이제 제가 말씀드리죠."

나는 전날 밤 도널드 윌슨의 집에서 기다리는 동안 보고 들은 이야기를 서장에게 말했다.

이야기를 마치자 서장은 두꺼운 입술을 오므린 뒤 나직하게 휘파람을 불고는 이렇게 외쳤다.

"야, 이거 재미있게 됐군! 그래, 그 여자 슬리퍼에 묻어 있던 게 피가 맞소이까? 그러고는 자기 남편이 돌아오지 않을 거라고 얘기했고?"

나는 첫 번째 질문에는 "내가 보기엔 그랬습니다."라고 대답했고, 두 번째 질문에는 "그랬죠."라고 대답했다.

"그 뒤에도 그 여자랑 얘기했소?" 서장이 물었다.

"아니요. 오늘 아침에 찾아갔는데, 탈러라는 젊은 친구가 나보다 앞서 그 집으로 들어가더군요. 그래서 나중에 다시 찾아가기로 했죠."

"그건 더 훌륭한데!"

서장의 푸른 눈이 만족스럽게 빛났다.

"위스퍼가 거기 있었다 이거요?"

"그렇습니다."

시가를 바닥에 내던지고 자리에서 벌떡 일어선 뒤 서장은 퉁퉁한 손으로 책상을 짚고는 내 쪽으로 몸을 기울였다. 온몸에서 기쁨이 콸콸 뿜어져 나오는 듯했다.

"이야, 선생, 대단한 일을 하셨소이다."

서장이 기분이 썩 좋은 듯 가르랑거리는 목소리로 말했다.

"다이나 브랜드는 위스퍼의 여자요. 우리 같이 나가서 윌슨 부인과 얘기 좀 해봅시다."

우리는 서장의 차를 타고 윌슨 부인의 집 앞에서 내렸다. 서장은 맨 아래 계단에 한 발을 올린 채 잠시 멈춰 서더니 초인종 위에 걸려 있는 검은 상장(喪章)을 바라보며 말했다.

"음, 할 일은 해야지."

우리는 계단을 올라갔다.

윌슨 부인은 우리를 만나고 싶지 않은 눈치였지만, 경찰서장이 꼭 만나야겠다고 하면 사람들은 으레 거절하지 못하는 법이다. 윌슨 부인도 마찬가지였다. 안내를 받아 위층 서재로 가니 도널드 윌슨의 미망인이 앉아 있었다. 검은 옷을 입었고, 푸른 눈은 냉담했다.

누넌 서장과 나는 차례로 조의를 표했다. 그러고 나서 누넌이 용건을 꺼냈다.

"몇 가지만 여쭙겠습니다. 예를 들면, 어젯밤에 어디 갔다 오셨지요?"

윌슨 부인은 불쾌한 얼굴로 나를 보더니 다시 서장을 보며 얼굴을 찌푸린 채 오만하게 말했다.

"제가 왜 그런 질문을 받아야 하는지 여쭤 봐도 될까요?"

단어도 어조도 똑같은 이 질문을 지금까지 얼마나 많이 들어봤을까. 서장은 윌슨 부인의 질문을 무시하고 온화하게 말을 이었다.

"한쪽 슬리퍼에 얼룩이 묻어 있었던 일도 여쭙고 싶습니다. 오른쪽, 아니 왼쪽이었는지도 모르죠. 여하튼 둘 중 한쪽이었습니다."

윌슨 부인의 윗입술이 씰룩거렸다.

"그게 다였소이까?" 서장이 내게 물었다. 그는 내가 대답하기도 전에 혀를 쯧쯧 차면서 온화한 얼굴을 돌려 윌슨 부인을 바라보며 물었다. "아 참, 잊어버릴 뻔했군요. 부군께서 집으로 돌아오지 않으실 거라는 사실을 어떻게 아셨는지도 궁금합니다."

윌슨 부인은 희디 흰 한쪽 손으로 의자 등을 붙잡고 불안정한 자세로 일어섰다.

"죄송하지만……."

"괜찮습니다." 서장이 퉁퉁한 손을 너그럽게 흔들었다. "부인을 귀찮게 하려는 건 아니에요. 그저 어디 갔다 오셨는지, 슬리퍼에 묻은 얼룩은 뭔지, 부군께서 돌아오지 않으실 거라는 걸 어떻게 아셨는지 물어보는 것뿐입지요. 아, 그러고 보니 하나 더 있군요. 오늘 아침에 탈러가 무슨 일로 여기 왔는지도 궁금합니다."

윌슨 부인은 다시 의자에 앉았다. 몸짓이 매우 뻣뻣해 보였다. 서장이 그녀를 바라보았다. 온화하게 미소 지으려고 애쓰다 보니 투덕투덕 살찐 얼굴에 우스꽝스러운 주름살과 혹 덩이가 생겼다. 잠시 후 부인의 어깨에서 긴장이 풀리면서 턱이 수그러들고 등이 구부러졌다.

나는 윌슨 부인 앞에 의자를 가져다 놓고 앉았다.

"말씀해 주셔야 합니다, 윌슨 부인." 나는 최대한 동정 어린 목소리로 말했다. "방금 말씀드린 의문점들을 해결해야 합니다."

"제가 뭘 숨긴다고 생각하세요?"

윌슨 부인이 다시금 허리를 꼿꼿이 세우면서 도전적으로 물었다. 한 단어 한 단어 정확하게 내뱉었지만, s 발음은 약간 불분명했다.

"분명 나갔다 왔죠. 얼룩은 피였고요. 남편이 죽었다는 걸 알았어요. 탈러는 남편이 죽은 일과 관련해서 절 보러 왔고요. 이제 답이 됐나요?"

"그건 저희도 압니다. 저희는 더 자세한 얘기를 듣고 싶은 겁니다."

윌슨 부인은 다시 일어나서 벌컥 화를 내며 말했다.

"두 분 태도가 정말 불쾌하네요. 더 이상 아무 말도 하고 싶지 않아요……."

"물론 그러셔도 괜찮습니다, 윌슨 부인. 그럼 저희는 경찰서까지 동행해 주시길 부탁드려야겠군요."

누넌이 말했다.

윌슨 부인이 서장에게 등을 돌리고 심호흡을 하더니 내게 쏘아붙이듯 말했다.

"우리가 여기서 도널드를 기다리고 있는 동안 전화가 걸려

왔어요. 이름을 밝히지 않은 어떤 남자였죠. 그 남자는 도널드가 5000달러짜리 수표를 갖고 다이나 브랜드라는 여자의 집으로 갔다면서 주소를 알려 줬어요. 그래서 전 차를 몰고 그리로 갔죠. 도널드가 나올 때까지 차 안에서 기다렸어요.

그러고 있는데 맥스 탈러가 나타나더군요. 전에 얼굴을 본 적이 있어서 알아볼 수 있었어요. 탈러는 다이나의 집 앞으로 가더니 안으로 들어가지 않고 그냥 가 버리더군요. 그 뒤에 도널드가 나와서 길을 걸어갔어요. 그인 절 보지 못했어요. 저도 들키고 싶지 않았고요. 전 그만 돌아가려고 했어요. 그이가 도착하기 전에 먼저 집에 가려고요. 막 시동을 걸었는데 총소리가 들리면서 그이가 쓰러지는 게 보였어요. 전 차에서 내려 그이에게 뛰어갔어요. 그인 죽어 있었죠. 전 미칠 것 같았어요. 그때 탈러가 오더니 거기 있으면 제가 범인으로 지목될 거라고 하더군요. 전 그 말을 듣고 다시 뛰어가서 차를 몰고 집으로 돌아왔어요."

윌슨 부인의 눈에 눈물이 그렁그렁했다. 그녀는 그 눈으로 내 얼굴을 찬찬히 살폈다. 내가 그 이야기를 듣고 어떻게 생각하는지 알아내려는 듯했다. 나는 아무 말도 하지 않았다. 그녀가 물었다.

"이게 원하시는 건가요?"

"거의 그렇다고 해야죠……." 누넌이 대답했다. 그는 어느새 한쪽 구석으로 걸어가 있었다. "오늘 아침에 탈러가 무슨 얘기를 했나요?"

"저더러 입 다물고 있으라더군요."

윌슨 부인의 목소리는 조그맣고 기운이 없었다.

"우리가 거기 있었다는 걸 혹시라도 사람들이 알게 되면 둘 다 의심받을 거라고요. 그이가 다이나한테 돈을 주고 그 집에서 나오다가 살해당했으니까요."

"총알은 어디서 날아왔습니까?" 서장이 물었다.

"모르겠어요. 전 아무것도 못 봤어요. 얼굴을 들었을 때 그이가 쓰러지던 모습만 보았을 뿐이에요."

"탈러가 쐈습니까?"

"아뇨." 윌슨 부인이 재빨리 대답했다. 그녀는 입과 눈이 둥그레진 채 가슴에 한 손을 얹었다. "모르겠어요. 그런 것 같진 않았어요. 탈러도 아니라고 했고요. 탈러가 어디 있었는지는 모르겠어요. 왜 그 사람이 했을 거라는 생각을 못 했는지 모르겠네요."

"지금은 어떻게 생각하시죠?" 누넌이 물었다.

"그 사람…… 그 사람이 그이를 죽였을지도 몰라요."

서장이 내게 윙크했다. 안면 근육 전체가 일그러졌다. 그는 슬슬 더 거슬러 올라가기 시작했다.

"그럼 전화했던 사람이 누군지는 모르시겠습니까?"

"이름을 밝히지 않았어요."

"목소리로는 짐작이 안 갑니까?"

"네."

"목소리가 어땠죠?"

"누가 엿들을까 봐 두려워하는 것처럼 낮은 목소리로 얘기했어요. 그래서 알아듣기가 힘들었고요."

"속삭였습니까?"

서장의 입은 마지막 음절을 발음하고 나서도 닫히지 않았다. 두꺼운 지방층 사이에서 푸른색 눈이 탐욕스럽게 반짝였다.

"네, 쉰 목소리로 속삭였어요."

서장은 입을 딱 닫더니 다시 열고 설득조로 말했다.

"탈러의 목소리를 들으셨으니……"

윌슨 부인은 깜짝 놀라서 눈을 커다랗게 뜨고 서장과 나를 번갈아 바라보았다.

"그 사람이었어요, 맞아요."

윌슨 부인이 외쳤다.

그레이트 웨스턴 호텔로 돌아가니 퍼스트 내셔널 은행의 젊은 보조 출납원 로버트 앨버리가 로비에 앉아 기다리고 있었다. 우리는 내 방으로 올라가 얼음물을 주문해서 스카치와 레몬주스, 석류 시럽이 차갑게 식도록 담가 둔 뒤 식당으로 내려갔다.

“자, 이제 그 여자 얘길 해 볼까.”

내가 수프를 떠먹으면서 말을 꺼내자 앨버리가 물었다.

“다이나라는 여자 직접 만나 보셨습니까?”

“아직.”

“그래도 얘긴 들어 보셨겠죠?”

“자기 분야에서 전문가라는 얘기만 들었지.”

“맞는 얘깁니다.” 앨버리가 맞장구를 친 뒤 말을 이었다. “아마 조만간 만나시게 될 겁니다. 처음엔 실망하실 거예요. 하지만 다음 순간, 언제 어떻게 그랬는지도 모르는 사이에 실망했다는 사실 자체마저 잊어버렸다는 걸 깨닫게 될 겁니다. 그런 다음 어느새 다이나에게 인생사며 온갖 골칫거리며 소망 같은 이야기를 전부 털어놓게 될 거예요.”

그러고는 이번에는 소년처럼 수줍게 웃으며 말했다.

“그러면 이미 넘어간 겁니다. 분명히 넘어간 거죠.”

“경고 고맙군. 그런 정보는 어떻게 얻었지?”

앨버리가 손에 잡은 스푼 너머로 부끄러운 듯 씩 웃으며 털어놓았다.

“돈으로 샀죠.”

“그럼 들인 돈이 만만치 않겠군. 듣자 하니 그 여잔 돈을 상당히 밝힌다던데.”

"맞습니다, 돈에 환장했죠. 그런데도 왠지 상관하지 않게 돼요. 다이나는 철두철미 돈 버는 데만 관심이 있고 노골적일 정도로 대놓고 탐욕을 부리지만 그래서 오히려 불쾌하지 않아요. 다이나를 아시게 되면 제 말을 이해하실 겁니다."

"그럴지도 모르지. 이런 말 물어봐도 될지 모르겠지만 어쩌다 헤어지게 됐지?"

"괜찮습니다. 돈이 다 떨어졌거든요. 그뿐입니다."

"그렇게 냉정한 여잔가?"

앨버리의 얼굴이 약간 빨개졌다. 그는 고개를 끄덕였다.

"애초에 그러려니 한 모양이군."

"달리 방법이 없었어요."

사근사근한 청년의 얼굴이 더 빨개졌다. 그는 머뭇거리면서 말했다.

"사실 전 다이나에게 빚을 진 셈입니다. 그녀는…… 탐정님껜 말씀드리죠. 그녀에게 이런 면도 있다는 걸 아셨으면 해서요. 저는 돈이 많지 않았습니다. 그 돈이 다 떨어지고 나니…… 제가 젊고, 그녀에게 푹 빠져 있었다는 걸 기억해 보십쇼. 돈이 다 떨어지고 나니 있는 거라곤 은행 돈뿐이었습니다. 전…… 제가 실제로 무슨 짓을 했는지 아니면 그저 생각만 했는지는 상관하지 않으시겠죠? 어쨌든 다이나는 눈치를 챘습니다. 그녀에겐 뭐든 숨길 수가 없었어요. 그게 끝이었죠."

"다이나가 찬 건가?"

"네, 얼마나 고마웠는지 몰라요! 다이나가 절 차 버리지 않았더라면 탐정님은 지금쯤 절 횡령죄로 뒤쫓고 계실지도 모릅니다. 전 그녀에게 빚을 진 거예요!"

앨버리는 열을 올리며 말하다가 곧 이마를 찌푸렸다.

"이 얘긴 아무한테도 하지 마세요……. 무슨 뜻인지 아시죠? 다이나에게도 좋은 면이 있다는 걸 아셨으면 해서 말씀드린 거니까요. 나쁜 면에 관해선 실컷 들으실 겁니다."

"그야 좋은 면도 있겠지. 아니면 단지 곤경에 처할 경우 위험을 모면하는 데 필요한 만큼 돈이 충분치 않다고 생각했을지도 모르지."

앨버리는 내 말을 곰곰이 생각해 보더니 고개를 흔들었다.

"그런 점도 관계가 있을 수 있겠지만 그게 전부는 아니었습니다."

"무슨 일이 있어도 돈은 꼬박꼬박 받는 여잔 줄 알았는데."

"댄 롤프는 어떻습니까?" 앨버리가 물었다.

"그게 누구지?"

"다이나의 오빠라거나 배다른 오빠라는 둥, 뭐 온갖 소문이 무성하죠. 하지만 그건 사실이 아닙니다. 댄은 빈털터리에 폐병쟁인데도 다이나는 같이 살면서 먹여 살리죠. 사랑하거나 하는 건 아닙니다. 그냥 어디선가 그잘 발견하고 집으로 들인 거죠."

"그 밖에는?"

"한때 어울려 다녔던 급진주의자가 있죠. 돈은 많이 못 뜯어낸 것 같지만요."

"급진주의자라니?"

"파업 중에 이 도시로 온 남자죠. 퀸트라고."

"퀸트도 다이나의 고객이었나?"

"그러니까 파업이 끝났는데도 여기 머물러 있는 거겠죠."

"그럼 아직도 다이나의 고객인가?"

"아뇨. 다이나는 퀸트가 무섭다고 했어요. 자길 죽이겠다고 협박했대요."

"누구나 한 번쯤은 다이나 손에 놀아났던 것 같군."

"다이나가 원하는 사람은 누구든지요."

앨버리가 진지하게 대답했다.

"도널드 윌슨이 가장 최근의 고객이었나?"

"그건 모르겠어요. 그에 관해선 들은 얘기도 없고, 본 것도 없거든요. 어제 경찰서장이 저희더러 도널드 윌슨이 이전에 다이나 앞으로 발행한 수표가 있는지 찾아보라고 했지만 아무것도 찾지 못했어요. 그런 걸 기억하는 사람도 없었지요."

"자네가 아는 범위 내에서 다이나의 가장 최근 고객은 누구였지?"

"최근에는 탈러라는 사내와 함께 있는 걸 꽤 자주 봤어요. 탈러는 이 도시에서 도박장을 두어 군데 운영하고 있어요. 사람들은 탈러를 위스퍼라고 부르곤 하죠. 아마 들어 보셨을 겁니다."

나는 8시 30분에 앨버리와 헤어져서 포리스트가에 있는 광부 공관으로 걸어갔다. 호텔까지 반 블록 남은 곳에서 빌 퀸트와 마주쳤다.

"안녕하십니까!" 내가 퀸트를 불러 세웠다. "마침 퀸트 씨를 만나러 가던 길이었습니다."

퀸트는 내 앞에 멈춰 서서 위아래를 훑어보더니 으르렁거리듯 말했다.

"그러니까 당신은 탐정 나부랭이시로군."

"무슨 그런 말씀을. 퀸트 씨를 만나러 여기까지 왔는데 화를 내시다니."

내가 투덜거렸다.

"이번엔 뭘 알고 싶은 거요?"

"도널드 윌슨에 관한 거요. 그 남자 아시죠?"

"알고 있소."

"잘 아십니까?"

"그렇진 않소."

"도널드 윌슨을 어떻게 생각하십니까?"

빌 퀸트는 잿빛 입술 사이로 거세게 숨을 몰아쉬어 천 조각이 찢어지는 듯한 소리를 내며 말했다.

"형편없는 자유주의자요."

"다이나 브랜드도 아시나요?"

"그렇소만."

퀸트의 목이 갑자기 움츠러들었다.

"혹시 다이나가 도널드 윌슨을 죽였다고 생각하진 않습니까?"

"물론이오. 한심한 노릇이지."

"그럼 퀸트 씨는 아니란 말입니까?"

"제기랄, 왜 아니겠소. 우리 둘이 같이 죽였소이다. 더 물어볼 거 있으슈?"

"그렇긴 하지만 헛수고일 테니 그만두겠습니다. 어차피 거짓말만 할 테니."

나는 다시 브로드웨이로 돌아가 택시를 잡아타고 이번에는 허리케인가 1232번지로 향했다.

4장

허리케인가

내가 도착한 곳은 나무로 지은 회색 집이었다. 초인종을 울리자 깡마른 남자가 문을 열었다. 남자의 얼굴은 피로해 보였고, 양쪽 뺨에 있는 50센트 동전 크기만 한 빨간 반점을 제외하면 핏기라곤 찾아볼 수 없었다. 아마도 이 친구가 폐병쟁이 댄 롤프 같았다.

"브랜드 양을 만나고 싶습니다."

"누구시라고 전할까요?"

환자같이 힘이 없었지만 교양 있는 목소리였다.

"이름을 대도 모를 겁니다. 윌슨 씨의 죽음에 관한 일로 만나고 싶어 왔습니다."

남자는 피로하지만 침착한 검은 눈으로 나를 바라보며 말했다.

"그런데요?"

"난 콘티넨털 탐정사무소의 샌프란시스코 지부 탐정입니다. 이번 살인 사건을 맡고 있지요."

"퍽 친절하시군요." 남자가 비꼬듯 말하며 몸을 비켰다. "들어오시지요."

집 안으로 들어간 나는 1층의 한 방으로 안내되었는데, 서류가 잔뜩 쌓인 테이블 앞에 젊은 여인이 앉아 있었다. 서류 가운데는 투자 정보와 주식 및 채권 예측 정보도 있었다. 하나는 경마 관련 자료였다.

방은 어수선하고 너저분했다. 가구가 엄청나게 많았는데 한 점도 제자리에 놓여 있는 것 같지 않았다.

"다이나, 이 신사 분은 콘티넨털 탐정사무소 대표로 샌프란시스코에서 온 탐정인데, 도널드 윌슨 씨의 사망을 조사하러 오셨대."

폐병쟁이가 나를 소개했다.

젊은 여자는 자리에서 일어나 발에 거치적거리는 신문지 두세 장을 걷어차고는 내게 다가와 한 손을 내밀었다.

키가 나보다 3~5센티미터 가량 더 커 보이니 173센티미터쯤 될 듯했다. 넓은 어깨에 풍만한 가슴, 펑퍼짐한 엉덩이에 길고 굵직한 다리는 터질 듯 탱탱했다. 손을 잡자 부드럽고 따뜻하지만 강한 힘이 느껴졌다. 얼굴에는 이미 스물다섯 해 세월의 흔적이 엿보이고 있었다. 크고 도톰한 입가에는 잔주름이 잡혀 있었고, 짙은 속눈썹도 눈가에 잡힌 그물 모양의 희미한 주름을 감추지는 못했다. 푸른색의 매우 커다란 눈에는 살짝 핏발이 서 있었다.

푸석푸석한 갈색 머리는 손질을 하지 않아 헝클어진 데다 가르마마저 비뚤어져 있었다. 윗입술은 한쪽보다 다른 쪽에 립스틱을 더 높이 발라 짝짝이였다. 입고 있는 원피스는 끔찍할 만큼 어울리지 않는 와인색에 한쪽 솔기가 군데군데 벌어져 있었다. 단추를 채우지 않았거나 단추가 떨어져 나간 듯했다. 왼쪽 스타킹은 정면에 올이 나가 있었다.

내가 들은 바에 따르면, 이 여자가 바로 포이즌빌의 남자들을 마음대로 주물럭거린다는 다이나 브랜드였다.

"당연히 그 사람 아버지가 당신을 불렀겠죠."

내가 앉을 자리를 마련하기 위해 의자에서 도마뱀 가죽 슬리퍼와 컵, 접시 따위를 치우며 다이나가 말했다.

부드럽고 나른한 목소리였다.

나는 다이나에게 사실대로 말했다.

"나른 부른 것은 도널드 윌슨 씨였소. 그런데 내가 만나러 가서 기다리는 사이에 살해당했지."

"가지 마요, 댄."

다이나가 큰 소리로 롤프를 불러 세웠다.

롤프가 다시 방 안으로 들어왔다. 다이나가 테이블로 돌아가 앉자, 그는 야윈 손으로 깡마른 얼굴을 괸 채 맞은편에 앉아서 무심한 얼굴로 나를 바라보았다.

다이나 브랜드의 두 눈썹이 가운데로 모이고 미간에 주름이 잡혔다. 그녀가 내게 물었다.

"누군가가 자길 죽이려고 한다는 걸 도널드가 알았다는 말씀인가요?"

"그건 나도 모르오. 윌슨 씨가 뭘 원하는지 얘기하지 않았으니까. 어쩌면 개혁 운동을 도와 달라는 것뿐이었을지도 모르지."

"그런데 당신은……?"

"이거 원 기분 더럽구먼. 명색이 탐정이란 자가 수사는커녕 거꾸로 질문만 받고 있다니."

내가 투덜거렸다.

"도대체 어떻게 된 일인지 궁금해서 그래요."

다이나가 목에서 까르륵하는 작은 소리를 내며 웃었다.

"나도 궁금하구려. 예를 들어 당신이 왜 윌슨 씨에게 수표 지급 보증을 요구했는지 알고 싶소."

댄 롤프는 매우 태평스러운 얼굴로 자세를 바꾸어 의자에 등을 기대고 앉았는데, 그러자 야윈 손이 테이블 아래로 내려가 보이지 않게 되었다.

"그래, 그 일도 알아내셨어요?" 다이나 브랜드가 물었다. 그녀는 왼다리를 오른다리 위로 꼰 채 올이 나간 스타킹을 빤히 바라보더니 투덜거렸다. "정말이지 스타킹 좀 그만 신어야지! 맨발로 다녀야겠어. 어제 5달러나 주고 샀는데. 이 빌어먹을 꼬락서니 좀 보세요. 매일 올이 나간다니까요, 매일, 매일, 매일!"

"왜 그딴 쓸데없는 얘기를 하는 거요? 내가 듣고 싶은 건 스타킹 올이 아니라 수표 얘기요. 누넌도 다 알고 있소."

다이나가 롤프를 바라보자, 그는 한참 동안 나를 바라보더니 마침내 고개를 한 번 끄덕였다.

"말이 통하는 분이라면…… 도움을 드릴 수 있을지도 모르지만……."

다이나가 눈을 가늘게 뜨고 나를 바라보며 느릿느릿하게 말했다.

"그게 뭔지 안다면 가능할 수도 있겠지."

"돈이에요. 많을수록 좋죠. 전 돈을 좋아하니까요."

"돈을 안 쓰는 게 버는 거요. 난 당신이 돈도 절약하고 슬픔도 덜게 도울 수 있소만."

나는 속담으로 대꾸했다.

"그런 얘긴 아무리 해봐야 소용없어요. 그럴듯해 보이긴 하네요."

"경찰에서 수표 건으로 뭔가 물어보지 않았소?"

다이나가 고개를 저었다.

"누넌은 위스퍼와 당신을 용의자로 보고 있소."

내가 다시 말했다.

"겁주지 마세요. 난 아직 소녀예요."

다이나가 혀짤배기소리로 종알거리듯 말했다.

"누넌은 많은 걸 알고 있소. 탈러가 수표에 관해 알았다는 것도 알지. 윌슨 씨가 여기 있을 때 탈러가 왔지만 들어오진 않았다는 것도 알고, 윌슨 씨가 총에 맞았을 때 탈러가 그 근방에서 얼쩡대고 있었다는 것도 알고, 탈러가 어떤 여자와 함께 시체를 굽어보는 장면이 목격되었다는 것도 안다오."

다이나 브랜드는 생각에 잠긴 듯 테이블에서 연필을 집어 들어 뺨을 긁었다. 발그스름하게 화장한 뺨에 소용돌이 모양의 까만 줄이 몇 개 생겼다.

롤프의 눈은 더 이상 피곤해 보이지 않았다. 이글이글 밝게 타오르는 눈으로 나를 뚫어지게 쳐다보고 있었다. 그는 몸을 앞으로 기울였으나, 손은 테이블 아래 감춰 두고 있었다. 그가 말했다.

"그건 탈러와 관계된 일이지 브랜드 양과는 상관없는 일입니다."

"탈러와 브랜드 양은 서로 모르는 사이가 아니오. 윌슨 씨는 5000달러짜리 수표를 갖고 여기 왔다가 돌아가는 길에 살해당했소. 문제는 그런 상태였다면 브랜드 양이 수표를 현금으로 바꾸기가 어려웠을지도 모른다는 거요. 사려 깊은 윌슨 씨가 지급 보증을 해 놓지 않았다면 말이지."

"세상에! 내가 그 사람을 죽일 생각이었다면 아무도 보지 못하는 이 집에서 죽였든지, 아니면 여기서 보이지 않는 곳으로 갈 때까지 기다렸을 거예요. 내가 그렇게 돌대가리로 보이나요?"

다이나가 거칠게 항의했다.

"당신이 윌슨 씨를 죽였는지는 확실치 않지만 그 뚱보 서장이 당신에게 죄를 뒤집어씌우려 한다는 건 확실하오."

"당신 뭘 어쩌려는 거죠?"

"윌슨 씨를 죽인 범인을 알아내려는 거요. 죽였을지도 모르는 사람 말고 진짜로 죽인 범인 말이오."

"도와 드릴 순 있지만 나한테도 뭔가 오는 게 있어야죠."

"안전."

내가 다시 한 번 말했지만 다이나는 고개를 흔들었다.

"내 말은 금전적인 보상이 있어야 한다는 뜻이에요. 당신한테 가치 있는 정보라면 어느 정도는 돈을 내셔야죠. 많이는 아니더라도 말이죠."

"그럴 순 없겠는데." 나는 다이나에게 씩 웃어 보이고 마지막 한방을 날렸다. "돈다발일랑 잊어버리고 자선을 베풀어 보시구려. 날 빌 퀸트라고 생각하고."

댄 롤프가 입술까지 새하얗게 질린 얼굴로 의자에서 벌떡 일어섰다. 그러나 다이나 브랜드가 나른하고 부드러운 얼굴로 미소를 짓자 다시 자리에 앉았다.

"이 신사 분은 내가 빌한테서 아무것도 받아 내지 못한 줄 아나 봐요, 댄." 다이나는 몸을 앞으로 숙이더니 한 손을 내 무릎에 올려놓았다. "탐정님, 한번 생각해 보세요. 어떤 회사의 노동자들이 파업할 거라는 사실과 그 날짜까지 미리 알게 되었다고. 언제 파업을 그만둘지도 알고요. 그럼 그 정보와 얼마간의 자본을 갖고 주식시장에서 뛰어들면 그 회사의 주식으로 재미를 볼 수도 있지 않을까요? 당연하죠! 그러니까 빌이 아무 대가도 지불하지 않았다고 생각하지 마시라고요."

다이나가 의기양양하게 말을 맺자 내가 말했다.

"당신 정말 썩어 빠졌군."

"왜 그렇게 짜게 구는 거죠? 당신 주머니가 가벼워지는 것도 아니잖아요. 경비 계좌가 따로 있지 않나요?"

나는 아무 말도 하지 않았다. 다이나는 눈살을 찌푸린 채 나와 올이 나간 스타킹과 롤프를 차례로 바라보았다. 그러더니 롤프에게 말했다.

"이 사람 술 한잔 해야 나긋나긋해질 것 같은걸."

롤프가 깡마른 몸을 일으켜 방을 나갔다.

뿌루퉁한 얼굴로 나를 쳐다보던 다이나가 발가락으로 내 정강이를 쿡 찌르면서 말했다.

"이건 돈 문제가 아니라 원칙 문제라고요. 여자가 어떤 사람한테 중요한 뭔가를 갖고 있는데, 돈을 받지 않으면 바보죠."

나는 씩 웃기만 했다.

"좋은 남자가 돼 주면 안 돼요?" 다이나가 간청했다.

댄 롤프가 사이펀(공기의 압력을 이용해 액체를 하나의 용기에서 다른 용기로 옮기는 데 쓰는 관—옮긴이)과 진 한 병, 레몬 그리고 얼음그릇을 들고 돌아왔다. 우리는 각자 한 잔씩 마셨다. 폐병쟁이 롤프는 나가고 다이나 브랜드와 나는 술을 더 마시면서 돈 문제로 말다툼을 벌였다. 나는 어떻게든 탈러와 도널드 윌슨 이야기에 대화의 초점을 맞추려고 애썼지만, 다이나는 계속해서 자기가 받아야 하는 돈 이야기로 화제를 돌렸다. 그렇게 옥신각신하다가 어느새 진 한 병을 다 비워 버렸다. 시계를 보니 1시 15분이었다.

다이나는 레몬 껍질을 씹으면서 열세 번째인가 열네 번째로 말했다.

"당신 주머니에서 나오는 것도 아니잖아요. 대체 뭐가 걱정이죠?"

"돈 문제가 아니라 원칙 문제요."

다이나는 얼굴을 찌푸리면서 테이블이 있다고 생각하는 자리에 잔을 놓았다. 그러나 예상이 20센티미터 빗나갔다. 잔이 바닥에 떨어졌을 때 깨졌는지 어땠는지는 기억나지 않는다. 단지 다이나가 잔을 떨어뜨리는 모습에 힘이 솟았다는 것만 생생히 기억난다.

"문제가 한 가지 더 있소." 나는 새로운 논쟁거리를 꺼냈다. "당신이 무슨 얘길 하든 그게 정말 중요한 정보인지 알 수 없다는 거요. 다시 말해 당신 정보 없이 조사를 진행한다 해도 할 수 있단 뜻이지."

"그럴 수 있다면 좋겠지만, 살인범 말고 살아 있는 그 사람을 마지막으로 본 게 나라는 사실을 잊지 마세요."

"아니오. 그건 윌슨 부인이오. 여기서 나간 윌슨이 걸어가다 쓰러지는 모습을 봤으니까."

"윌슨 부인이!"

"그렇소. 윌슨 부인은 길가에 차를 세워 놓고 앉아 있었소."

"윌슨이 여기 온 걸 어떻게 알았을까요?"

"부인 말론 탈러가 전화해서 남편이 수표를 갖고 여기 왔다고 했다더군."

"농담도 잘하시네. 맥스가 그걸 알았을 리 없어요."

"난 윌슨 부인이 누넌과 내게 한 얘길 그대로 전하는 것뿐이오."

다이나 브랜드는 씹다 남은 레몬 껍질을 바닥에 뱉고 손가락으로 머리카락을 훑어 더 헝클 다음, 손등으로 입을 닦고는 테이블을 철썩 내리쳤다.

"좋아요, 잘난 양반. 당신이랑 같은 편이 되죠. 대가를 지불하지 않아도 된다고 생각하는 건 당신 자유지만, 난 일이 끝나기 전에 기필코 내 몫을 받아 낼 거예요. 내가 못할 거 같아요?"

다이나는 한 블록 떨어진 곳에 있는 사람을 보듯 나를 찬찬히 응시하며 도전해 왔다.

돈 문제로 다시 논쟁을 시작할 때가 아니었기에 나는 "그렇게 되면 좋겠군." 하고 대꾸했다. 그것도 서너 번 정도 아주 진지하게 했던 것 같다.

"그럼요. 자, 이제 내 말 좀 들어 봐요. 당신도 취했고 나도 취했어요. 난 당신이 알고 싶어 하는 걸 뭐든 얘기할 만큼 취했죠. 난 이런 여자예요. 어떤 사람이 좋으면 그 사람이 알고 싶어 하는 걸 모두 얘기해 준다고나 할까. 물어만 보세요. 어서요."

나는 다이나의 말대로 했다.

"도널드 윌슨이 아가씨한테 5000달러를 준 이유가 도대체 뭐요?"

"재미로요." 다이나는 몸을 뒤로 젖히고 실컷 웃더니 말을 이었다. "들어보세요. 윌슨은 스캔들거리를 찾고 있었어요. 그런데 나한테 건수가 몇 개 있었지요. 언젠가 돈이 될지도 모를 진술서랑 물건들 말이죠. 난 기회 있을 때마다 푼돈 모으는 걸 좋아하는 여자예요. 그래서 그런 것들을 모아 온 거죠. 도널드가 전리품을 찾아다니기 시작했을 때, 내가 그런 것들을 갖고 있고 팔 생각도 있다고 알려 줬어요. 괜찮은 물건이라는 걸 알려 주려고 슬쩍 보여 주기도 했죠. 실제로도 좋은 물건들이었고요. 그러고 나서 가격을 협상했어요. 그 사람은 당신처럼 쫀쫀하진 않았어요. 하긴 당신같이 쩨쩨한 사람은 한 번도 못 봤어요. 하지만 그 사람도 조금 야박하긴 했어요. 그래서 어제까지 흥정을 계속한 거죠.

어젠 내가 윌슨을 몰아붙였어요. 그에게 전화해서 같은 물건을 원하는 고객이 생겼다고 하고 물건을 원한다면 밤에 5000달러를 현금이나 지급 보증 수표로 갖고 오라고 했죠. 그건 거짓말이었지만, 윌슨은 여기 오자마자 홀딱 속아 넘어갔어요."

"왜 10시였소?"

"아무려면 어때요? 언제로 정하든 마찬가지죠. 그런 거래에서 중요한 건 시간을 분명히 정해 주는 거예요. 이젠 왜 현금이나 지급보증 수표가 아니면 안 됐는지 알고 싶죠? 좋아요, 알려 드릴게요. 난 당신이 원하는 모든 걸 알려 줄 거예요. 난 그런 여자거든요. 항상 그렇게 살았죠."

다이나 브랜드는 오 분 동안 계속해서 자기가 어떤 여자며, 왜 옛날부터 항상 그런 여자였는지 한바탕 연설을 늘어놓았다. 나는 적당히 맞장구를 치다가 끼어들었다.

"좋소, 이제 왜 지급 보증 수표여야 했는지 알려 주겠소?"

다이나는 한쪽 눈을 찡긋 감고 나를 향해 집게손가락을 흔들면서 말했다.

"그래야 지급 중지를 못 하거든요. 내가 판 정보는 어차피 써먹을 수 없었을 테니까요. 정보 자체는 좋았죠. 너무 좋아서 문제였지만요. 그 정보를 사용하면 다른 일당뿐만 아니라 윌슨의 아버지까지 감옥으로 보낼 수 있었으니까요. 누구보다도 일라이휴 노인네를 꼼짝 못하게 잡아넣을 정보였죠."

나는 과음한 상태에서도 정신을 잃지 않으려고 애쓰면서 다이나와 함께 웃어젖혔다.

"그 밖에 또 누굴 꼼짝 못하게 잡아넣을 정보였지?"

"그 망할 인간들 전부죠."

다이나는 한 손으로 허공을 가리키며 계속 말했다.

"맥스, 루 야드, 피트, 누넌, 일라이휴 윌슨…… 그 망할 인간들 전부요."

"당신이 하고 있는 일을 맥스 탈러가 알았나?"

"당연히 몰랐죠. ……도널드 윌슨 말곤 아무도 몰랐어요."

"확실한 거요?"

"그럼요, 확실하죠. 내가 일이 성사되기도 전에 떠벌이고 다녔을 거라고 생각하는 건 아니겠죠?"

"지금은 누가 그 거래를 안다고 생각하지?"

"알 게 뭐예요. 난 그냥 윌슨을 놀린 것뿐인데요. 어차피 그 정보는 써 먹을 수 없었을 거라니까요."

"아가씨가 판 비밀과 관계된 사람들이 뭔가 의심할 거라고 생각하진 않소? 누넌은 아가씨와 탈러에게 살인죄를 뒤집어씌우려고 혈안이 되어 있소. 그건 그가 도널드 윌슨의 호주머니에서 그 정보를 발견했다는 뜻이지. 그들 모두 일라이휴 영감이 아들을 이용해서 자기들을 거꾸러뜨리려 한다고 생각하진 않았을까?"

"맞아요, 선생님. 나도 그렇게 생각하니까요."

"다들 잘못 생각한 것이겠지만 그건 중요하지 않소. 누넌이 도널드 윌슨의 주머니에서 그 정보를 발견하고 윌슨에게 정보를 판 사람이 아가씨라는 사실을 알았다면, 당연히 아가씨와 아가씨 친구 탈러가 일라이휴 영감 쪽에 붙었다고 생각하지 않을까?"

"누넌이라면 일라이휴 영감도 다른 사람들만큼 피해를 입게 된다는 걸 알고 있을걸요."

"당신이 판 정보라는 게 대체 뭐요?"

"그들은 3년 전에 시청 건물을 새로 지었어요. 다들 그 건으로 한몫 봤고요. 누넌이 그 서류를 손에 넣었다면, 그게 다른 어떤 사람들보다 일라이휴 영감을 옭아맨다는 걸 금방 알아챌 거예요."

"그런다고 달라지는 건 없소. 누넌 입장에선 당연히 일라이휴 영감이 저 혼자 빠져나갈 수를 마련해 뒀다고 생각할 테니까. 내 말을 믿으시오, 아가씨. 누넌과 그 패거리들은 당신과 탈러가 일라이휴와 손을 잡고 자기들을 배신했다고 생각한단 말이오."

"그 작자들이 어떻게 생각하든 난 눈 하나 깜짝 안 해요." 다이나가 고집스럽게 말했다. "그건 그냥 장난이었다고요. 그게 다라니까요. 정말이에요."

"잘됐군. 깨끗한 양심으로 교수대에 올라갈 수 있을 테니. 살인사건 이후 탈러랑 만난 적은 있소?"

나는 으르렁거리듯 대꾸했다.

"아뇨, 하지만 맥스는 죽이지 않았어요. 그게 당신이 생각하는 거라면요. 근처에서 어정거리긴 했지만요."

"이유는?"

"이유야 많죠. 첫째, 맥스라면 자기 손으로 직접 죽이진 않았을 거예요. 다른 사람한테 시키고 자기는 멀리 떨어진 곳에서 아무도 흔들 수 없는 알리바이를 만들었겠죠. 둘째, 맥스는 38구경을 쓰고, 맥스가 보낸 자라면 38구경이나 그 이상의 총을 썼을 거예요. 어떤 총잡이가 32구경을 가지고 다니겠어요?"

"그럼 누가 죽였지?"

"내가 아는 건 다 말씀드렸어요. 너무 많이 떠들었네요."

"아니, 딱 적당히 얘기했지."

나는 일어서면서 말했다.

"그럼 누가 그 사람을 죽였는지 짐작이 간단 말인가요?"

"그렇소. 체포하기 전에 해결해야 할 것이 두어 가지 있긴 하지만."

"누군데요? 누구냐고요?" 다이나 브랜드는 갑자기 술이 깼는지 일어서서 내 옷깃을 잡아당겼다. "누가 범인인지 말해 줘요."

"지금은 안 되오."

"제발 알려 주세요."

"지금은 안 된다니까."

다이나는 내 옷깃을 놓고 뒷짐을 진 채 빈정거렸다.

"좋아요. 어디 잘 꿍쳐 놓으세요. ……내 얘기 중에 어떤 부분이 진실인지나 생각해 보시고요."

"아무튼 진실인 부분은 고맙소. 진도 고맙고. 맥스 탈러가 당신한테 의미 없는 사람이 아니라면, 누넌이 그를 노리고 있다는 사실을 알려야 할 거요."

5장

일라이휴 영감, 분별 있는 얘기를 하다

호텔에 도착하니 새벽 2시 30분이 다 되었다. 야간 담당 데스크 직원이 내 방 열쇠와 함께 포플러 605로 전화해 달라는 메모를 건넸다. 아는 번호였다. 일라이휴 윌슨의 전화번호였다.

"전화가 언제 왔죠?"

"1시 조금 지나서였습니다."

급한 일인 듯했다. 나는 전화 부스로 가서 전화를 걸었다. 영감의 비서가 받았는데, 지금 당장 와 달라는 것이었다. 나는 곧 가겠다고 약속하고 직원에게 택시를 불러 달라고 부탁한 다음, 스카치를 한잔 하러 방으로 올라갔다.

정신이 맑았으면 좋았겠지만, 그렇지 않았다. 이 밤에 해야 할 일이 더 있는데 술기운도 없이 그 일을 마주하고 싶지는 않았다. 스카치를 한 잔 마시니 힘이 불끈 솟았다. 나는 작은 병에 킹 조지를 따른 뒤 주머니에 넣고 택시를 타러 내려갔다.

일라이휴 윌슨의 집은 위층에서 아래층까지 불이 훤하게 켜져 있었다. 초인종을 누르기도 전에 비서가 현관문을 열었다. 비서의 여윈 몸은 옅은 파란색 잠옷 위에 어두운 파란색 가운을 걸치고도 보일 듯 말 듯 떨리고 있었다. 깡마른 얼굴에는 흥분한 기색이 역력했다.

“서둘러 주십쇼! 사장님께서 기다리고 계십니다. 부탁인데, 시체를 치울 수 있게 사장님을 설득해 주시겠습니까?”

나는 알았다고 하고 비서를 따라 영감의 침실로 올라갔다.

일라이휴 영감은 아침과 마찬가지로 침대에 누워 있었지만, 이번에는 이불 위에 놓인 분홍색 손 옆에 검정색 자동권총이 놓여 있었다.

내가 나타나자 영감은 곧바로 베개에서 머리를 들어 꼿꼿이 앉더니 버럭 소리부터 질렀다.

“자넨 뻔뻔스러운 만큼 배짱도 두둑하겠지?”

검붉게 변한 영감의 얼굴은 상태가 안 좋아 보였다. 전과 달리 형형해진 눈은 냉혹하게 타오르고 있었다.

나는 대답을 잠시 미루고 문과 침대 사이에 널브러져 있는 시체를 바라보았다.

갈색 옷을 입은 땅딸막한 남자가 반듯이 누워 회색 모자챙 아래 생기가 빠져나간 눈으로 천장을 응시하고 있었다. 턱

일부가 날아간 상태였다. 아래턱이 기울어져 있어서 또 한 발의 총알이 넥타이와 칼라를 뚫고 목에 구멍을 낸 것이 보였다. 한 팔은 구부러진 채 몸통 아래 깔려 있었다. 다른 손에는 우유병만 한 곤봉이 들려 있었다. 유혈이 낭자했다.

나는 피바다가 된 바닥에서 고개를 들어 영감을 바라보았다. 그는 사악하면서도 멍청한 얼굴로 씩 웃었다.

"자넨 말솜씨가 아주 좋지. 나도 알아. 힘세고 말 잘하는 놈이지. 그런데 다른 것도 있나? 그 뻔뻔스러움에 걸맞은 배짱이 있느냔 말이야. 아니면 입만 잘 놀리는 건가?"

영감과 잘 지내려고 애써 봐야 소용없는 일이었다. 나는 그를 노려보면서 아침에 했던 말을 상기시켰다.

"혹시라도 분별 있는 얘길 하고 싶어지거든 연락하시라고 말씀드렸을 텐데요."

"그랬지, 애송이." 영감의 목소리에서 바보 같은 의기양양함이 느껴졌다. "그래서 자네가 말한 분별 있는 얘길 하려고 부른 거야. 날 대신해서 이 돼지우리 같은 포이즌빌을 청소하고 크고 작은 쥐새끼들을 쫓아낼 사람이 필요해. 이건 대장부가 할 일이지. 자넨 대장분가?"

"그렇게 멋들어지게 말한다고 뭐 달라지는 게 있습니까? 용건만 말씀하십쇼." 내가 화난 목소리로 대꾸했다. "제게 의뢰하실 일이 있고 그에 걸맞은 보수를 지불하신다면 일을 맡을 수도 있습니다. 하지만 쥐새끼들을 쫓아낸다느니 돼지우리를 청소한다느니 하는 바보 같은 말은 저하고 아무 상관이 없습니다."

"좋아. 난 퍼슨빌에서 악당들을 몰아내고 싶네. 이만하면 알아듣겠나?"

"오늘 아침만 해도 안 그러시더니, 왜 마음이 바뀌신 겁니까?"

영감은 버럭버럭 소리를 지르면서 상소리를 섞어 가며 장황하게 설명했다. 요지는 다음과 같았다. 퍼슨빌은 내가 내 손으로 벽돌 하나하나 쌓다시피 해서 세운 도시니, 이대로 내버려 두든 깡그리 밀어 버리든 마음대로 할 것이다. 누가 됐든 이 도시에서 나를 협박할 수는 없다. 지금까지는 놈들을 내버려 뒀지만, 놈들이 이 일라이휴 윌슨에게 이래라저래라 하기 시작하면 내가 어떤 사람인지 보여 주겠다. 영감은 시체를 가리키며 빼기는 것으로 한바탕 연설을 마쳤다.

"저걸 보면 놈들도 이 늙은이한테 아직 독침이 남아 있다는 걸 알겠지."

술이 취하지 않았더라면 좋았을 텐데. 광대 같은 영감의 짓거리를 이해하기가 힘들었다. 그 뒤에 숨겨진 무언가를 분명히 알아낼 수가 없었다.

"영감님 친구들이 보낸 사람입니까?"

내가 죽은 남자를 고갯짓으로 가리키며 물었다.

"난 그 자식하고 이걸로만 얘기했어." 영감이 침대 위에 놓인 자동권총을 가볍게 두드리면서 대답했다. "하지만 보나마나 놈들이 보낸 거야."

"어떻게 된 일입니까?"

"아주 간단해. 문 열리는 소리가 들려서 불을 켰더니 저놈이 있는 거야. 그래서 쐈지."

"몇 시였습니까?"

"1시쯤이었어."

"그 뒤로 지금까지 계속 저대로 내버려 두셨습니까?"

"그랬지." 영감은 야만인처럼 웃더니 또다시 소리를 지르기 시작했다. "죽은 사람을 보니 속이 뒤집히나? 아니면 귀신이 나타날까 봐 무섭기라도 한 건가?"

나는 영감을 보며 실소를 터뜨렸다. 이제야 알 것 같았다. 이 늙은이는 겁을 잔뜩 집어먹은 것이다. 광대 짓 뒤에 숨긴 것은 공포였다. 그래서 소리를 지르고 시체를 치우지 못하게 한 것이다. 자기에게 스스로를 방어할 수 있는 능력이 있다는 것을 보여 주는 증거를 그대로 두고 보면서 공포심을 쫓으려고 한 것이다. 이제 내가 어떤 입장에 놓여 있는지 알 것 같았다.

"정말 이 도시를 깨끗하게 청소하고 싶으십니까?"

"아까 그렇다고 말했고 지금도 마찬가지야."

"제가 누구의 사정도 봐주지 않고 내키는 대로 자유롭게 행동할 수 있어야 합니다. 의뢰비는 1만 달러고요."

"1만 달러라고! 젠장맞을, 내가 왜 눈곱만큼도 모르는 작자한테 그런 거액을 줘야 하지? 하는 일이라곤 주둥이 놀리는 것밖에 없는 인간한테 말이야."

"농담은 관두십쇼. 제가 '저'라고 할 땐 '콘티넨털 탐정사무소'를 말하는 겁니다. 그곳은 아시잖습니까."

"그곳이야 알지. 거기서도 날 알고. 그럼 내가 어떤 사람인지도 알아야……."

"그런 뜻이 아닙니다. 영감님이 몰아내고 싶어 하는 자들은 어제의 친구였습니다. 어쩌면 다음 주엔 다시 친구가 될지도 모르죠. 그건 제가 상관할 일이 아닙니다. 하지만 저는 영감님을 대신해서 정치 공작을 펴려는 게 아닙니다. 그들에게 버릇을 가르치는 일을 돕다가 그게 달성되면 손을 떼겠다는 게 아니란 말입니다. 일을 맡기고 싶으시다면, 일을 완전히 끝내는 데 필요한 돈을 지불하셔야 합니다. 남은 돈은 돌려드릴 겁니다. 하지만 완전히 맡겨 주시든지, 아니면 아예 포기하시든지 하십쇼. 모 아니면 도, 이게 제 방식입니다. 결정하십쇼."

"빌어먹을, 어림도 없는 소리!"

영감이 소리를 질렀다.

내가 계단을 반쯤 내려갔을 때, 영감이 나를 다시 불렀다.

"난 늙은이야." 영감이 투덜거렸다. "내가 열 살만 젊었어도……." 영감은 나를 노려보면서 잠시 입을 꾹 다물었다. "염병할 돈을 주겠네."

"제 방식대로 일할 수 있는 권한도요?"

"그래."

"바로 일을 처리하죠. 비서는 어디 있습니까?"

일라이휴 영감이 침대 옆 테이블에 있는 단추를 누르자, 어디에 숨어 있었는지 아무 소리도 없던 비서가 나타났다. 내가 그에게 말했다.

"윌슨 영감님이 콘티넨털 탐정사무소 앞으로 1만 달러짜리 수표를 끊고 싶어 하십니다. 그 1만 달러를 퍼슨빌의 범죄와 정치 부패 조사에 써도 좋다는 편지를 써서 샌프란시스코 지부로 보내고 싶어 하시고요. 편지에 저희 탐정사무소의 방식대로 조사해도 된다는 내용을 분명히 밝혀야 합니다." 비서가 미심쩍은 눈으로 영감을 바라보자, 영감은 인상을 쓰면서 백발의 둥근 머리를 끄덕였다. "하지만 먼저…… 경찰에 전화해서 여기 강도 시체가 있다고 신고하는 게 좋을 겁니다. 윌슨 영감님 주치의도 불러 주시고요."

내가 문을 향해 미끄러지듯 걸어가는 비서에게 말했다.

영감은 망할 의사 따위는 필요 없다고 딱 잘라 거절했다.

"주무실 수 있게 팔에 주사나 한 대 놔 드리려는 겁니다."

나는 침대에 놓여 있는 검정색 권총을 집으려고 시체를 넘어가면서 영감에게 말했다.

"오늘 밤은 여기 있겠습니다. 내일은 포이즌빌 문제를 상세히 살펴보죠."

영감은 피곤해 보였다. 내가 뻔뻔스럽게 자기한테 이래라저래라 한다고 한바탕 상스러운 욕설을 늘어놓았지만, 목소리가 전처럼 쩌렁쩌렁 울리지는 않았다.

나는 얼굴을 더 자세히 보려고 죽은 남자의 모자를 벗겼다. 모르는 얼굴이었다. 나는 모자를 도로 씌웠다.

내가 허리를 펴고 일어서자 영감이 조용한 목소리로 물었다.

"도널드를 죽인 범인이 누군지 알겠나?"

"알 것 같습니다. 하루만 지나면 끝날 겁니다."

"누군가?"

비서가 편지와 수표를 갖고 들어왔다. 나는 영감에게 대답하는 대신 편지와 수표를 건넸다. 영감은 떨리는 필체로 각각에 서명했다. 내가 그것들을 접어서 주머니에 넣자 경찰이 도착했다.

가장 먼저 들어온 경찰관은 뚱보 서장 누넌이었다. 그는 일라이휴 영감에게 다정히 고개를 끄덕이고 나와 악수를 나눈 다음, 푸른빛이 감도는 눈동자를 반짝이며 죽은 남자를 바라보았다.

“이런, 이런, 누가 했는지는 몰라도 솜씨가 훌륭하군. 야키마 쇼티네. 놈이 갖고 있는 곤봉 좀 보시오.”

서장이 죽은 남자의 손에 들려 있던 곤봉을 발로 걷어찼다.

“이 정도면 전함도 가라앉히겠소이다. 선생이 해치우셨소?”

누넌이 나에게 물었다.

“윌슨 영감님이 해치우셨습니다.”

“그렇군요, 대단한 일을 하셨습니다.” 서장이 영감을 칭찬했다. “저를 포함한 많은 사람들의 큰 걱정거리를 덜어 주셨습니다. 자, 놈을 끌어내.”

제복 입은 경찰관 두 명이 야키마 쇼티의 다리와 겨드랑이를 들어 올려서 끌고 나가는 동안, 다른 경찰관 한 명이 곤봉과 시체 아래 놓여 있던 손전등을 주워 모았다.

“도둑이 들 때 다들 이렇게 처리하면 참 좋을 텐데요.”

서장이 웅얼거리더니 호주머니에서 시가를 세 개 꺼내 하나는 침대 위로 던지고, 하나는 내게 건네고, 하나는 자기 입에 물었다.

“마침 어디로 가야 선생을 만날 수 있을까 궁금해하던 참이었소.” 서장은 시가에 불을 붙이면서 내게 말했다. “처리할 일이 하나 있는데 선생이 같이 가고 싶어 할 것 같더군. 막 출동하려던 차에 연락을 받고 이리 오게 된 거요.” 서장이 내 귀에 입을 가까이 대고 속삭였다. "위스퍼를 체포하러 갈 건데, 같이 가시겠소?"

"그러죠."

"그럴 줄 알았소. 안녕하십니까, 의사 선생님!"

서장은 막 방으로 들어온, 작고 포동포동한 남자와 악수를 나누었다. 달걀형 얼굴은 피곤해 보였고 회색 눈은 잠에서 덜 깬 듯했다.

의사는 침대로 다가갔다. 일라이휴 영감은 누넌의 부하에게 총격 당시 상황에 관한 질문을 받고 있었다. 나는 비서를 따라 복도로 나와서 그에게 물었다.

"이 집에 당신 말고 또 누가 있습니까?"

"운전사와 중국인 요리사가 있습니다."

"운전사한테 오늘 밤은 주인 영감님 방에 있으라고 하십시오. 난 누넌 서장과 함께 나가야 하니까요. 되도록 빨리 돌아오겠습니다. 더 이상 소동이 일어날 것 같진 않지만, 무슨 일이 있어도 영감님을 혼자 두지 마십시오. 누넌 서장이나 그 부하와도 함께 두지 마시고요." 비서가 입을 떡 벌리면서 눈을 휘둥그렇게 떴다. "어젯밤 도널드 윌슨 씨를 마지막으로 본 게 언제입니까?"

"그저께 밤, 그러니까 윌슨 씨가 살해당한 날 밤을 말씀하시는 겁니까?"

"그렇습니다."

"정확히 9시 30분이었습니다."

"5시부터 그때까지 함께 있었습니까?"

"5시 15분부터입니다. 8시가 다 될 때까지 우리는 사무실에서 서류를 검토했죠. 그 뒤에는 베이어드로 가서 저녁식사를 하며 업무 이야기를 마무리했고요. 윌슨 씨는 약속이 있다고 하시면서 9시 30분에 나가셨습니다."

"무슨 약속인지 얘기하지 않았습니까?"

"네."

"어디로 갈 건지, 누굴 만날 건지는 입도 뻥끗하지 않았고요?"

"그냥 약속이 있다고만 하셨습니다."

"그 약속에 관해 아무것도 모르셨습니까?"

"네. 왜 자꾸 물어보시는 거죠? 제가 뭔가를 안다고 생각하시는 겁니까?"

"뭔가 얘기했을 것 같아서요." 나는 화제를 오늘 밤의 일로 되돌렸다. "오늘 영감님을 찾아온 사람은 누가 있었습니까? 영감님이 쏜 남자 말고요."

"죄송합니다."

비서가 미안하다는 미소를 지으면서 말했다.

"그건 사장님 허락이 없으면 말씀드릴 수 없습니다. 죄송합니다."

"이 지역 실세들이 오진 않았습니까? 예를 들면 루 야드라든가……."

비서가 고개를 저으면서 같은 말을 되풀이했다.

"죄송합니다."

"실랑이를 해봤자 소용없겠군."

나는 포기하고 침실 문을 향해 발걸음을 떼었다.

의사가 코트 단추를 잠그면서 나왔다.

"이제 주무실 겁니다. 누가 곁에 있어야 합니다. 전 아침에 다시 오죠."

의사는 서둘러 말하고는 급히 계단을 내려갔다.

나는 침실로 들어갔다. 서장과, 일라이휴 영감에게 질문하던 경찰관이 침대 옆에 서 있었다. 서장은 나를 보고 반갑다는 듯이 씩 웃었다. 다른 경찰관은 얼굴을 찌푸렸다. 일라이휴 영감은 똑바로 누워서 천장을 바라보고 있었다. 누넌이 말했다.

"여기 일은 대충 끝난 것 같군. 슬슬 가시겠소?"

나는 그러자고 한 뒤 영감에게 "안녕히 주무십쇼." 하고 인사했다. 영감은 나를 거들떠보지도 않은 채 "잘 가게." 하고 대꾸했다. 비서가 운전사와 함께 들어왔다. 운전사는 키가 크고 햇볕에 그을린, 건장한 청년이었다.

서장과 다른 형사(맥그로라는 경위)와 나는 아래층으로 내려가서 서장의 차에 올라탔다. 맥그로는 조수석에 앉고 서장과 나는 뒷좌석에 앉았다.

"새벽에 체포할 거요." 차를 타고 가면서 누넌이 설명했다. "킹가에 위스퍼의 도박장이 있소. 놈은 보통 새벽에 나오지. 도박장으로 쳐들어갈 수도 있지만, 그러면 총싸움을 벌여야 하니까 서두르지 않는 게 좋소. 놈이 나오면 체포하는 거요."

나는 서장이 위스퍼를 체포하겠다는 건지 총알을 먹이겠다는 건지 궁금했다.

"혐의를 입증할 만한 증거는 충분합니까?"

"충분?" 서장이 온화하게 웃으며 되물었다. "윌슨 부인이 우리한테 알려 준 증거로 놈을 목매달지 못하면 난 소매치기나 할 거요."

나는 서장에게 대꾸할 재치 있는 말을 두어 가지 떠올렸으나, 아무 말도 하지 않았다.

6장

위스퍼의 도박장

차는 시내 중심가에서 멀지 않은, 어두운 거리의 가로수 아래서 멈췄다. 우리는 차에서 내려 길모퉁이로 걸어갔다.

회색 코트를 입고 회색 모자를 눈 위까지 눌러쓴, 건장한 사내가 우리를 맞이했다.

"위스퍼가 눈치 챈 것 같습니다." 사내가 서장에게 보고했다. "도노호에게 전화해서 도박장에 계속 있을 거라고 했답니다. 끌어낼 수 있으면 끌어내 보라나요."

누넌은 싱긋 웃더니 한쪽 귀를 긁으며 유쾌한 얼굴로 물었다.

"저 안에 몇 명이나 있을 것 같나?"

"쉰 명은 될 겁니다."

"에이, 이봐! 설마 그렇게 많을까. 새벽인데."

"설마가 사람 잡죠. 그놈들 자정부터 계속 기어들어 갔습니다."

건장한 사내가 으르렁거리듯 대꾸했다.

"그래? 어디서 정보가 샜구먼. 들여보내지 말았어야 하는 거 아닌가."

"그랬어야 하는 건지도 모르죠."

건장한 사내가 화를 냈다.

"하지만 전 서장님께서 시키신 대로 한 겁니다. 누구든 마음대로 들락날락하게 하되, 위스퍼가 나타났을 땐……"

"체포하라고 했지."

"뭐, 그렇죠."

건장한 사내가 맞장구치면서 나를 사납게 노려보았다.

경찰관들이 속속 합류해 들어오자 우리는 의논을 시작했다. 모두 기분이 좋지 않은 듯했지만 서장만은 예외였다. 그는 대단히 즐거워 보였다. 나로서는 이유를 알 수 없었다.

위스퍼의 도박장은 그 블록 중심에 있는 3층짜리 벽돌 건물로, 양쪽에는 2층 건물이 서 있었다. 1층은 담배 가게인데, 위층 도박장의 출입구 역할을 했다. 건장한 사내의 정보가 믿을 만하다면, 안에는 위스퍼가 싸움에 대비해서 집합시킨 무장한 사내 50명이 대기하고 있었다. 밖에는 누넌의 부하들이 건물을 둘러싸고 앞쪽 길과 뒤쪽 골목, 근방의 지붕 위에 포진해 있었다.

"자, 이보게들." 모두가 각자의 의견을 이야기하고 나자 서장이 역시 온화한 얼굴로 말했다. "내 생각에 위스퍼도 우리만큼이나 말썽을 원치 않아. 그렇지 않다면 친구들이 그렇게 많은데, 진즉에 벌써 총질을 해 대면서 나왔겠지. 뭐 그렇게 친구들이 많을 것 같지도 않지만 말이야."

"젠장, 아니라니까요."

건장한 사내가 대꾸했다.

누넌이 말을 이었다.

"그러니까 위스퍼가 말썽을 원치 않는다면 대화로 해결할 수 있을지도 몰라. 자네가 가 봐, 닉. 위스퍼를 설득해서 평화롭게 해결할 수 없는지 알아봐."

"젠장, 전 못 합니다."

건장한 사내가 말했다.

"그럼 전화를 해봐."

서장이 제안했다.

건장한 사내가 으르렁거리는 목소리로 "그나마 낫군요." 하더니 가 버렸다.

다시 돌아온 사내가 더할 나위 없이 만족스러운 얼굴로 보고했다.

"놈이 뒈져 버리라는데요."

"남은 인원 여기로 집합시켜. 날이 밝는 대로 해치운다."

누넌이 쾌활하게 말했다.

닉이라고 불린 건장한 사내와 나는 부하들이 적재적소에 배치되어 있는지 서장이 확인하는 동안 함께 따라다녔다. 나는 그들이 못마땅했다. 추레하고 눈매도 수상쩍고 큰일을 앞두고도 열의라곤 보이지도 않는 경찰들이라니.

하늘이 희부연 회색이 되었다. 서장과 닉 그리고 나는 대각선으로 길 건너편에 있는 배관공 가게 문간에 멈춰 섰다.

위스퍼의 도박장은 캄캄했다. 위층 창문에는 아무것도 보이지 않았고, 담뱃가게 창문과 문에는 블라인드가 처져 있었다. 누넌이 중얼거렸다.

"위스퍼한테 기회도 주지 않고 일을 시작하긴 싫은데. 나쁜 놈은 아니거든. 하지만 녀석에게 얘기해 봐야 어차피 소용없어. 전부터 날 별로 안 좋아했으니까." 서장이 나를 바라보았다. 나는 아무 말도 하지 않았다. "한번 얘기해 보지 않겠소?"

"좋지요, 한번 해 보죠."

"참 훌륭하시구려. 선생이 나서 준다면 정말 고맙겠소. 위스퍼를 설득해서 아무런 소란 없이 나오게 할 수 있는지만 알아보면 되오. 뭐라고 설득해야 할진 잘 알 거요. ……위스퍼 자신을 위해서라든가 뭐 그런 얘기 말이오."

"압니다."

나는 아무것도 들고 있지 않다는 것을 보여 주려고 좌우로 양손을 흔들면서 길 건너 담배 가게로 걸어갔다.

날이 밝으려면 아직 조금 더 있어야 했다. 거리는 희뿌연 회색빛이었다. 보도를 걷는 내 발소리가 크게 울렸다.

문 앞에 이르자 나는 손등으로 유리를 가볍게 두드렸다. 문 안쪽에 처진 녹색 블라인드 때문에 유리가 거울 역할을 했다. 두 사람이 길 건너편으로 움직이는 모습이 비쳤다.

안에서는 아무 소리도 들리지 않았다. 나는 더 세게 문을 두드린 다음, 이번에는 문손잡이를 덜거덕거렸다.

문 안쪽에서 경고하는 목소리가 들렸다.

"목숨 붙어 있을 때 얼른 꺼져."

나직한 목소리였지만, 속삭이는 듯한 소리는 아니었으므로 탈러는 아닌 듯했다.

"탈러와 얘기하고 싶다."

"널 보낸 비겟덩어리한테나 가서 얘기해."

"난 누넌을 대신해서 온 게 아니다. 탈러가 내 말을 들을 수 있는 데 있나?"

잠깐 침묵이 이어지더니 나직한 목소리가 대답했다.

"그렇다."

"난 콘티넨털 탐정사무소의 탐정이외다. 누넌이 당신한테 죄를 뒤집어씌우려고 한다는 걸 다이나 브랜드에게 알려 준 사람이지. 오 분만 얘기할 시간을 내주시오. 난 누넌과 아무 관계가 없소. 그 작자의 술책을 망쳐 버리려는 것만 빼고 말이지. 난 혼자요. 원한다면 권총을 버리겠소. 날 들여보내 주시오."

나는 기다렸다. 결과는 다이나 브랜드가 내가 해 준 이야기를 탈러에게 전했느냐 아니냐에 달려 있었다. 꽤 오랫동안 기다린 듯했다.

"문 열면 잽싸게 튀어 들어와. 허튼짓 말고."

나직한 목소리가 말했다.

"알았소."

자물쇠가 딸깍 열렸다. 나는 안으로 뛰어들었다.

길 건너편에서 권총 여러 개가 동시에 불을 뿜었다. 문과 창문에서 유리 파편이 마구 튀었다.

누군가가 내 발을 걸어 넘어뜨렸다. 공포가 엄습하자, 나의 머리와 눈은 전광석화처럼 기민하게 움직였다. 나는 궁지에 빠졌다. 누넌이 나를 감쪽같이 속인 것이다. 이자들은 당연히 내가 누넌의 앞잡이라고 생각할 터였다.

나는 나동그라지면서 몸을 비틀어 문을 마주보았다. 바닥에 넘어질 때는 이미 권총을 빼든 상태였다.

길 건너편에서는 건장한 닉이 문간에서 나와 양손에 권총을 들고 이쪽을 향해 쏘아 대고 있었다.

나는 바닥에서 권총을 겨누었다. 가늠쇠 위로 닉의 몸이 보이자 방아쇠를 당겼다. 닉이 사격을 멈췄다. 그는 권총 두 자루로 가슴에 십자를 그으며 보도 위로 털썩 쓰러졌다.

내 발목을 잡은 손들이 나를 뒤로 끌어당겼다. 턱이 바닥에 긁혔다. 문이 쾅 닫혔다. 누군가가 익살스럽게 말했다.

"그래, 당신은 어딜 가나 천덕꾸러기구먼."

나는 일어나 앉아서 시끄러운 소음을 뚫고 소리를 질렀다.

"이럴 줄은 정말 몰랐소."

총격이 점점 줄어들더니 이내 멈췄다. 문과 창문의 블라인드에 점을 찍은 듯 여기저기 회색 구멍이 뚫려 있었다. 어둠 속에서 쉰 목소리가 속삭였다.

"토드, 슬래츠랑 둘이 여길 지켜. 나머지는 위층으로 올라가는 게 좋겠다."

가게 뒤쪽 방을 통해 복도로 나간 우리는 양탄자가 깔린 계단을 올라가 도박 게임용 녹색 테이블이 있는 2층 방으로 들어갔다. 작고 창문 없는 방이었지만 불이 켜져 있었다.

우리는 다섯이었다. 탈러는 앉아서 담배에 불을 붙였다. 작고 가무스름한 젊은 남자, 그는 합창단원 같은 예쁘장한 얼굴이지만 얇고 강인한 입술은 또 다른 모습을 보여 주었다. 멋지게 각을 잡은 금발에 트위드 양복을 입은, 기껏해야 스무 살밖에 안 된 한 소년이 카우치에 벌렁 누워 천장에 담배연기를 뿜어 댔다. 또 다른 친구는 마찬가지로 금발에 마찬가지로 어렸지만 머리에 각을 잡지는 않고, 진홍색 타이를 바로잡고 노란 머리를 매만지느라 여념이 없었다. 넓고 처진 입술 아래로 턱이라고는 거의 없는 홀쭉한 얼굴에 서른쯤 되어 보이는 남자는 「로지 칙스」를 흥얼대며 지루한 얼굴로 방을 서성댔다.

나는 탈러에게서 60~90센티미터 떨어진 의자에 앉았다.

"누넌은 얼마나 이러고 있을 셈이오?"

탈러가 물었다. 속삭이는 쉰 목소리에는 짜증스러움 외엔 아무 감정도 없었다.

"누넌이 노리는 건 당신이오. 끝장을 보려는 것 같소."

탈러는 희미한, 경멸하는 듯한 웃음을 지었다.

"그런 식으로 터무니없이 누명을 씌우려고 해 봐야 헛수고라는 건 알 텐데."

"누넌은 법정에서 유죄를 증명하려는 게 아니오."

"그렇다면?"

"체포에 저항하다가 사살되거나 아니면 도주하다가 사살된 걸로 처리될 거요. 그러고 나면 별다른 증거도 필요 없겠지."

"나이답지 않게 세게 나오시는군."

얇은 입술이 다시 웃음 지었다. 탈러는 뚱보 서장의 살의는 그다지 신경 쓰지 않는 듯싶었다.

"나야 언제 누넌한테 당하든 자업자득이라고 봐야지. 한데 당신한테는 뭣 때문에 앙심을 품은 거요?"

"내가 눈엣가시가 될 걸 알아챘나 보지."

"딱하시군. 다이나 얘길 듣자니 제법 괜찮은 남자라던데, 좀

생원이라는 점만 빼면 말이지만."

"다이나와 즐겁게 담소를 나눴소이다. 도널드 윌슨 살인사건에 관해 아는 대로 말해 주겠소?"

"부인이 먹인 거요."

"직접 봤소?"

"직후에 봤소. 손에 총을 들고 있더군."

"당신이나 나나 그걸로는 부족하오. 당신이 얼마나 요리해놨는지는 모르겠소. 제대로 익었다면 법정에서는 통할지도 모르겠지만, 법정까지 끌고 갈 기회조차 없을 거요. 누넌은 당신을 붙잡게 된다면 절대 놔주지 않을 테니까. 내게 귀띔이라도 해 주시오. 그것만 있으면 일을 벌일 수 있소."

탈러는 담배를 바닥에 떨어뜨리고 발로 비벼 끄고 나서 물었다.

"당신 그렇게 대단해?"

"당신이 아는 대로 말해 주기만 하면 기필코 결판을 내겠소. 우선은 여기서 나갈 수 있어야겠지만."

탈러는 새 담배에 불을 붙이고 물었다.

"윌슨 부인이 내가 자기한테 전화했답디까?"

"그렇소, 누넌이 설득하니까 그렇게 말하더군. 이제 그 여자는 그렇게 믿고 있소. 아마 그럴 거요."

"당신은 넋을 쓰러뜨렸소. 한번 믿어 보지. 그날 밤 웬 남자가 전화했소. 누군지는 모르오. 그는 윌슨이 5000달러짜리 수표를 들고 다이나에게 갔다고 하더군. 내가 뭔 상관이겠소? 하지만 생각해 보니 내가 모르는 누군가가 그걸 내게 찔러 줬다는 게 우습더라고. 그래서 가 봤소. 댄이 문간에서 날 내쫓더군. 그건 상관없소. 하지만 그자가 내게 전화했다는 게 여전히 우스웠지.

나는 거리로 나가서 어떤 건물 현관에 숨어 있었소. 윌슨 부인의 고물차가 길가에 있는 걸 봤지만 그게 윌슨 부인의 차라는 것도, 그녀가 차에 타고 있었다는 것도 그때는 몰랐소. 윌슨은 금방 밖으로 나와서 거리를 걸어갔지. 총 쏘는 장면을 본 건 아니오. 소리만 들었소. 그때 이 여자가 차에서 뛰쳐나가더니 윌슨에게 달려가더군. 난 그 여자가 쏜 게 아니라는 걸 알았소. 난 그 자리를 떠야 했지만, 너무나 재미있어서 그 여자가 윌슨 부인이란 걸 알고 나자 그녀에게 다가가 대체 어떻게 된 일인지 알아내려 해 봤지. 그게 실책이었던 거요, 알겠소? 난 일이 잘못될 경우를 대비해 빠져나갈 길을 만들어 둬야 했소. 그래서 그 여자를 엮어 넣었소. 이게 빌어먹을 그 일의 진상이오. 다 까놓고 말한 거요."

"고맙소. 그게 내가 원하던 거요. 자 이제 살육되지 않고 빠져나가는 게 문제군."

"그건 문제도 아니오." 탈러가 나를 안심시키며 말했다. "우린 나가고 싶을 때 언제든 나갈 수 있소."

"난 지금 나가고 싶소. 내가 당신이라면, 나와 함께 나갈 거요. 당신은 허위 경보로 누넌을 끌어들이기는 했지만, 뭐 하러 위험을 감수하려는 거요? 몰래 빠져나가서 정오까지 숨어 있으면 그가 놓은 덫은 헛수고가 될 거요."

탈러는 바지 주머니에 손을 넣더니 지폐 뭉치를 꺼냈다. 그는 100달러짜리 지폐 한두 장, 50달러 몇 장, 20달러 몇 장, 10달러 몇 장을 세더니 턱이 거의 없는 남자에게 내밀며 말했다.

"도주로를 매수해, 제리. 평소보다 더 많이 줄 필요는 없어."

돈을 받아 든 제리는 테이블에서 모자를 집어 들고는 느긋하게 방을 나갔다. 그는 삼십 분 후 돌아와 남은 돈을 탈러에게 주며 예사롭게 말했다.

"신호가 올 때까지 부엌에서 기다리면 됩니다."

우리는 부엌으로 갔다. 그곳은 어두웠다. 사람들이 모여 들었다.

잠시 후 뭔가가 문을 두드렸다.

제리가 문을 열자 우리는 계단 셋을 내려가 뒤뜰로 나갔다. 해가 거의 중천에 떠 있었다. 무리는 모두 열 명이었다.

"이게 다요?" 내가 탈러에게 물었다. 탈러가 고개를 끄덕였다. "닉 말로는 쉰 명이라던데."

"쉰 명이 그렇게 어설픈 병력하고 대치한다고!"

탈러가 조소했다.

제복 차림의 한 경찰이 뒷문을 열며 신경질적으로 투덜댔다.

“제발 서두르라고, 제군들.”

나는 서두르고 싶었지만, 다른 사람들은 아무도 그의 말에 주의를 기울이지 않았다.

골목을 지나 갈색 옷을 입은 커다란 남자가 손짓하는 문으로 들어간 우리는 다른 집을 하나 통과해 다른 거리로 나간 다음 모퉁이에 서 있는 검정색 자동차에 올라탔다.

금발의 소년 중 하나가 운전했다. 그는 속도가 뭔지 알았다.

나는 그레이트 웨스턴 호텔 근처에서 내리고 싶다고 말했다. 운전사가 탈러를 쳐다보자 그가 고개를 끄덕였다. 오 분 후에 나는 호텔 앞에서 내렸다.

“나중에 또 봅시다.”

탈러가 속삭이자 자동차가 미끄러지듯 사라졌다.

내가 마지막으로 본 것은 경찰 번호판을 달고 모퉁이로 사라지는 자동차의 뒷모습이었다.

7장

그래서 꼼짝 못하게 묶어 놨던 것

5시 30분이었다. 나는 몇 블록 돌아다니다가 '크로퍼드 호텔'이라고 쓰인 불 꺼진 전광판을 발견하고 계단을 올라가 2층 사무실에 들어가 체크인을 하고 10시에 깨워 달라고 부탁한 뒤 누추한 방으로 안내되어 병에 든 스카치를 뱃속으로 옮긴 다음, 일라이휴 영감이 준 1만 달러짜리 수표와 총을 침대에 숨기고는 잠이 들었다.

10시에 옷을 입고 퍼스트 내셔널 은행으로 간 나는 앨버리를 찾아서 윌슨의 수표를 보증해 달라고 요청했다. 그는 나더러 잠시 기다리라고 했다. 나는 그가 영감의 집에 전화해서 수표가 합법적인지 확인하는 것이라고 생각했다. 마침내 앨버리가 적절한 문구를 휘갈겨 쓴 수표를 돌려주었다.

나는 봉투 하나를 얻어서 영감의 편지와 수표를 넣어 샌프란시스코에 있는 탐정사무실 주소를 적고 우표를 붙인 뒤 밖으로 나가 모퉁이에 있는 우체통에 넣었다.

그러고는 은행으로 돌아가 앨버리에게 말했다.

"이제 왜 그를 죽였는지 말해 주시지."

앨버리는 미소를 지으며 물었다.

"울새(「누가 울새를 죽였나?(Who Killed Cock Robin?)」라는 전래동요로, 살인사건의 전형으로 쓰인다. ― 옮긴이) 말인가요, 링컨 대통령 말인가요?"

"도널드 윌슨을 죽였다는 걸 순순히 인정하지 않을 셈인가 보군."

"기분을 상하게 하고 싶지는 않지만 말하지 않겠습니다."

앨버리는 여전히 미소를 지으며 말했다.

"그럼 일이 더 꼬일 텐데. 여기 서서 너무 오래 말다툼을 하다가는 방해받기 십상이야. 안경을 끼고 이쪽으로 다가오는 저 통통한 친구는 누구지?"

앨버리의 얼굴이 분홍색이 되었다.

"드리턴 씨요. 출납원이죠."

"소개해 주게."

앨버리는 불편한 듯했지만, 출납원의 이름을 불렀다. 드리턴(부드러운 핑크빛 얼굴에 주변머리에만 흰 머리칼이 난 핑크색 머리에 무테 코안경을 낀 거구의 남자)이 우리에게 다가왔다.

보조 출납원 앨버리는 웅얼거리며 소개했다. 나는 앨버리를 계속 지켜보면서 드리턴과 악수를 나눴다.

내가 드리턴에게 말했다.

"방금 전에 우리가 좀 더 사적인 장소에서 대화해야 한다고 얘기하던 참입니다. 이 친구 제가 좀 더 짜내기 전에는 아마도 자백하지 않을 텐데, 제가 고함치는 걸 은행 직원들이 다 들을 필요는 없을 테니까요."

"자백이라고요?"

출납원이 혀를 휘둘렀다.

"네." 나는 누넌 흉내를 내서 무미건조한 얼굴과 목소리와 태도로 말했다. "앨버리가 도널드 윌슨을 살해한 범인이라는 것을 몰랐습니까?"

터무니없는 농담을 들었다는 듯 출납원은 안경 너머로 예의 바른 웃음을 지어 보였으나 부하 직원의 얼굴을 볼 때는 어리둥절한 표정으로 바뀌었다. 앨버리는 립스틱처럼 얼굴이 새빨갰고 억지로 머금고 있는 미소는 처참해 보였다.

드리턴이 목을 한번 가다듬고 나서 다정하게 말했다.

"정말 화창한 아침이군요. 요즘 날씨가 아주 좋지요."

"은밀하게 얘기할 만한 조용한 곳이 없는 겁니까?"

내가 고집스레 다그쳤다.

드리턴은 움찔하며 초조한 얼굴로 앨버리에게 물었다.

"뭐야, 무슨 일이야?"

앨버리는 아무도 알아들을 수 없는 말을 지껄였다.

내가 말했다.

"조용한 장소가 없다면 시청으로 데려가야겠군요."

드리턴은 코에서 미끄러져 내리는 안경을 잡아 밀어올리고 나서 말했다.

"이쪽으로 오시죠."

우리는 드리턴을 따라 로비를 지나서 문 하나를 통과해 '사장실'이라고 쓰인 사무실로 들어갔다. 일라이휴 영감의 사무실이었다. 사무실엔 아무도 없었다.

앨버리에게 손짓으로 의자에 앉게 한 뒤 나도 다른 의자에 앉았다. 책상을 등지고 우리를 바라보며 꼼지락거리던 드리턴이 말했다.

"자, 선생님, 무슨 일인지 설명해 주시죠."

"그 얘기는 잠시 후에 할 겁니다." 나는 드리턴에게 말하고 나서 앨버리에게 고개를 돌렸다. "자네는 다이나에게 차인 옛 남자친구네. 다이나와 친밀하게 지내서 보증 수표 건에 관해서도 알면서 동시에 윌슨 부인과 탈러에게 전화할 수 있는 사람은 자네뿐이었어. 윌슨은 32구경으로 살해됐네. 은행은 32구경을 좋아하지. 자네가 사용한 총은 은행 것이 아니었을지도 모르지만, 아마 맞을 걸세. 어쩌면 돌려놓지 않았을 수도 있겠지. 그럼 하나가 부족할 거야. 여하간 난 권총전문가를 시켜 현미경과 측미계로 윌슨을 사살한 탄환과 은행 권총에서 발사된 탄환을 모조리 조사하게 할 셈이네."

앨버리는 아무 말도 없이 나를 차분히 바라보았다. 그는 자제력을 되찾은 것이다. 그래서는 안 되었다. 난 비열하게 나가야 했다. 내가 계속 말했다.

"자넨 그 여자한테 환장해 있었네. 자네도 털어놨다시피 그 여자가 받아 주기만 했다면 자네는……"

"그만요, 제발 그만 하세요."

앨버리는 숨을 헉 들이쉬었다. 얼굴이 다시 시뻘게졌다.

나는 앨버리가 눈을 내리깔 때까지 그를 비웃었다. 그러고는 말했다.

"자네는 말을 너무 많이 했어, 애송이. 자기 인생에 비밀이라곤 없는 것처럼 보이려고 너무 열심이었다고. 아마추어 범죄자들이 흔히 쓰는 방법이지. 솔직하고 개방적으로 보이려고 지나치게 애쓰는 거야." 앨버리는 두 손을 쳐다보고 있었다. 나는 마지막 한 방을 더 먹였다. "자네도 자기가 죽였다는 거 알잖나. 은행 총을 사용했는지 도로 돌려놨는지도 알지. 은행 총으로 했으면 자넨 꼼짝없이 잡힌 거야. 그건 총기전문가들이 알아서 할 일이지. 은행 총으로 한 게 아니라도 난 자넬 잡아넣을 수 있어. 좋을 대로 하게. 자네한테 가망이 있는지 없는지 말해 줄 필욘 없겠지. 자네도 알 테니까.

누넌은 위스퍼 탈러에게 누명을 씌우려고 하고 있네. 유죄 판결을 받게 하진 못하겠지만, 함정 자체가 치밀해서 탈러가 체포에 불응해 저항하다 죽으면 서장에겐 아무 문제도 없을 거야. 그게 바로 서장의 의도이기도 하고. 탈러를 죽이는 것 말이지. 탈러는 밤새도록 킹가의 술집에서 경찰과 대치했네. 아직도 대치 중이고. 이미 경찰이 들이닥치지 않았다면 말이야. 첫 번째 경찰이 탈러를 덮치는 순간, 그는 끝장이야.

그렇게 해서 자네가 체포되지 않을지도 모른다고 생각한다면, 그리고 자네 대신 다른 누군가가 죽길 바란다면, 그건 자네 문제지. 하지만 아예 가망이 없다는 걸 안다면 (총이 발견된다면 가망은 없는 거네.) 제발이지 탈러가 혐의를 벗도록 기회를 주게."

"저도 그러고 싶습니다."

앨버리의 목소리는 노인네 같았다. 그는 고개를 들어 드리턴을 보고서 다시 "그러겠습니다."라고 고쳐 말하고는 말을 멈췄다.

"총은 어디 있나?"

"하퍼의 보관함에요."

"가져다주시겠습니까?" 드리턴을 노려보며 말했다.

드리턴은 총을 가져다주게 되어 기쁘다는 듯 방을 나갔다.

"죽일 생각은 없었습니다. 죽이려던 건 아니었다고요."

앨버리가 말했다.

내가 격려하듯 고개를 끄덕이며 공감하는 듯 엄숙한 표정을 짓자 앨버리가 말을 이었다.

"윌슨을 죽이려던 건 아니었어요. 총은 가져갔지만요. 다이나에게 환장했다는 말씀은 맞습니다. 그때는 그랬어요. 어떤 날은 다른 때보다 더 심했죠. 윌슨이 수표를 가지고 온 날은 심한 날이었습니다. 그때 생각나는 거라고는 내가 돈이 없어서 다이나를 놓쳤다는 것과 윌슨이 그녀에게 5000달러를 주려 한다는 것뿐이었죠. 그건 수표였어요. 이해하시겠어요? 전 탈러가 다이나와 어떤 사이인지 (무슨 말인지 아실 거예요.) 알게 됐어요. 윌슨이 다이나와 그런 사이란 걸 알게 됐더라도 수표만 보지 않았더라면 전 아무 짓도 하지 않았을 겁니다. 확실해요. 그 수표를 봤기 때문에, 그리고 제가 돈이 다 떨어졌기 때문에 그런 거였습니다.

그날 밤 저는 다이나의 집을 관찰하다가 윌슨이 들어가는 걸 봤습니다. 전 자신이 무슨 짓을 저지를까 겁이 났죠. 그날은 상태가 심한 날이었고 주머니에 총이 있었으니까요. 솔직히 전 아무 짓도 하고 싶지 않았습니다. 무서웠죠. 전 수표와 왜 다이나를 잃었을까 하는 것 외엔 아무것도 생각할 수 없었어요. 전 윌슨 부인이 질투가 심하다는 걸 알았죠. 그건 다 아는 얘깁니다. 다이나에게 전화해서 말해 준다면……. 그때 무슨 생각을 했는지는 정확히 모르겠지만, 전 모퉁이 근처에 있는 가게로 들어가서 윌슨 부인에게 전화를 걸었습니다. 그러고 나서 탈러에게도 전화했죠. 그들이 그곳에 오기를 바랐어요. 다이나와 윌슨과 연관된 사람을 또 떠올릴 수 있었다면 그 사람에게도 전화했을 겁니다.

그러고는 돌아가서 다이나의 집을 다시 지켜봤죠. 윌슨 부인이 오고, 그 후에 탈러가 오더니 둘 다 그곳에서 집을 지켜보더군요. 전 기뻤습니다. 그들이 거기 있으니 제가 무슨 짓을 저지를까 걱정되지는 않더군요. 잠시 후에 윌슨이 집에서 나와 거리로 걸어갔어요. 저는 윌슨 부인의 차와 탈러가 있던 건물 입구를 살펴보았습니다. 두 사람 다 아무 짓도 하지 않았고, 윌슨은 멀어져만 가고 있었죠. 그때 저는 왜 그들이 거기 있길 바랐는지 깨달았습니다. 그들이 뭔가 하기를 바란 거죠. 그럼 제가 하지 않아도 될 테니까. 하지만 그들은 아무 일도 하지 않았고, 윌슨은 가 버리고 있었어요. 누군가 그에게 다가가서 뭐라고 했으면, 아니 그를 따라가기만 했더라도 전 정말이지 아무 짓도 하지 않았을 겁니다.

하지만 둘 다 그러지 않았어요. 주머니에서 총을 꺼내던 게 생각나네요. 눈앞이 전부 뿌옇게 보이더군요, 울고 있는 것처럼. 어쩜 울었을지도 모릅니다. 총을 쏜 건 기억이 안 나요. 의

도적으로 조준해서 방아쇠를 당겼는지 기억나지 않는다고요. 하지만 총소리와 그것이 내가 쥔 총에서 나온 소리였다는 건 알았습니다. 윌슨의 모습이 어땠는지, 제가 돌아서서 골목으로 달아나기 전에 그가 쓰러졌는지 어떤지는 기억나지 않아요. 저는 집에 가서 총을 청소하고 재장전한 뒤 다음 날 아침에 출납계 보관함에 넣어 두었습니다."

총을 가지고 앨버리와 시청으로 가는 길에 나는 그를 으르느라 초반에 촌스러운 연극을 벌였던 걸 사과하며 그 이유를 설명했다.

"나로서는 자네를 짜증나게 해야 했네. 그게 최선의 방법이었어. 자네가 다이나 얘기를 하는 모습을 보고 정공법으로 무너뜨리기엔 너무 훌륭한 배우라는 걸 알았거든."

앨버리는 한 번 움찔하더니 천천히 말했다.

"사실 그건 연극이 아니었어요. 교수대에 올라갈 위험에 닥치게 되니 다이나는 그리, 그리 중요해 보이지 않더군요. 그때 내가 왜 그런 짓을 저질렀는지 이해가 되지 않았어요. 지금도 잘 이해가 안 되지만요. 무슨 말인지 아시겠어요? 어쩐지 그것 때문에 모든 게, 저 자신까지 싸구려가 되는 거예요. 그러니까 처음부터 끝까지 말입니다."

"그럴 수도 있는 거네."

나는 이런 무의미한 소리 외에 무슨 말을 해야 좋을지 몰랐다.

서장실에서 우리는 전날 밤 급습에 동참했던 경찰 중 한 사람을 발견했다. 얼굴이 시뻘건 비들이라는 경관이었다. 그는 호기심 어린 잿빛 눈을 휘둥그레 뜨고 나를 보았지만, 킹가에서 있었던 일에 관해서는 아무것도 묻지 않았다.

비들은 지방검사 사무실에서 다트라는 젊은 변호사를 불러들였다. 앨버리가 비들과 다트와 속기사 앞에서 진술하고 있을 때 서장이 침대에서 막 기어 나온 듯한 모습으로 들어왔다.

"오, 만나서 참말로 반갑소이다." 누넌은 내 손을 위아래로 흔들어 대며 내 등을 두드렸다. "맙소사! 어젯밤엔 아슬아슬했지, 그 쥐새끼들! 문을 부수고 들어가 술집이 텅 빈 걸 발견할 때까진 그놈들이 당신을 처치한 줄만 알았소. 그 개자식들이 어떻게 빠져나갔는지 좀 말해 주시겠소?"

"당신 부하 중 두어 명이 뒷문으로 그자들을 내보낸 다음, 뒤쪽에 있던 집을 통과해서 경찰차로 데리고 갔죠. 그들이 나도 데리고 가서 당신에게 찔러 줄 수가 없었습니다그려."

"내 부하 두어 명이 그랬다고?" 누넌이 놀란 기색도 없이 물었다. "저런, 저런! 어떻게 생긴 자들이었소?"

나는 그들의 모습을 묘사했다.

"쇼어와 리오던이군. 알아챘어야 했는데. 근데 이게 다 무슨 일이오?"

누넌이 앨버리를 향해 통통한 얼굴을 까딱이며 물었다.

나는 앨버리가 계속 진술하는 동안 간단히 설명했다.

서장은 잠시 킬킬거리고 나서 말했다.

"이런, 이런, 내가 위스퍼에게 부당한 짓을 했구려. 그자를 찾아내서 빚을 갚아줘야겠군. 선생이 이 녀석을 잡아 오셨소? 거 참 훌륭하시오. 축하하고 감사하외다." 누넌이 내 손을 다시 흔들었다. "지금 이 도시를 떠날 생각은 아니라고 믿소만?"

"아직은 아닙니다."

"잘됐구려."

나는 아침 겸 점심을 먹으러 나갔다. 그런 뒤 면도와 이발을 하고 탐정사무소에 전보를 보내 딕 폴리와 미키 리니헌을 퍼슨빌로 보내 달라고 요청한 다음, 호텔에 들러 옷을 갈아입고 의뢰인의 집으로 향했다.

일라이휴 영감은 해가 잘 드는 창가에 놓인 안락의자에 담요를 두르고 앉아 있었다. 그는 뭉뚝한 손을 내밀고는 아들을 살해한 범인을 잡아 주어 고맙다고 치사했다.

나는 그럭저럭 예의 바르게 대답했다. 그 소식을 어떻게 알았는지는 묻지 않았다.

"어젯밤 내가 준 수표는 자네가 해 준 일에 비하면 약소하군."

"전에 아드님이 준 수표로도 충분합니다."

"그럼 내가 준 건 보너스라고 치게."

"콘티넨털 규정상 보너스나 사례금을 받을 수 없습니다."

영감은 얼굴이 벌게지기 시작했다.

"저런, 망할……."

"영감님이 주신 수표가 퍼슨빌의 범죄와 타락을 조사하는 비용이었다는 걸 잊지는 않으셨겠지요?"

"그건 헛소리였어." 영감이 콧방귀를 뀌었다. "어젯밤엔 흥분했더랬잖아. 그건 취소야."

"전 못합니다."

영감은 한바탕 욕지거리를 내뱉었다. 그러고는 말했다.

"그건 내 돈이고, 난 멍청한 짓거리에 그 돈을 낭비하지 않겠네. 이번 일의 대가로 받지 않으려거든 돌려주게."

"고함은 그만 치시죠. 도시를 깔끔하게 청소해 드리는 것 외엔 아무것도 못 드립니다. 그게 영감님이 거래한 내용이었으니, 거래한 대로 받으실 겁니다. 이제 영감님은 아드님이 친구들이 아니라 앨버리라는 애송이한테 살해됐단 건 알게 되셨습니다. 영감님 친구들도 탈러가 영감님을 도와 그들을 배신하려 했던 게 아니었단 걸 알게 됐죠. 아드님이 죽었으니 영감님은 신문사들이 더 이상 파헤치지 못할 거라고 친구들에게 약속할 수 있게 됐고요. 모든 게 다시 사랑스럽고 평화로워진 겁니다.

말씀드렸듯이 제가 원하는 건 그런 게 아닙니다. 바로 그래서 영감님을 꼼짝 못하게 묶어놓은 거죠. 영감님은 이제 꼼짝 못합니다. 수표도 지급 보증됐으니 지급을 중단할 순 없습니다. 신용지시서는 계약만큼의 효력은 없지만, 그걸 증명하려면 법정에 서야 할 겁니다. 그런 식으로 언론에 노출되고 싶으시다면 좋을 대로 하십쇼. 얼마든지 노출되게 해 드립죠.

영감님의 뚱보 경찰서장 나리가 어젯밤 날 암살하려 하더군요. 맘에 안 듭니다. 저는 비열한 놈이라 그 인간을 뭉개 버리고 싶습니다. 이제 제가 즐길 차례군요. 영감님이 주신 1만 달러면 유흥비로 충분하죠. 그걸로 포이즌빌을 머리끝에서 발끝까지 까발릴 겁니다. 되도록 주기적으로 보고해 드리죠. 맘에 드셨으면 합니다."

나는 윙윙거리는 영감의 욕설을 뒤로 하고 밖으로 나왔다.

8장

키드 쿠퍼에 관한 단서

나는 오후 내내 도널드 윌슨 건에 관해 사훌 치의 보고서를 쓰느라 여념이 없었다. 일을 마치고 나서는 파티마 담배를 피우며 저녁때까지 일라이휴 윌슨 작전에 골몰했다.

호텔 식당으로 내려가 버섯을 넣은, 두드린 우둔살 스테이크를 먹으려고 결심한 찰나에 나를 호출하는 소리가 들렸다.

호텔 보이는 로비에 있던 전화 부스로 나를 데려갔다. 다이나 브랜드의 늘어지는 목소리가 수화기 너머에서 들려왔다.

"맥스가 당신을 보고 싶대요. 오늘 밤에 들러 줄래요?"

"당신 집에?"

"네."

나는 그러마고 약속한 뒤 식당으로 돌아갔다. 식사를 마치고 나서 5층 앞쪽에 있던 내 방으로 돌아갔다. 문을 열고 들어가 불을 딸깍 켰다.

탄환이 날아와 머리통 바로 옆 문틀에 구멍을 냈다.

탄환이 더 날아와 문과 문틀과 벽에 구멍을 냈지만, 그때쯤 나는 안전한 사각지대에 이미 머리를 숨기고 있었다.

길 건너편에는 내 방 창문보다 조금 높은 4층짜리 사무용 건물이 있었다. 건물 옥상은 어두울 터였다. 내 방에는 불이 들어와 있었고, 이런 상황에서는 바깥을 엿볼 수가 없었다.

전구에 던질 만한 물건이 없는지 주위를 둘러보던 내 눈에 기드온 성경책이 들어왔다. 그것을 던지자 전구가 퍽 깨지며 방이 어두워졌다.

사격이 멈췄다.

나는 창문으로 기어가 무릎을 꿇고 창문 아래턱에 한쪽 눈을 바싹 댔다. 건너편 옥상은 어둡고 너무 높아서 난간 뒤쪽은 보이지 않았다. 한눈으로 10분간 정탐해 봤지만 얻은 거라고는 끊어질 듯한 목의 통증뿐이었다.

나는 전화기로 기어가서 데스크 아가씨에게 내근 중인 경관을 보내라고 했다.

경관은 흰색 콧수염을 기른 좀 통통한 남자로, 아이처럼 덜 자란 둥근 이마가 드러나 있었다. 너무 작은 모자를 뒤로 눌러 썼기 때문이었다. 이름은 키버였다. 그는 총격에 무척 흥분하고 있었다.

호텔 지배인이 들어왔다. 세심하게 절제된 얼굴과 목소리와 태도를 지닌 포동포동한 남자였다. 그는 전혀 흥분하지 않았다. 오히려 거리의 파키르(fakir: 이슬람 수피 수행자. 기적을 일으킬 수 있는 성자로 인식되던 것이 묘기나 곡예나 기행을 보여주는 사람으로 와전된 듯하다. — 옮긴이)가 공연 중에 평소 능숙하게 해내던 곡예를 완전히 망쳤을 때 보여 줄 법한 '이런 건 난생 처음이지만 당연히 걱정할 문제는 아니다.'라는 태도를 취했다.

위험하지만 불을 켜기 위해 전구를 갈아 끼우고 총알구멍을 세어 보았다. 열 개였다.

출동한 경찰들이 돌아갔다가 다시 와서는 안타깝게도 아무 흔적도 발견하지 못했다고 보고했다. 누넌이 전화해서는 담당 경사와 길게 통화한 후 나를 바꿔 달라고 했다.

"지금 막 총격 사건에 대해 들었소. 누가 당신을 노리는 것 같소?"

"도무지 알 수가 없군요." 나는 거짓말을 했다.

"다친 데는 없소?"

"네."

"다행이구려." 누넌이 다정하게 말했다.

"어떤 자식인지 모르지만 반드시 잡아낼 거요. 두말하면 잔소리지. 혹시 모르니 애들 두어 명 남겨 두리까?"

"아니, 괜찮습니다."

"필요하면 쓰셔도 되오만." 누넌이 고집했다.

"아니, 됐습니다."

누넌은 나더러 시간 나는 대로 경찰서에 들르라고 신신당부를 하곤 퍼슨빌 경찰서가 다 자기 휘하나 다름없다고 큰소리를 치더니, 나한테 무슨 일이라도 생기면 자기 인생도 끝장이니 자기 입장을 이해해 달라고 말하고는 드디어 전화를 끊었다.

경찰은 돌아갔다. 나는 총알이 그리 쉽게 들어올 수 없는 방으로 옮겼다. 그런 뒤 옷을 갈아입고 속삭이는 도박꾼 탈러와 만나기로 한 허리케인가로 나섰다.

다이나 브랜드가 문을 열어 주었다. 성숙해 보이는 두툼한 입술은 립스틱이 제대로 칠해져 있었지만, 갈색 머리는 여전히 되는 대로 헝클어져 있었으며, 오렌지색 실크 드레스 앞부분 아래쪽에는 얼룩이 묻어 있었다.

"아직 살아 있었군요. 그건 마음대로 되는 일이 아니죠. 어서 들어오세요."

우리는 어수선한 거실로 들어갔다. 댄 롤프와 맥스 탈러가 피노클 카드놀이를 하고 있었다. 롤프는 내게 고개를 까딱였다. 탈러는 일어나 악수를 청했다.

탈러가 속삭이는 듯한 쉰 목소리로 말했다.

"포이즌빌에 전쟁을 선언하셨다고."

"날 탓하진 마시오. 이 도시를 환기하고 싶어 하는 의뢰인이 있는 것뿐이니."

"'싶어 하는'이 아니고 '싶어 했던'이겠지." 탈러가 자리에 앉으면서 내 말을 바로잡았다. "이쯤에서 그만두는 게 어떻겠소?"

나는 한바탕 연설을 했다.

"그건 안 되오. 포이즌빌이 날 환대해 준 방식이 맘에 안 들거든. 이제 기회가 생겼으니 갚아 줄 생각이오. 어쨌거나 그 말은 당신도 클럽 멤버로 돌아가 다시 한 형제가 되어 지난일은 묻어 버리기로 했다 뭐 그런 뜻이로군. 당신은 가만두길 바라나 본데, 나도 한때 날 좀 가만히 내버려 두길 바란 때가 있었소. 그때 날 가만뒀다면 지금쯤 샌프란시스코행 기차를 타고 있을지도 모르오. 하지만 그렇지 않았소. 특히 뚱보 누넌이 날 그냥 두지 않았지. 그는 이틀 동안 내 대갈통을 두 번이나 노렸소. 그거면 충분하지. 이제 내가 그를 넝마로 만들 차례고, 바로 그게 내가 하려는 거요. 포이즌빌은 수확할 때가 됐소. 그건 내가 좋아하는 일이고, 난 그 일을 할 거요."

"만약 그때까지 살아 있다면."

"맞는 말이오. 오늘 조간신문을 보니 침대에서 초콜릿 에클레어를 먹다가 질식사한 남자 기사가 실렸더군."

다이나 브랜드가 안락의자에 사지를 늘어뜨리고 앉아서 말했다.

"재미있는 얘기인지는 몰라도 오늘 신문은 아니었어요."

다이나는 담배에 불을 붙이고는 성냥개비를 체스터필드 소파 밑으로 던져 버렸다. 폐병쟁이 롤프는 카드를 모아서 아무 의미 없이 계속 섞고 또 섞었다.

탈러가 나를 보고 인상을 찌푸리며 말했다.

"윌슨이 기꺼이 당신에게 1만 달러를 주려고 하잖소. 그걸로 끝냅시다."

"내가 성깔이 못돼 먹어서 말이오. 암살 미수 때문에 돌아버렸거든."

"그래 봐야 얻는 건 송장뿐이오. 난 당신 편이오. 당신은 누넌이 날 옭아매지 못하게 막아 줬소. 그래서 얘기하는 거요. 다 잊고 샌프란시스코로 돌아가시오."

"나도 당신 편이오. 그래서 얘기하는 거요. 그들과 갈라서시오. 그들은 당신을 한 번 배신했소. 앞으로도 그럴 거요. 여하간 그들은 도축 명부에 올라갔소. 기회 있을 때 빠지는 게 좋을 거요."

"그러기엔 너무 좋은 처지라서. 게다가 내 몸은 내가 지킬 수 있소."

"아무렴 그러시겠지. 하지만 당신도 이 사업이 영원히 지속될 수 없다는 건 알 거요. 당신은 노른자 중에서도 노른자를 우려먹었소. 이제 뜰 때요."

탈러는 작고 검은 머리를 흔들며 말했다.

"당신은 실력이 제법인 것 같지만, 이쪽 진영을 일망타진할 만큼 뛰어나다고 생각한다면 말이 안 되지. 이곳은 너무 견고하오. 당신이 여길 흔들 수 있다고 생각했다면 나도 당신한테 붙었겠지. 당신도 내가 누넌과 어떤 사이인지 알잖소. 하지만 당신은 해내지 못할 거요. 그만두시오."

"아니. 일라이휴 영감의 1만 달러를 마지막 동전 한 닢까지 다 써 버리기 전엔 그만두지 못하오."

"너무 옹고집이라서 말해 봐야 안 들을 거라고 했잖아요." 다이나가 하품을 하며 말했다. "마실 것 좀 없어요, 댄?"

댄이 테이블에서 일어나 밖으로 나갔다.

탈러가 어깨를 으쓱하고 말했다.

"좋을 대로 하시오. 당신도 생각이 있을 테지. 내일 밤 시합에 갈 생각이오?"

나는 그럴 생각이라고 말했다. 댄 롤프가 진과 안주를 가지고 들어왔다. 우리는 각자 두어 잔씩 마시며 복싱 시합에 관해 이야기했다. 더 이상 나와 포이즌빌의 대결에 관한 이야기는 나오지 않았다. 탈러는 나한테서 손을 떼기로 한 모양이었지만, 내 고집에 적개심을 품은 것 같지는 않았다. 그는 심지어 권투 시합에 관해 그럴듯한 정보도 주었다. 나더러 메인이벤트에서 키드 쿠퍼가 아이크 부시를 6라운드쯤에 케이오시킬 거라는 사실을 기억해 두고 있으면 얼마를 걸든 큰돈을 잡을 거라고 말했다. 그는 되는 대로 지껄이는 게 아닌 듯했고, 나머지 사람들도 이미 아는 이야기인 듯했다.

나는 11시가 조금 지나 그곳에서 나와 아무 일 없이 호텔에 돌아갔다.

9장

검은 칼

다음 날 아침에 일어났을 때 좋은 수가 떠올랐다. 퍼슨빌은 인구가 고작 4만에 불과했다. 소문을 퍼뜨리기엔 십상일 터였다. 나는 10시에 나가서 얘기를 퍼뜨렸다.

나는 당구장에서, 담뱃가게에서, 불법 주점(금주법 시대였음 — 옮긴이)에서, 음식점에서, 길모퉁이에서 소문을 퍼뜨렸다. 어정거리는 사람이 한두 명만 있어도 퍼뜨렸다. 내가 소문을 퍼뜨린 방식은 대략 이랬다.

"성냥 있소? ……고맙군요. ……오늘 밤 시합 가시오? ……아이크 부시가 6회에서 쓰러진다던데……. 믿을 만한 정보요. 위스퍼에게 들었거든요. ……그렇소, 다들 그럴 거요."

사람들은 내부 정보를 좋아하는 법이고, 탈러의 이름이 들어간 것이라면 퍼슨빌에서는 모두 내부 정보에 해당했다. 소식은 멋지게 퍼져 나갔다. 내가 전해 준 사람 중 절반은 거의 나처럼 퍼뜨리고 다니면서 자기가 소식통인 양 과시했다.

내가 이 짓을 시작했을 때는 아이크 부시가 이긴다는 쪽이 7대 4였고 그가 케이오로 이긴다는 쪽은 2대 3이었다. 2시가 되자 내기를 받는 술집마다 배당이 기껏해야 반반이었고, 3시 30분이 지났을 때는 키드 쿠퍼가 이긴다는 쪽이 2대 1로 우세해졌다.

나는 마지막으로 간이식당에 들어가서 매운 소고기 샌드위치를 먹으며 웨이터와 손님 두어 명에게 이야기를 퍼뜨렸다.

식당에서 나가자 문 앞에서 웬 사내가 나를 기다리고 있었다. 그는 안짱다리에 돼지처럼 턱이 길고 뾰족했다. 그는 내게 고개를 까딱이더니 이쑤시개를 씹으며 내 얼굴을 곁눈질하면서 내 옆에서 걸었다. 모퉁이에 다다르자 사내가 말했다.

"내가 아는데 그렇게 되진 않을 거요."

"뭐라고?"

"아이크 부시가 진다는 얘기 말이오. 내가 아는데 그리 되진 않을 거라고."

"그럼 당신한텐 상관없겠군. 하지만 영리한 사람들은 쿠퍼가 이긴다는 데 2대 1로 걸 거요. 쿠퍼는 부시가 일부러 져 주지 않는 이상 그렇게 세진 않소."

돼지 턱 남자는 짓이긴 이쑤시개를 내뱉더니 누런 이를 딱

딱거렸다.

"어젯밤 부시가 직접 말해 줬는데, 쿠퍼 정도야 식은 죽 먹기라며 자긴 그런 짓 안 한다고 했수다. 적어도 날 배신하진 않을 거요."

"당신 친구고요?"

"그건 아니지만 날 알고…… 이봐요, 잘 들으쇼! 그거 위스퍼가 직접 까놓고 해 준 얘기요?"

"그렇소."

남자는 씁쓸한 얼굴로 욕지거리를 해 댔다.

"난 그 자식 말만 믿고 내 남은 마지막 35달러를 걸었단 말이오. 그 자식 넘겨 버릴 수도 있는데……."

남자는 말을 끊더니 거리를 내려다보았다.

"뭘로 넘겨 버릴 수 있다는 거요?"

"엄청난 걸로. 에잇, 아무것도 아니오."

내가 제안했다.

"당신이 부시에게 불리한 정보를 쥐고 있다면 서로 얘기해 보는 것도 나쁘지 않겠군. 나야 부시가 이겨도 상관없거든. 당신이 쥔 정보가 조금이라도 쓸모가 있다면, 부시에게 들이대서 나쁠 게 뭐가 있겠소?"

사내는 보도에 선 채 나를 쳐다보며 조끼 주머니를 뒤져 이쑤시개를 꺼내 입에 물고는 낮게 중얼거렸다.

"댁은 뉘시오?"

나는 헌터인지 헌트인지 헌팅턴인지 하는 이름을 대고 남자의 이름을 물었다. 남자는 맥스웨인이라고, 밥 맥스웨인이라고 말하고서 동네 사람 누구한테 물어봐도 좋다고 장담했다.

나는 그를 믿는다고 하고서 물었다.

"어떻소? 부시에게 압력을 가해 보겠소?"

맥스웨인의 눈에 작고 강렬한 빛이 비쳤다가 이내 스러졌다.

"아니오." 맥스웨인은 침을 꿀꺽 삼키고 나서 말을 이었다. "난 그런 놈이 아니외다. 난 절대……"

"댁은 나쁜 짓이라곤 절대 안 하고 사람들한테 바가지만 씌웠겠지. 당신이 그와 맞설 필요는 없소, 맥스웨인. 나한테 정보를 주면 내가 알아서 하리다. 그 정보가 쓸모만 있다면 말이오."

맥스웨인은 곰곰이 생각하느라 입술에 침을 바르다가 이쑤시개가 떨어져 상의 앞쪽에 달라붙었다.

"내가 이 일에 끼었다는 얘기는 아무한테도 하지 않을 거요? 난 이곳에 매인 몸이라 그 얘기가 새 나가면 가망 없수다. 혹시 부시를 경찰에 넘기지는 않을 거요? 그 얘기를 이용해 부시가 제대로 싸우게만 할 거냔 말이오."

"그렇소."

맥스웨인은 흥분한 듯 내 손을 잡고 다그쳤다.

"신께 맹세하오?"

"신께 맹세하오."

"부시는 본명이 앨 케네디요. 2년 전 필리(필라델피아)에서 벌어진 키스턴 트러스트 강도 사건에 가담했는데, 시저스 해거티 갱단이 배달원 두 명을 살해한 사건이었소. 앨은 직접 살인하지는 않았지만 공범 중 하나였고. 늘상 필리를 떠돌며 싸움질을 하고 다녔지. 나머지는 잡혔지만 부시는 빠져나왔소. 그래서 여기서 숨어 지내는 거요. 신문이든 광고든 절대로 쪽이 팔리지 않게 하는 것도 그 때문이요. 그래서 실력은 최고면서도 싸구려 짓거리를 하고 다니는 거지. 알겠소? 아이크 부시라는 자는 필리 경찰이 키스턴 사건 범인으로 추적하는 앨 케네디란 말이오. 알겠소? 부시는 사건에……"

"알겠소, 알겠다고." 나는 빙빙 도는 이야기를 잘라 버렸다. "이제 남은 일은 부시를 만나는 것이로군. 어떻게 해야 만날 수 있소?"

"그 친구 유니언가의 맥스웰에 묵고 있소. 아마 거기서 시합을 위해 쉬고 있을 거요."

"뭘 위해 쉬어? 싸우지도 않을 거면서. 그래도 우리 한번 해보기나 합시다."

"우리! 우리라니! 우리란 말을 어디다 쓰는 거요? 날 숨겨주겠다고 맹세했잖소."

"그렇지. 깜빡했군. 그 친구 어떻게 생겼소?"

"시커먼 머리에 좀 마르고 일자 눈썹인데, 한쪽 귀가 잘 안 들리우. 당신 뜻대로 될지 모르겠군."

"그건 내게 맡기시오. 나중에 당신을 어디서 찾으면 되지?"

"머리의 가게에 있을 거요. 나 까발리면 안 되오. 약속했수."

맥스웰은 상점들 사이로 좁은 정문이 나 있고 허름한 계단을 따라 2층으로 올라가게 되어 있는, 유니온가를 따라 늘어선 여남은 개의 호텔 중 하나였다. 맥스웰의 현관은 홀에 있는 널찍한 공간일 뿐으로, 열쇠와 우편물을 보관하는 선반 앞쪽에 페인트가 곧 벗겨질 듯한 나무로 만든 카운터가 있었다. 놋쇠 종과 지저분한 등록 장부가 카운터 위에 있을 뿐 사람은 보이지 않았다.

장부를 여덟 쪽 넘기자 '솔트레이크시티, 아이크 부시, 214호'라고 쓰인 것이 보였다. 방 번호에 해당하는 우편함은 비어 있었다. 나는 계단을 올라가 방문을 두드렸다. 아무 반응도 없었다. 나는 두세 번 더 두드려 보고 계단 쪽으로 돌아섰다.

누군가 올라오고 있었다. 나는 층계참에 서서 그를 보려고 기다렸다. 겨우 알아볼 정도의 빛밖에 없었다.

근육질의 마른 사내가 군인 셔츠와 파란 양복에 회색 모자를 쓰고 올라왔다. 시커먼 눈썹이 일자로 이어져 있었다. 내가 말을 붙였다.

"안녕하시오."

사내는 걸음을 멈추지도, 뭐라고 말하지도 않고 고개만 끄덕였다.

"오늘 밤 이길 거요?"

"그러길 바라오."

사내는 짧게 대답하고는 내 옆을 지나갔다.

나는 사내가 방 쪽으로 네 걸음 내딛을 때까지 기다렸다가 말했다.

"나도 그렇소. 당신을 필리로 돌려보내긴 싫거든, 앨."

앨은 한 걸음 더 내딛고 나서 아주 천천히 몸을 돌려 한쪽 어깨를 벽에 기대고 눈을 게슴츠레 뜨고서 툴툴댔다.

"뭐야?"

"당신이 그 머저리 같은 키드 쿠퍼에게 6라운드인지 뭔지에 쓰러지면 내 꼭지가 돌 거라는 거요. 그러지 마시오, 앨. 필리로 돌아가고 싶지는 않을 거 아니오."

젊은 사내는 고개를 푹 숙인 채 내 쪽으로 다가왔다. 팔이 닿는 거리에 이르자 그는 몸을 오른쪽으로 살짝 틀면서 멈춰 섰다. 두 손은 느슨하게 늘어져 있었다. 내 손은 코트 주머니에 있었다.

앨이 다시 말했다.

"뭐시라?"

"잊지 마시오. 오늘 밤 아이크 부시가 승리하지 못하면, 앨 케네디는 내일 아침 동부행 기차에 타게 될 거요."

앨이 왼쪽 어깨를 2.5센티미터 들어올렸다. 나는 주머니에 든 총을 딱 필요한 만큼만 움직였다. 앨이 투덜댔다.

"내가 질 거란 소린 어디서 들었소?"

"그냥 주워들은 얘기요. 거기에 뭔가가 있다고는 생각지 않았소, 필리로 돌아가는 표라면 혹시 모르겠지만."

"네 놈의 턱을 부숴 버릴 테다, 이 뚱보 사기꾼."

"지금이 기회요. 오늘 밤 이기면 날 다시 볼 일은 없을 거요. 만약 시합에 지면 날 보기는 하겠지만 양손에 뭐가 채워져 있겠지."

나는 브로드웨이에 있는 머리의 당구장에서 맥스웨인을 발견했다.

"부시를 만났소?"

"그렇소. 얘기 끝났소. 만약 앨이 도시를 뜨거나, 후원자들에게 뭔가 떠벌이거나, 내 말을 무시하지 않는다면……."

맥스웨인은 매우 불안해 보였다.

"엄청 조심하는 게 좋을 거요. 그 인간들 당신을 없애 버릴 수도 있다고. 그 친구…… 난 누굴 좀 만나러 가야겠소."

맥스웨인이 가 버렸다.

포이즌빌의 복싱 시합은 전에 카지노로 쓰던, 교외에 있는 커다란 건물에서 벌어졌는데, 이곳은 예전에 놀이공원이었다고 한다. 내가 8시 30분에 도착했을 때 객석은 거의 빈틈없이 꽉 차 있었다. 1층에 다닥다닥 붙은 접이식 의자에도 바짝바짝 붙어 앉아 있었고 허름한 발코니석 두 곳의 의자에도 엉덩이 붙일 틈 하나 없었다.

연기. 악취. 열기. 소음.

내 자리는 3열, 링사이드였다. 자리로 가면서 나는 댄 롤프가 다이나 브랜드와 함께 멀지 않은 통로 쪽에 앉아 있는 것을 보았다. 다이나는 마침내 머리를 손질해 물결 모양의 웨이브를 줬으며, 커다란 회색 모피 코트를 입은 모습이 귀부인 같았다.

"쿠퍼에게 걸었어요?"

다이나가 인사를 주고받은 뒤에 물었다.

"아니. 당신은 넉넉히 걸었고?"

"맘만큼 많이 걸진 못했어요. 배당이 좋아지길 바라고 기다렸는데, 완전히 망쳐 버렸어요."

"부시가 진다는 거 모르는 사람이 없는 것 같던데. 몇 분 전에 한 100명이 쿠퍼한테 4대 1로 거는 것도 봤고."

나는 롤프 위로 몸을 숙여 모피 코트 때문에 숨어 버린 다이나의 귀에 대고 속삭였다.

"가짜 시합은 끝났소. 아직 시간 있을 때 반대편에 거는 게 좋을 거요."

핏발 선 커다란 눈이 둥그레지더니 근심과 욕심과 호기심과 의심으로 어두워졌다.

"정말이에요?"

다이나가 쉰 목소리로 물었다.

"그렇소."

다이나는 붉은 입술을 깨물고 얼굴을 찌푸리면서 물었다.

"어디서 들은 얘기죠?"

나는 대답하지 않았다. 다이나가 입술을 더 깨물고서 물었다.

"그거 맥스도 알아요?"

"못 봤는데. 여기 왔소?"

"그럴걸요."

다이나는 얼빠진 얼굴로 말하며 먼 산을 바라보았다. 혼자서 계산하듯 입술이 움직였다.

"싫으면 관둬도 되지만, 직감이 왔거든."

몸을 앞으로 숙여 내 눈을 날카롭게 응시하던 다이나는 칫 하고 혀를 차더니 가방을 열어 커피 캔 크기의 지폐 덩어리를 꺼내 일부를 롤프에게 내밀었다.

"여기요, 댄. 부시에게 걸어 줘요. 어쨌거나 아직 한 시간 남았으니까."

롤프는 돈을 받아 심부름을 하러 사라졌다. 나는 그의 자리에 앉았다. 다이나가 내 팔뚝에 손을 얹고 말했다.

"당신 때문에 저 돈을 잃게 된다면 각오하는 게 좋을걸요."

나는 말도 안 되는 소리라며 안심시켜 주었다.

예비 시합이 시작되어 각양각색의 엉터리 선수들이 4라운드 시합을 벌였다. 나는 계속 탈러를 찾아보았지만 어디에도 보이지 않았다. 다이나는 시합에 집중하지 못하고 몸을 뒤채며 내가 어디서 그 정보를 얻었는지 묻다가 나 때문에 돈을 잃으면 지옥에 떨어뜨려 불로 지져 버리겠다고 몇 번이고 협박을 되풀이했다.

준결승전이 시작되었을 때 롤프가 돌아와서 다이나에게 티켓을 한 줌 건넸다. 다이나는 내가 자리로 가려고 일어서자 눈을 크게 뜨고 티켓을 쳐다보았다. 여전히 티켓만 바라보며 다이나가 내게 말했다.

"경기가 끝나면 밖에서 기다려요."

내가 자리에 간신히 끼어 앉았을 때 키드 쿠퍼가 링으로 올라왔다. 혈색 좋고 머리숱이 많은 다부진 체격의 청년이었지만 얼굴은 울퉁불퉁하고 연보라색 트렁크 윗부분에는 살집이 너무 많았다. 아이크 부시, 즉 앨 케네디가 로프 사이로 반대편 코너에 올라갔다. 그는 키드보다 몸이 나아 보였다. 날렵하고 탄탄한 근육이 멋진 곡선을 만들었다. 하지만 얼굴은 창백하고 수심이 가득했다.

그들은 아나운서의 소개를 받고 링 가운데로 불려가 일상적인 주의사항을 들은 뒤, 자기 코너로 돌아가 가운을 벗고 신발 끈을 묶은 다음 공이 울리자 경기를 시작했다.

쿠퍼는 한마디로 한심한 복서였다. 그는 팔을 두어 번 크게 휘둘렀는데, 거기에 맞았더라면 타격을 입었을 수도 있었겠지만 두 다리 달린 자라면 누구라도 피할 수 있는 것이었다. 부시의 움직임은 우아했다. 가벼운 발놀림, 빠르고 부드러운 왼손, 재빠르게 치고 빠지는 오른손. 부시가 마음만 먹었더라면 쿠퍼를 부시와 같은 링에 올리는 것은 살인행위나 마찬가지였을 것이다. 하지만 부시는 그러지 않았다. 다시 말해 이기려고 하지 않았다. 그는 이기지 않으려고 필사적이었다.

쿠퍼는 발바닥을 링에 붙인 채 뒤뚱거리며 조명에서 코너 기둥까지 온갖 곳에 주먹을 휘둘렀다. 그는 마구잡이로 공격을 퍼부으며 요행을 바랄 뿐이었다. 부시는 안팎으로 움직이며 마음 내킬 때마다 불그레한 쿠퍼의 얼굴에 주먹을 먹였지만 무게는 싣지 않았다.

관중들은 첫 라운드가 끝나기도 전에 야유를 퍼부었다. 2라운드도 마찬가지였다. 난 기분이 그리 좋지 않았다. 부시는 내 말에 그다지 신경 쓰지 않는 것 같았다. 곁눈으로 보니 다이나 브랜드가 내 주의를 끌려고 애쓰고 있었다. 다이나는 불같이 화가 난 듯했다. 나는 다이나와 눈이 마주치지 않으려고 조심했다.

3라운드에도 아이들 장난 같은 투덕거림이 이어지자 "내쫓아라." "차라리 키스를 해라." "제대로 좀 싸워라." 등의 야유가 쏟아졌다. 마침 야유 소리가 잠시 중단되었을 때, 왈츠나 다름없는 한심한 경기를 하던 두 선수가 내가 있는 쪽 코너로 다가왔다.

나는 손을 확성기처럼 만들어 고함쳤다.

"필리로 돌아가, 앨."

부시는 나를 등지고 있었다. 그는 쿠퍼를 밀쳐 로프로 몰아넣으며 나를 향해 돌아섰다.

저 멀리 뒤쪽 어딘가에서 또 다른 누군가가 소리쳤다.

"필리로 돌아가, 앨."

아마 맥스웨인이었을 것이다.

조금 떨어진 곳에 있던 술 취한 남자가 퉁퉁한 얼굴을 들어 똑같이 외치며, 그게 무슨 멋진 농담이라도 되는 양 웃어 젖혔다. 다른 사람들도 단지 그게 부시의 심기를 불편하게 하는 것 같다는 이유 외에 아무것도 모르면서 따라서 외쳤다.

부시의 두 눈이 시커먼 일자 눈썹 아래서 이리저리 움직였다.

쿠퍼의 마구잡이 펀치 중 하나가 부시의 턱을 옆에서 가격했다.

아이크 부시가 레퍼리의 발 앞에 쓰러졌다.

레퍼리가 2초 만에 5까지 세었지만 공이 울렸다.

나는 다이나 브랜드를 올려다보고 열없게 웃었다. 달리 어쩔 도리가 없었다. 다이나도 나를 봤지만 웃지는 않았다. 댄 롤프만큼 아파 보였지만, 그보다 훨씬 더 화난 듯했다.

부시의 사이드가 그를 코너로 데리고 가서 몸을 마사지했지만 별 성의가 없었다. 부시는 눈을 크게 뜨고 발을 내려다보았다. 공이 울렸다.

키드 쿠퍼가 트렁크를 추어올리며 어정어정 걸어 나왔다. 쿠퍼가 링 가운데로 나올 때까지 기다리던 부시는 재빠르게 그에게 다가갔다.

부시의 왼쪽 글로브가 아래로 내려가더니 실제로 눈 깜짝할 사이에 쿠퍼의 복부를 강타했다. 쿠퍼는 "억!" 하더니 주저앉을 듯이 뒤로 물러났다.

부시는 오른손으로 쿠퍼를 일으켜 세우더니 왼손으로 다시 복부를 가격했다. 쿠퍼는 다시 "억!" 하면서 무릎이 풀렸다.

부시는 쿠퍼의 머리를 양쪽으로 한 번씩 두드리고 기다란 왼팔로 조심스레 쿠퍼의 얼굴을 제 위치에 놓은 다음 뒤로 당겼던 오른손을 쿠퍼의 턱을 향해 똑바로 뻗어 올렸다.

장내의 관객 모두가 그 펀치의 힘을 느낄 수 있었다.

쿠퍼는 바닥에 쓰러졌고, 퉁 튀어 오르더니 도로 쓰러졌다.

레퍼리가 10을 세는 데 30초가 걸렸다. 30초가 아니라 30분이 걸려도 소용없었을 것이다. 키드 쿠퍼는 의식을 잃었다.

레퍼리는 마침내 카운트를 마치고 부시의 손을 들었다. 둘 다 기쁜 얼굴은 아니었다.

그때 저 높은 곳에서 반짝이는 빛 한 줄기가 내 눈에 들어왔다. 작은 발코니 좌석 중 한 곳에서 짧은 은빛 빛줄기가 날아 내려왔다.

한 여자가 비명을 질렀다.

그 은빛 빛줄기는 퍽 하는 소리 같기도 하고 뚝 하는 소리 같기도 한 소리를 내며 링에서 빛을 잃었다.

그 순간 아이크 부시가 레퍼리의 손에서 팔을 빼고 키드 쿠퍼 위로 쓰러졌다. 부시의 목 뒤에 검은 칼의 손잡이가 삐져나와 있었다.

10장

범죄 구함, 남녀 불문

삼십 분 뒤 건물에서 나왔을 때 다이나 브랜드는 담청색 마몬의 운전석에 앉아 길에 서 있던 맥스 탈러와 이야기하는 중이었다.

다이나의 각진 턱은 뒤로 젖혀져 있었다. 두툼한 붉은 입술에서는 잔혹한 말들이 쏟아져 나왔고, 입술 옆으로 난 주름은 깊고 단단했다.

탈러도 다이나만큼이나 언짢아 보였다. 곱상한 얼굴은 오크 나무처럼 거칠고 누랬다. 말할 때는 입술이 종잇장처럼 얇아졌다.

멋진 가족 파티의 한 장면 같았다. 다이나가 나를 보고 말을 걸지 않았다면 아마도 끼어들지 않았을 것이다.

"맙소사, 절대 안 오실 줄 알았어요."

나는 차로 다가갔다. 탈러는 보닛 건너편에서 친근한 기색 하나 없이 나를 쳐다보았다.

"어젯밤에 샌프란시스코로 돌아가라고 조언했을 텐데. 농담 아니오."

탈러의 속삭임은 그 누구의 고함보다 날카로웠다.

"어쨌거나 고맙소."

내가 다이나 옆에 앉으며 대꾸했다.

다이나가 시동을 거는 동안 탈러가 그녀에게 말했다.

"날 배반한 게 이번이 처음은 아니지. 다음엔 국물도 없어."

차가 움직이자 다이나는 어깨 너머로 고개를 돌리고는 탈러에게 노래를 불러 주었다.

"당신 따위, 내 사랑, 알게 뭐람!"(도로시 파커의 처녀 시집 『*Enough Rope*』에 나오는 「Indian Summer」에서 인용한 것으로 보인다. — 옮긴이)

우리는 도심으로 내달렸다.

"부시는 죽은 거예요?"

다이나가 차를 브로드웨이로 꺾으며 내게 물었다.

"틀림없어. 사람들이 부시를 뒤집었을 때 칼이 앞까지 튀어나와 있더군."

"져 주기로 해놓고 이겨 버리면 안 되는 거였는데. 우리 뭐 좀 먹죠. 하룻밤 일해서 거의 1100달러를 벌었는데, 남자친구가 그걸 좋아하지 않으면 정말 딱한 노릇이죠. 당신은 어땠어요?"

"난 안 걸었소. 맥스가 안 좋아한다고?"

"안 걸었다고요?" 다이나가 외쳤다. "도대체 당신 바보 아니에요? 그런 빼도 박도 못하는 건수가 있는데 안 거는 사람 있다는 소리 들어봤어요?"

"빼도 박도 못하는 건지 확신이 없었소. 그러니까 맥스는 모든 게 마땅찮다는 거요?"

"맞아요. 엄청 잃었거든요. 게다가 내가 똑똑하게 베팅을 바꿔서 이기는 쪽에 걸었더니 저렇게 삐친 거예요."

다이나가 중국음식점 앞에 거칠게 차를 세우며 소리쳤다.

"알 게 뭐람, 허풍쟁이 난쟁이 자식!"

다이나의 두 눈이 젖어서 반짝였다. 그녀는 차에서 내리면서 손수건으로 눈을 쿡쿡 눌렀다.

"배고파 죽겠어요." 다이나는 나를 끌고 횡단보도를 건너며 말했다. "차우멘 한 대박 사 줄래요?"

다이나는 한 대박을 해치우지는 못했지만 제법 많이 먹어서 잔뜩 쌓인 빈 그릇을 치워 놓고 내 것도 반쯤 먹었다. 그러고 나서 우리는 다이나의 마몬을 타고 그녀 집으로 갔다.

댄 롤프가 식탁에 앉아 있었다. 유리잔과 라벨 없는 갈색병 하나가 그가 앉은 식탁에 놓여 있었다. 그는 허리를 똑바로 세운 채 병을 응시하고 있었다. 방에서 아편팅크 냄새가 났다.

다이나 브랜드는 모피 코트를 미끄러뜨리듯 벗어 절반은 의자에, 절반은 바닥에 떨어지게 내던지고는 롤프에게 손가락을 딱딱 튀기며 짜증스레 말했다.

"돈 찾았어요?"

롤프는 병에서 시선을 떼지 않은 채 상의 안주머니에서 지폐 뭉치를 꺼내 식탁에 떨어뜨렸다. 다이나는 돈뭉치를 집어 들고 두 번 세어 보더니 쪽쪽 소리를 내며 입을 맞추고는 가방에 넣었다.

다이나는 부엌으로 가서 얼음을 자르기 시작했다. 나는 앉아서 담배에 불을 붙였다. 롤프는 술병을 응시했다. 그와 나는 서로 별로 할 말이 없는 듯했다. 잠시 후 다이나가 진과 레몬주스, 탄산수, 얼음을 가지고 왔다.

다 같이 술을 마시고 나서 다이나가 롤프에게 말했다.

"맥스가 엄청 삐쳤어요. 당신이 막판에 부시에게 돈 거느라 뛰어다녔다는 얘길 듣고 그 난쟁이 원숭이 자식이 내가 자길 배신한 줄 안다니까요. 그럼 내가 뭘 어쨌어야 하는 거죠? 난 그냥 제정신 박힌 사람이라면 누구나 할 일을 한 것뿐이잖아요. 이기는 쪽에 거는 거. 내가 무슨 술책을 부린 것도 아니잖아요, 안 그래요?"

다이나가 내게 물었다.

"그렇지."

"당연하죠. 맥스가 저러는 건 다른 사람들이 자기도 거기에 걸었다고 생각할까 봐 겁나서예요. 댄이 내 돈만 건 게 아니라 자기 돈도 걸었다고 생각할까 봐서요. 뭐, 그것 참 안됐네. 그 인간이 무슨 짓을 당하든 알 게 뭐람, 그 더러운 난쟁이 자식. 한잔 더 해요."

다이나는 자기 잔과 내 잔에 술을 채웠다. 롤프는 첫 잔에 손도 대지 않았다. 그는 여전히 갈색 병을 응시하며 말했다.

"그렇다고 탈러가 기뻐 날뛸 거라고 기대하는 건 무리야."

다이나는 롤프를 쏘아보면서 불쾌한 듯 말했다.

"뭘 기대하든 내 마음이죠. 어쨌건 탈러가 내게 그런 식으로 말할 권리는 없다고요. 내가 뭐 자기 여자라도 되나. 어쩌면 그는 내가 자기 여자라고 생각할지도 모르지만, 아니라는 걸 보여 주겠어요."

다이나는 잔을 비우고 탁자에 쾅 하고 내려놓더니 의자에서 몸을 돌려 나를 바라보았다.

"당신이 일라이휴 윌슨 영감에게 받은 1만 달러를 이 도시 청소에 쓰겠다는 얘기 진심이에요?"

"그렇소."

핏발 선 다이나의 눈이 탐욕스럽게 반짝였다.

"내가 도와주면, 내게 일부를 떼어 줄 수……?"

"그러면 안 돼, 다이나." 롤프의 목소리는 잠겨 있었지만 어린애를 대하듯 부드럽고 단호했다. "그건 너무 추잡스러워."

다이나는 롤프를 향해 천천히 고개를 돌렸다. 다이나의 입 모양이 탈러에게 말할 때처럼 바뀌었다.

"난 할 거예요. 그럼 나도 추잡스러워지겠지요, 안 그래요?"

롤프는 아무 말도 하지 않았고, 병을 응시하던 눈을 들지도 않았다. 다이나의 얼굴은 벌겋고, 딱딱하고, 잔혹해졌지만 목소리는 부드럽고 속삭이는 듯했다.

"당신처럼 순수한 신사가 아무리 폐병에 걸렸다고는 하지만 나처럼 추잡스러운 계집과 어울려야 하다니 정말 딱하군요."

"그건 고칠 수 있어."

롤프가 천천히 말하며 일어섰다. 그는 머리끝까지 아편에 절어 있었다.

다이나 브랜드는 의자에서 벌떡 일어나 식탁을 돌아 롤프에게 달려갔다. 그는 몽롱하고 흐리멍덩한 눈으로 다이나를 보았다. 다이나는 그에게 얼굴을 들이대고 따졌다.

"그러니까 이제 내가 당신과 어울리기에 너무 추잡스럽다 이건가요?"

롤프가 차분하게 말했다.

"내 말은 저 자식한테 친구들을 팔아넘기는 게 너무 추잡하다는 뜻이었고, 그건 사실이야."

다이나는 메마른 롤프의 한쪽 손목을 비틀어 무릎을 꿇렸다. 다른 쪽 손바닥으로는 고개가 좌우로 흔들릴 만큼 그의 움푹 팬 뺨을 양쪽으로 대여섯 번 후려쳤다. 그는 다른 손을 들어 얼굴을 막을 수도 있었지만 그러지 않았다.

다이나는 롤프의 손목을 놔주고 그에게 등을 돌리더니 진과 탄산수에 손을 뻗었다. 그녀는 웃고 있었다. 나는 그 웃음이 마땅치 않았다.

롤프가 눈을 껌뻑거리며 일어났다. 다이나가 붙잡았던 손목은 벌겠고, 얼굴은 멍들어 있었다. 그는 천천히 몸을 일으켜 멍한 눈으로 나를 쳐다보았다.

얼굴과 눈이 멍한 상태로 롤프는 코트 주머니에 한 손을 넣어 검정색 자동권총을 꺼내 나를 쏘았다.

하지만 손이 떨려서 속도도, 정확도도 부족했다. 그 사이에 나는 롤프에게 유리잔을 던졌다. 잔은 그의 어깨에 맞았다. 그가 쏜 총알은 머리 위 어딘가로 날아갔다.

나는 롤프가 다음 총알을 쏘기 전에 그에게 달려들어 거의 총을 떨어뜨릴 뻔했다. 두 번째 총알이 바닥에 박혔다.

나는 롤프의 턱을 강타했다. 그는 뒤쪽으로 넘어지더니 그대로 뻗어 버렸다.

나는 몸을 돌렸다.

다이나 브랜드가 탄산수 병으로 내 머리를 내리치려 하고 있었다. 탄산수 병은 무거운 유리 사이펀으로 거기에 맞았으면 두개골이 깨졌을 것이다.

"관둬."

내가 악을 썼다.

"그렇게 때릴 필욘 없었잖아요."

다이나가 으르렁댔다.

"뭐, 이미 벌어진 걸 어쩌겠소. 그보다 저 친구 정신 차리게 해주는 게 좋겠는데."

다이나는 사이펀을 내려놨고 나는 다이나를 도와 롤프를 화장실로 데려갔다. 그가 눈을 움직이기 시작하자, 나는 나머지를 다이나에게 맡기고 다시 식탁으로 돌아왔다. 그녀는 십오 분 후에 다시 나타났다.

"롤프는 이제 괜찮아요. 하지만 그렇게까지 할 필요는 없었다고요."

"그래, 하지만 그건 롤프를 위해서였소. 그가 왜 날 쐈는지 알겠소?"

"맥스를 팔아넘기려는 사람을 처치하려고?"

"아니오. 당신이 롤프를 거칠게 다루는 걸 내가 봤기 때문이오."

"그건 당최 이해가 안 가는데요. 거칠게 다룬 건 나잖아요."

"롤프는 당신을 사랑하고 당신에게 그런 짓을 당한 게 처음이 아니오. 당신과 힘겨루기를 해봐야 소용없다는 걸 아는 눈치더군. 하지만 여자에게 뺨 맞는 모습을 다른 남자가 봤는데 기분 좋을 사내는 없을 거요."

다이나가 불평했다.

"남자를 안다고 생각했는데, 세상에! 아니었군요. 남자들은 미쳤어, 하나같이 모조리."

"그래서 자존심을 살려 주려고 패 준 거요. 그러니까 여자한테 뺨이나 맞는 병신이 아니라, 남자로서 대해 줬던 거요."

"어련하시겠어요. 난 포기할래요. 술이나 한잔 더 해요."

술을 마시면서 내가 말했다.

"윌슨 영감의 돈에서 일부를 당신에게 떼어 주면 나랑 협력하겠다고 했던 말, 나는 좋소."

"얼마나요?"

"당신이 버는 만큼. 당신이 한 일의 값어치만큼."

"그건 불확실하잖아요."

"당신 도움이란 것도 마찬가지요. 내가 아는 한은."

"그럴까요? 난 다 넘길 수 있어요. 형제, 엄청나게 많이요. 내가 못할 것 같아요? 포이즌빌은 내 손바닥 안에 있다고요."

다이나는 회색 스타킹을 신은 무릎을 내려다보며 한쪽 다리를 내게 흔들어 보이고는 억울하다는 듯 소리쳤다.

"이것 좀 봐요. 또 나갔어. 이렇게 심한 거 본 적 있어요? 나원! 맨발로 다녀야지."

"당신 다리가 너무 큰 거요. 스타킹에 무리를 주잖소."

"그쯤 해 두시죠. 도시 정화는 어떻게 할 계획이죠?"

"내가 들은 이야기가 거짓이 아니라면, 탈러와 핀란드인 피트, 루 야드, 누넌이 바로 포이즌빌을 단내 나는 쓰레기통으로 만들어 버린 장본인이오. 일라이휴 영감도 비난받아 마땅하지만, 전부 그의 탓이라고 하기는 어렵소. 게다가 본인은 원치 않을지라도 영감은 내 의뢰인이니 그에게는 살살 하려고 하오.

계획이라고 할 만한 게 있다면, 나머지 인간들만 유죄로 만들 수 있는 일을 모조리 파헤쳐서 끝장을 보는 거요. 광고라도 할까. '범죄 구함, 남녀 불문.' 내 생각만큼 타락했다면 그들을 교수대에 보낼 만한 일 한두 개 정도 찾아내는 건 일도 아닐 거요."

"복싱 시합 베팅에 농간을 부린 것도 그런 생각에서였어요?"

"그건 실험일 뿐이었소. 어떻게 되는지 한번 보려고."

"그러니까 그게 당신네 과학적 탐정들이 일하는 방식이군요. 세상에나! 중년에, 뚱뚱하고, 무정하고, 옹고집인 남자가 이렇게 막연한 방식에 기댄다는 소린 또 처음 듣네요."

"때로는 계획을 세우는 것도 좋지만 가다가는 휘저어 놓는 것도 좋거든. 그러자면 두 눈을 크게 뜨고 살아남을 만큼 강

해야겠지. 그래야 절정에 이르렀을 때 원하던 것을 볼 수 있을 테니까."

"그 말을 들으니 한잔 더 마시고 싶네요."

11장

기막힌 숟가락

우리는 한잔 더 마셨다.

다이나는 잔을 내려놓고 입술을 핥고 나서 말했다.

"휘저어 놓는 게 당신 방식이라면 나한테 기막힌 숟가락이 있어요. 누넌의 동생 팀 이야기 들어본 적 있어요? 두어 해 전에 모크 호수에서 자살한 사람인데."

"아니."

"어차피 진상을 듣지는 못했을 거예요. 여하간 팀은 자살한 게 아니에요. 맥스가 죽인 거예요."

"그래서?"

"제발 정신 좀 차려요. 이건 진짜배기라고요. 팀한테 누넌은 아버지나 마찬가지였어요. 누넌에게 증거를 가져다주면 만사 제쳐두고 맥스를 추적할 거예요. 그게 당신이 바라는 거 맞죠?"

"증거는 있소?"

"팀이 죽기 전에 두 남자를 만났는데, 팀이 맥스가 쐈다고 했대요. 둘 다 아직 이곳에 살아요. 한 사람은 얼마 못 살기는 하겠지만. 어때요?"

다이나는 진실을 말하는 것처럼 보였지만 여자들, 특히 파란 눈의 여자들에게 진실은 아무 의미가 없다.

"끝까지 들어봅시다. 난 세세한 걸 좋아하거든."

"어련히 말씀해 드릴까. 모크 호수에 가본 적 있어요? 음, 거긴 우리 여름 휴양지인데 캐니언 거리를 따라 48킬로미터 정도 올라가면 나와요. 쓰레기장 같긴 하지만 여름엔 시원해서 놀기 좋아요. 이건 1년 전 이야기예요. 8월 마지막 주였죠. 난 홀리라는 사람과 거기에 갔어요. 그는 지금 영국에 돌아가고 없지만 그건 신경 쓰지 않아도 돼요. 그는 그 일과 아무 상관도 없으니까요. 우습게도 노파 같은 면이 좀 있어서 실밥에 눌려 아프지 않게 흰색 실크 양말을 바깥으로 한 번 접어 신는 그런 사람이었죠. 지난주에 그의 편지를 받았어요. 여기 어딘가 있을 텐데, 그건 아무래도 상관없고요.

우리가 거기 있는데, 맥스가 웬 여자랑 왔더라고요. 머틀 제니슨이라고, 맥스가 데리고 놀던 여자였죠. 머틀은 지금 병원에 입원해 있어요. 시티 병원인데, 브라이트 병인지 뭔 때문인지로 죽어 간대요. 머틀은 그때 날씬하고 우아한 금발머리 아가씨였죠. 난 늘 그 애를 좋아했어요. 다만 술만 몇 잔 걸치면 너무 시끄러워지는 게 탈이었죠. 팀 누넌은 머틀한테 미쳐 있었지만 그해 여름 맥스 말고는 어떤 남자도 그 애 눈에 들어오지 않았어요.

팀은 그 애를 내버려 두지 않았어요. 팀은 키가 크고 잘생긴 아일랜드인이었는데, 형이 경찰서장이라는 이유만으로 겨우겨우 살아가는 얼간이 같은 싸구려 사기꾼이었죠. 그는 머틀이 가는 곳마다 불쑥불쑥 나타났어요. 머틀은 맥스에게 그 일에 관해 얘기하지 않았어요. 맥스가 팀의 형인 서장과 부딪치는 걸 바라지 않은 거죠.

그러니 팀도 당연히 그 토요일에 모크 호에 나타났죠. 머틀과 맥스는 둘뿐이었어요. 홀리와 나는 다른 사람들과 같이 있었지만, 내가 얘기 좀 하려고 머틀을 보러 가자 팀이 그날 밤 잠깐 보고 싶다는 메모를 보냈다고 하더군요. 호텔 구내에 있는 작은 나무그늘 같은 데서 말이에요. 팀은 그 애더러 나오지 않으면 자살하겠다고 했대요. 웃기는 얘기죠. 순 허풍이니까요. 난 머틀한테 가지 말라고 했지만, 벌써 술을 진탕 마셔서 기분이 좋아진 그 애는 팀에게 가서 잔소리나 실컷 퍼부어 주겠다고 하더군요.

우린 그날 밤 호텔에서 춤추며 놀았어요. 맥스는 거기 잠깐 있더니 그 후론 안 보였어요. 머틀은 동네 변호사인 럿거스라는 남자랑 춤추고 있었죠. 잠시 후 머틀은 그 남자를 버려 두고 옆문으로 빠져나갔어요. 내 옆으로 지나가면서 윙크를 하기에 난 그 애가 팀을 만나러 가는 줄 알았죠. 머틀이 나가자마자 총소리가 들렸어요. 아무도 신경 쓰지 않더군요. 머틀과 팀 얘기를 몰랐다면 나도 알아차리지 못했을 거예요.

난 홀리에게 머틀을 만나고 싶다고 하고 혼자서 그 애를 따라 나갔어요. 오 분 정도 뒤였을 거예요. 밖으로 나갔더니 여름 별장들 부근에 불빛이 보이고 사람들이 모여 있었어요. 그리로 가봤는데……. 이 얘길 하려니 갈증이 나네요."

나는 진을 두어 잔 더 따라 주었다. 다이나는 사이펀과 얼음을 가지러 부엌으로 갔다. 우리는 얼음을 섞어 다시 술을 마셨고, 자리에 앉은 다이나가 이야기를 다시 시작했다.

"거기에 팀 누넌이 죽어 있지 뭐예요. 관자놀이에 구멍이 뚫려 있고, 그 옆에 총이 놓여 있었어요. 한 열 명쯤이 주위에 서 있었는데, 호텔 투숙객과 관광객들과 함께 맥스웨인이라는 경찰이 한 명 있었죠. 머틀은 날 보자마자 사람들 틈을 비집고 나무가 듬성듬성 서 있는 곳으로 데리고 갔어요.

머틀이 말했어요.

'맥스가 죽였어요. 어떡하죠?'

난 어떻게 된 일이냐고 물었죠. 머틀은 총이 번쩍하는 걸 보고 처음에는 팀이 결국 자살한 줄 알았다더군요. 너무 멀리 있었고 어두워서 제대로 보지 못한 거죠. 가까이 가서 보니 팀이 데굴데굴 구르면서 신음하더래요.

'그 여자 때문에 날 죽일 필욘 없잖아. 난 단지……'

나머지는 알아듣지 못했대요. 팀은 계속 구르면서 관자놀이에서 피를 흘렸고요.

머틀은 맥스가 그랬을까 봐 겁이 났지만 확실히 하려고 무릎을 꿇고 팀의 머리를 들어 주면서 물어봤어요.

'누가 그랬죠, 팀?'

팀은 거의 죽어가고 있었지만 의식이 끊어지기 전에 마지막 힘을 쥐어짜 말했어요.

'맥스!'

머틀은 계속 나한테 물어봤어요.

'어떡하죠?'

난 팀이 한 말을 들은 사람이 또 있냐고 물었어요. 머틀은 그 경찰이 들었다고 하더군요. 그 남자는 머틀이 팀의 머리를 들려고 할 때 달려왔대요. 그 애는 말소리를 들을 만큼 가까운 데 아무도 없다고 생각했지만, 아니었던 거죠.

난 맥스가 팀 누넌 같은 얼간이를 죽인 일로 감방에 가는 건 원치 않았어요. 맥스는 그때 내게 아무 의미도 없었어요. 내가 그를 좋아했다는 것과 누넌 패거리가 하나같이 맘에 안 들었다는 것만 빼면요. 난 그 경찰을 알았어요, 맥스웨인요.

그의 부인과 알고 지냈거든요. 그는 꽤 괜찮은 남자였고, 1-2-3-4-5처럼 올곧은 사람이었죠. 그런데 경찰에 들어가고 나니까 달라지더군요. 다른 작자들이랑 똑같아진 거예요. 부인은 견딜 만큼 견디더니 결국 도망가 버렸죠.

맥스웨인이 어떤 작자인지 알았기 때문에 난 머틀에게 일을 잘 무마할 수 있을 것 같다고 말했어요. 푼돈 좀 쥐여 주면 맥스웨인의 기억이 지워질 수도 있고, 만약 거기에 응하지 않으면 맥스한테 당할 수도 있다고 으르는 거죠. 머틀한테는 팀이 자살하겠다고 협박한 편지가 있으니까요. 맥스웨인이 우리 얘기에 응해 주기만 하면, 팀의 머리에 난 구멍이 자기 총에서 발사된 총알 때문이었고, 그가 보낸 편지도 있으니 모든 게 무리없이 처리될 터였어요.

난 머틀을 그 자리에 남겨 두고 맥스를 찾으러 갔어요. 그는 근처에 안 보이더군요. 사람도 많지 않았고, 호텔 오케스트라가 아직 연주하는 게 들렸어요. 난 맥스를 찾지 못해서 머틀에게 돌아갔죠. 그 애는 또 다른 생각에 엄청나게 흥분해 있더군요. 맥스가 팀을 죽였다는 사실을 자기가 안다는 것을 맥스가 알게 하면 안 된다는 거였어요. 맥스가 무서웠던 거죠.

무슨 뜻인지 알겠어요? 머틀은 자기가 맥스와 헤어졌는데 그 애한테 맥스를 흔들 만한 정보가 있다는 걸 맥스가 알면, 그 애를 처리하려고 할까 봐 걱정한 거예요. 난 그게 어떤 건지 알아요. 나도 나중에 같은 생각이 들어서 그 애처럼 그냥 조용히 있었거든요. 그래서 우린 맥스가 그 일을 모르게 하면서 상황을 무마할 방법이 있다면, 그게 훨씬 낫겠다고 생각했어요. 나도 모습을 드러내고 싶지 않았고요.

머틀은 혼자서 팀 주변에 둘러서 있는 사람들 틈으로 돌아가서 맥스웨인을 붙잡았어요. 그 애는 그를 데리고 조금 떨어진 곳으로 가서 거래를 했죠. 돈을 좀 갖고 있었거든요. 머틀은 맥스웨인에게 현금 200달러와 보일이라는 남자가 1000달러를 주고 사 준 다이아몬드 반지를 넘겼어요. 난 그가 나중에 더 달라고 할지도 모른다고 생각했지만 그러진 않더군요. 공정하게 거래한 거죠. 맥스웨인은 편지를 근거로 자살로 몰아갔어요.

누넌은 뭔가 냄새가 난다는 건 알았지만 그게 뭔지는 결국 알아내지 못했어요. 내 생각엔 맥스가 관련돼 있다고 의심한 거 같아요. 하지만 맥스는 확실한 알리바이가 있어서(그건 확실해요.) 누넌조차도 마침내 맥스를 용의선상에서 제외한 것 같아요. 하지만 누넌은 사건의 진상이 눈에 보이는 대로라고는 절대 믿지 않았어요. 그는 맥스웨인을 잘랐어요. 경찰에서 내쫓았죠.

그러고 나서 얼마 후에 맥스와 머틀은 자연스럽게 멀어졌어요. 법석을 피우거나 한 것도 아니고 그냥 자연스럽게 갈라섰죠. 그 애가 맥스랑 같이 있으면 맘 편할 날이 없었을 거예요. 내가 아는 한 머틀이 뭔가 알고 있다고 맥스가 의심하지는 않았지만요. 그 애 지금 아프다고 했죠, 그리고 살날이 얼마 안 남았어요. 물어보면 진실을 숨기지는 않을 거예요. 맥스웨인도 아직 이 동네에 어슬렁거리고 있고요. 뭔가 얻을 게 있으면 입을 열 거예요. 그 두 사람이 맥스에게 불리한 증거를 쥐고 있죠. 누넌이 이걸 알면 얼마나 날뛸까요! 이 정도면 휘젓기의 시작으로 괜찮지 않나요?"

"실제로 자살이었을 순 없을까? 팀 누넌이 맥스를 엿 먹이기 위해 최후의 반짝이는 아이디어를 낸 건 아닐까?"

"그 허풍선이가 자길 쏜다고요?"

"머틀이 쐈을 수는 없을까?"

"누넌도 그걸 간과하진 않았죠. 하지만 머틀이 비탈 아래 지점으로 3분의 1도 가기 전에 총이 발사됐어요. 팀 머리에 탄흔도 있었고, 총을 맞고 비탈 아래로 굴러 떨어진 것도 아니었어요. 머틀은 아니에요."

"근데 맥스는 알리바이가 있었다?"

"그래요, 있었죠. 맥스는 없는 때가 없죠. 맥스는 줄곧 호텔 바에 있었어요. 네 명이 증언했죠. 내 기억으로 그들은 누가 물어보기도 전에 진즉부터 사람들 앞에서 여러 차례나 말했어요. 맥스가 바에 있었는지 아닌지 기억하지 못하는 사람들도 있었지만, 그들 네 사람은 분명히 기억했죠. 그들은 맥스가 기억하길 바라는 거면 뭐든 기억해요."

둥그렇게 커졌던 다이나의 눈이 점점 가늘어지다 실눈이 되었다. 그녀는 내게 몸을 기대며 팔꿈치로 잔을 쓰러뜨렸다.

"그 넷 중 하나가 피크 머리였어요. 피크와 맥스는 지금 사이가 틀어졌어요. 지금이라면 피크도 바른말을 할지 몰라요. 그는 브로드웨이에서 당구장을 해요."

"맥스웨인이라는 자 말이오, 혹시 이름이 밥인가? 안짱다리에 돼지같이 턱이 긴 남자?"

"네. 그 사람 알아요?"

"그냥 한번 봤소. 그는 지금 뭘 하고 있소?"

"시시한 사기꾼이에요. 말이 되는 것 같아요?"

"나쁘지 않군. 써먹을 수 있을지도 모르겠군."

"그럼 돈 얘길 하죠."

나는 다이나의 눈에 비친 탐욕에 씩 웃은 뒤 말했다.

"아직 아니오, 아가씨. 일이 진행되는 상황을 좀 봐 가며 돈을 어떻게 가를지 얘기해야지."

다이나는 나더러 좀생원이라고 욕하고는 진에 손을 뻗었다.

"난 이제 됐소." 내가 시계를 보면서 말했다. "오전 5시가 다 됐는데 내일 할 일이 많아서."

다이나는 또 배가 고프다고 했다. 그러자 나도 공복감이 밀려왔다. 한 삼십 분 지나서야 와플과 햄, 커피가 준비됐다. 그걸 위장에 넣고 커피를 좀 더 마시며 담배를 태우는 데 또 얼마간 시간이 걸렸다. 떠날 준비가 되자 6시가 훌쩍 지나 있었다.

나는 호텔로 돌아와 찬 물로 목욕을 했다. 풀어진 몸을 조일 필요가 있었는데 덕분에 몸이 꽉 조여 드는 느낌이었다. 마흔이 되어서도 잠 대신 진으로 버틸 수 있기는 했지만, 쉽지는 않았다.

나는 옷을 입고 문서 하나를 작성했다.

팀 누넌은 죽기 직전에 맥스 탈러가 쏜 총에 맞았다고 말했다. 밥 맥스웨인 형사가 그 얘기를 들었다. 나는 맥스웨인 형사에게 200달러와 1000달러 상당의 다이아몬드 반지를 주며 그 일에 관해 입을 다물고 대신 자살로 보이게 해 달라고 부탁했다.

문서를 주머니에 넣은 뒤 나는 아래층으로 내려가 커피로 배를 채우다시피 하고 시티 병원으로 갔다.

방문 시간은 오후였지만, 콘티넨털 탐정사무소 자격증을 흔들며 한 시간 늦어지면 수천 명이 죽을지도 모른다는 식으로 떠들어 대어 나는 머틀 제니슨을 보게 되었다.

머틀은 3층에 있는 한 병실에 혼자 있었다. 침대 네 개는 비어 있었다. 그녀는 스물다섯 먹은 아가씨 같기도 하고 쉰다섯 먹은 여자 같기도 했다. 얼굴은 퉁퉁 부푼 얼룩덜룩한 마스크 같았다. 생기 없는 노란 머리카락은 두 갈래로 지저분하게 땋아 그녀 옆 베개에 늘어져 있었다.

나는 나를 데리고 간 간호사가 사라질 때까지 기다렸다. 그러고 나서 환자에게 문서를 보여 주며 말했다.

"여기에 서명해 주시겠습니까, 제니슨 양?"

머틀은 눈가에 잡힌 살덩어리에 덮여 볼품없이 변해 버린 검은색의 추한 눈으로 나와 문서를 번갈아 보더니 마침내 이불 아래서 뭉툭한 손을 꺼내 문서를 받아 들었다.

내가 적은 단어 23개를 읽는 데 거의 오 분은 걸린 것 같았다. 머틀은 문서를 이불 위에 떨어뜨리고 나서 물었다.

"어디서 들은 거죠?"

쨍쨍거리는 짜증스러운 목소리였다.

"다이나 브랜드가 보냈어요."

"다이나가 맥스와 깨졌나요?"

머틀이 적극적인 태도로 물었다.

나는 거짓말을 했다.

"내가 알기론 아닙니다. 내 생각엔 혹시 도움이 될까 해서 받아 두려는 것 같아요."

"그러다가 멍청한 목에 구멍 뚫리려고. 연필 주세요."

나는 내 만년필을 주고 머틀이 문서 아래쪽에 서명할 때 종이가 구겨지지 않도록 문서 밑에 공책을 대어준 뒤 머틀이 서명을 마치자마자 낚아챘다. 내가 종이를 흔들어 말리는 동안 그녀가 말했다.

"다이나가 원하는 게 그거라면 난 괜찮아요. 지금 내가 누굴 겁내겠어요? 난 끝났어요. 될 대로 되라지!"

머틀은 키득거리더니 이불을 무릎으로 확 걷어차서 조악한 잠옷 안에 있는 자기 몸이 얼마나 흉측하게 부풀어 있는지 보여 주었다.

"내 몸 맘에 들어요? 봤죠, 난 끝이에요."

나는 다시 이불을 끌어올려 주고서 말했다.

"고맙습니다, 제니슨 양."

"뭘요. 이젠 내게 아무것도 아니에요. 다만." 투실투실한 턱이 살짝 떨렸다. "이렇게 추악하게 죽는 게 끔찍스러울 뿐이에요."

12장

뉴딜

나는 맥스웨인을 찾아 나섰다. 시민 명부에도 전화번호부에도 아무것도 나오지 않았다. 나는 당구장과 담뱃가게, 불법 주점 등을 돌며 먼저 둘러보고 나서 다시 조심스레 탐문해 보았다. 그래도 아무것도 나오지 않았다. 나는 무작정 거리를 걸으며 안짱다리를 찾아보았다. 그래도 없었다. 나는 호텔로 돌아가 낮잠을 한숨 자고 밤에 다시 추적하기로 했다.

로비 저쪽 끝에서 한 남자가 신문으로 가리고 있던 얼굴을 내밀더니 내게 다가왔다. 안짱다리에 돼지 턱, 맥스웨인이었다.

나는 무심한 얼굴로 맥스웨인에게 고개를 끄덕이고는 엘리베이터를 향해 걸어갔다. 그는 나를 따라오며 중얼댔다.

"이보슈, 시간 있수?"

"잠시라면."

나는 무관심한 척하며 걸음을 멈췄다.

"조용한 곳으로 갑시다."

맥스웨인이 초조한 얼굴로 말했다.

나는 맥스웨인을 내 방으로 데려갔다. 그는 다리를 벌리고 의자에 앉아 입으로 성냥개비를 가져갔다. 나는 침대 한쪽에 앉아 그가 말하기를 기다렸다. 그는 성냥개비를 잠시 씹다가 말했다.

"솔직하게 말하겠소, 형제. 난……"

"자네가 어제 날 따라붙었을 때 내가 누군지 알고 있었다고 말하려는 건가? 아니면 부시가 자네더러 자기한테 돈 걸라고 한 적이 없다고 털어놓으려는 건가? 아니면 자네가 나중까지도 돈을 걸지 않았다고 말하려는 건가? 아니면 자신이 경찰이었기 때문에 부시의 전과를 알고 있었다고 얘기하려는 건가? 그것도 아니면 날 이용해서 부시를 자극한 다음 그쪽에 돈을 걸어 푼돈이나 좀 만져 보려 했다는 얘길 하려는 건가?"

"그렇게까지 까놓을 생각은 털끝만큼도 없었지만, 말이 나왔으니 인정해야겠군."

"대박 났나?"

"600달러 땄소그려." 맥스웨인은 모자를 위로 밀어 올리고서 잘근잘근 씹은 성냥개비 끝으로 이마를 긁적였다. "그런 다음에는 번 돈 전부와 내 돈 200달러쯤을 크랩 게임에 날렸소만. 어떻게 생각하슈? 600달러를 식은 죽 먹기로 따고서는 아침 먹으려고 50센트를 빌려야 하다니."

"참 안됐구먼. 하지만 우리네 세상이 원래 그렇게 생겨먹었지 않았나."

"그야 그렇지만." 맥스웨인이 성냥개비를 입에 도로 넣고 좀 더 씹다가 덧붙였다. "바로 그래서 당신을 만날 생각을 했소. 나도 불법사업이야 해볼 만큼 해본 데다……."

"누넌이 자네를 미끄러뜨린 이유가 뭐였나?"

"미끄러뜨려? 뭘 미끄러뜨렸다는 거요? 내가 자진해서 그만뒀소. 아내가 자동차 사고로 죽는 바람에 (보험으로) 짭짤한 수입을 올려서 그만둔 거요."

"듣자하니 누넌 동생이 자살했을 때 누넌이 자네를 걷어찼다던데."

"그럼 뭘 잘못 들은 거겠지. 바로 직후였기는 하지만, 내가 자진해서 그만둔 건지 아닌지 누넌한테 직접 물어보면 될 거 아니오."

"그건 나한테 별로 중요한 게 아니지. 왜 날 찾아왔는지나 말해 봐."

"난 빈털터리요. 무일푼이지. 난 당신이 콘티넨털 탐정이란 것도 알고 여기서 뭘 하려는지도 짐작하고 있소. 난 이 도시에서 벌어지는 일들을 거의 대부분 꿰고 있거든. 내가 도울 게 있을 거요. 전직 경찰이라 양쪽의 수를 모두 알고 있으니까."

"내 끄나풀이 되겠다는 건가?"

맥스웨인이 내 눈을 똑바로 쳐다보며 차분하게 말했다.

"최대한 기분 나쁜 말만 골라 쓰시는구먼."

"할 일을 주겠네, 맥스웨인." 나는 머틀 제니슨의 문서를 꺼내 맥스웨인에게 건넸다. "이 일에 관해 말해 주게."

맥스웨인은 주의 깊게 문서를 읽느라 입술을 움찔거렸고, 그에 따라 성냥개비가 위아래로 흔들렸다. 그는 자리에서 일어나 종이를 내 옆에 내려놓고는 나를 쏘아보며 아주 근엄한 목소리로 말했다.

"먼저 조사해 볼 게 있소. 잠시 후에 돌아와서 자초지종을 말해 드리리다."

"바보짓은 생각도 하지 말게. 자네가 이대로 사라지게 내가 가만둘 것 같나?"

내가 웃음을 터뜨리며 말했다.

"글쎄올시다." 맥스웨인은 여전히 근엄한 표정으로 고개를 흔들었다. "댁도 장담은 못할 텐데. 내가 못 나가게 시도야 해 볼 수 있겠지만."

"시도뿐인가."

이렇게 말하면서 나는 그가 제법 강단이 있고, 나보다 예닐곱 살쯤 어리며 10킬로그램 내외 정도 가볍겠다고 어림해 보았다.

맥스웨인은 침대 발치에 서서 심각한 눈으로 나를 쳐다보았다. 나는 침대 한쪽에 앉아 그게 뭔지 기억도 나지 않는 눈길로 그를 노려보았다. 우리는 그 상태로 거의 삼 분 동안 대치했다.

나는 그 짧은 시간을 이용해서 먼저 우리 사이의 간격을 잰 뒤 맥스웨인이 덤벼들면 침대에 등을 대고 엉덩이를 빙글 돌려 그 작자의 얼굴에 발길질을 하면 되지 않을까 하고 생각하고 있었다. 총을 꺼내기엔 거리가 너무 가까웠다. 내 머리가 계산을 막 끝냈을 때 그가 말했다.

"그 싸구려 반지가 1000달러라니 턱도 없는 소리요. 200달러도 잘 받은 셈이오."

"차분히 앉아서 그 얘기를 해보게."

맥스웨인이 다시 고개를 흔들며 말했다.

"먼저 당신이 어떻게 할지 알고 싶소."

"위스퍼를 잡아 넣어야지."

"그 작자가 아니라 나 말이오."

"자네는 나랑 시청에 가 줘야지."

"그건 싫소."

"왜지? 자네는 증인일 뿐인데."

"누넌이 맘만 먹으면 뇌물 수수범이든 사후 종범이든 아니면 두 죄목 다 걸어서 교수형에 처할 수 있는 증인일 뿐이니까. 그는 그럴 기회가 생기면 기뻐 춤이라도 출 거요."

이런 식으로 이빨만 까 봐야 아무 결론도 날 것 같지 않았다. 내가 말했다.

"거 참 안됐군. 하지만 가서 만나야 할 걸세."

"한번 데려가 보시든가."

나는 몸을 곧추세우고 오른손을 엉덩이 쪽으로 돌렸다.

맥스웨인이 나를 붙잡으려고 달려들었다. 나는 침대에 등을 대고 엉덩이를 빙글 돌려 그에게 발을 휘둘렀다. 괜찮은 계략이었지만 먹히지는 않았다. 그가 나를 붙잡으려고 서두르다가 침대를 들이받았는데, 그 바람에 내가 방바닥에 떨어지고 만 것이다.

나는 사지를 벌린 채 나동그라졌다. 하지만 침대 아래서 몸을 뒤집으려고 버둥거리는 중에도 총을 뽑는 일을 멈추지 않았다.

나를 잡으려고 몸을 날렸다가 실패한 맥스웨인은 낮은 침대 발판에 떨어졌다가 다시 침대 옆으로 굴러 떨어졌다. 그 바람에 제비돌기를 하게 된 그는 바로 내 옆에 뒷목을 가져다댄 꼴이 되었다.

나는 맥스웨인의 왼쪽 눈에 총구를 겨누고서 말했다.

"자네 때문에 둘 다 광대가 돼 버렸잖나. 내가 일어나는 동안 가만있지 않으면 머리통에 구멍을 뚫어 뇌수가 철철 흘러 내리게 해주지."

나는 일어나서 문서를 찾아 주머니에 넣고 맥스웨인을 일으켜 세웠다.

"모자 구겨진 데 똑바로 펴고 타이 틀어진 거 똑바로 해. 거리 돌아다닐 때 망신살 뻗치게 하지 말고."

맥스웨인의 옷을 손으로 더듬어 무기가 없는지 확인하고 나서 내가 말했다.

"내 총이 내 코트 주머니 안에 있고 내 손이 거기 닿아 있다는 거, 알아서 외워 두시게."

맥스웨인이 모자와 타이를 바르게 하고 말했다.

"이보쇼, 내 말 좀 들어 보슈. 보아 하니 이젠 나도 판에 끼인 것 같으니, 소란 부려 봐야 소용없을 것 같소. 얌전히 굴 테니 몸싸움 한 거 잊어 주겠소? 생각해 보슈. 내가 당신한테 끌려가는 게 아니라 나 스스로 가는 걸로 보이면 더 자연스러울지 모르잖소."

"좋아."

"고맙소, 형제."

누넌은 식사를 하러 나가고 자리에 없었다. 우리는 외부 사무실에서 삼십 분 동안 기다려야 했다. 그는 들어오더니 평소처럼 "잘 지내시오? ……그거 참 잘됐소이다." 같은 말로 우리를 맞았다. 맥스웨인에게는 아무 말도 하지 않고 그저 심통 맞은 얼굴로 쳐다보기만 했다.

우리는 서장실로 들어갔다. 누넌은 책상 쪽으로 의자를 하나 가져다가 나를 앉히고 자기 의자에 앉았지만 전직 형사 맥스웨인은 거들떠보지도 않았다.

나는 머틀의 문서를 누넌에게 넘겼다.

문서를 흘끗 살펴본 누넌이 갑자기 의자에서 벌떡 일어나 멜론만 한 주먹을 맥스웨인의 얼굴에 먹였다.

주먹을 맞은 맥스웨인은 맞은편 벽에 부딪혔다. 벽이 삐걱거리면서 누넌과 기타 고위관리들이 각반을 신은 누군가를 환영하는 사진이 맥스웨인과 함께 바닥에 곤두박질쳤다.

어정거리며 다가가 사진을 집어 든 뚱보 누넌은 액자가 부서져라 맥스웨인의 머리와 어깨를 내리쳤다.

책상으로 돌아와 헉헉대던 누넌이 껄껄 웃으며 유쾌한 표정으로 내게 말했다.

"쥐새끼란 바로 저런 놈을 두고 하는 말이지."

비틀거리며 일어나 주위를 둘러보던 맥스웨인의 코와 입과 머리에서 붉은 피가 흘러내렸다.

누넌이 맥스웨인에게 소리쳤다.

"이리 와, 너."

맥스웨인은 "네, 서장님." 하고 대답하고서 허둥대며 책상으로 달려왔다.

"다 털어놓지 않으면 죽인다." 누넌이 으르렁거렸다.

"네, 서장님. 그 여자가 말한 대론데요, 다만 다이아는 1000달러가 안 나갔습니다. 어쨌건 여자는 제게 다이아와 200달러를 주고 입을 다물라고 했습지요. 여자가 팀에게 '누가 그랬어요, 팀?'이라고 물어보고 그가 '맥스!'라고 외치는 찰나에 제가 거기에 갔기 때문입지요. 팀은 마치 죽기 전에 밝히고 싶기라도 한 것처럼 크고 날카롭게 외쳤거든요. 그러고 나서 곧바로 죽었습죠, 거의 다 내뱉기도 전에요. 그렇게 된 겁니다, 서장님. 근데 다이아는 그만한……."

맥스웨인이 대답했다.

"다이아 얘긴 집어치워. 융단에 피 좀 그만 흘리고."

누넌이 짖어 댔다.

맥스웨인은 주머니를 뒤적거려 지저분한 손수건을 꺼내 코와 입을 훔쳐내고는 계속 주절거렸다.

"그렇게 된 겁니다, 서장님. 나머지는 그때 제가 말씀드린 대로고요. 맥스가 그랬다고 얘기한 걸 들었다는 얘기만 빼놓은 겁니다. 그러면 안 되는 줄……."

"입 닥쳐."

누넌이 소리치고 나서 책상 위에 있던 버튼을 눌렀다.

제복 차림의 경관이 한 명 들어왔다. 서장은 맥스웨인을 엄지로 가리키며 말했다.

"이 자식 지하실로 데려가서 고문 전담반에 보낸 다음 가둬 놔."

맥스웨인은 필사적으로 "아우, 서장님!" 하고 간청했지만 경관은 그가 더 말하기 전에 끌고 갔다.

누넌은 내게 시가를 내밀고 나서 다른 시가로 문서를 두드리며 물었다.

"이 계집은 어디 있소?"

"시티 병원에서 죽어 가고 있습니다. 검사를 보내 서류를 새로 받아오게 하실 참입니까? 이건 법적으로 별 소용이 없거든요. 거의 내가 날조한 거라서요. 또 하나. 듣자 하니 피크 머리와 위스퍼가 더 이상 친구 사이가 아니라네요. 맥스의 알리바이를 댄 자들 중 하나가 머리 아니었습니까?"

서장은 "그렇소."라고 대답하고 나서 전화기 하나를 들고 말했다.

"맥그로! 피크 머리를 찾아서 내가 좀 보잔다고 해. 단도 투척 건으로 토니 아고스티를 잡아들이고."

전화기를 내려놓은 뒤 자리에서 일어난 누넌은 시가 연기를 잔뜩 내뿜고는 연기에 대고 말했다.

"난 선생한테 늘 솔직하지만은 않았소이다." 나는 그 정도

말로는 부족하다고 생각했지만 아무 말도 하지 않았다. "선생은 경험이 많소. 이런 직업이 어떤 것인지도 잘 알고 있소. 귀를 기울여야 할 사람이 한둘이 아니라오. 경찰서장 명패만 있다고 모든 사람에게 우두머리가 되는 건 아니거든. 어쩌면 선생은 내게 대단히 골칫거리인 누군가에게 대단한 골칫거리가 될지도 모르겠구려. 내가 선생을 믿을 만한 사람으로 생각하는지 아닌지는 아무 상관이 없소이다. 난 나와 어울리는 자들과 어울려야 하거든. 무슨 소린지 아시겠소?"

나는 그렇다는 뜻으로 고개를 끄덕였다.

"이제까지는 그랬소이다. 하지만 더 이상은 아니오. 이건 다른 것, 말하자면 뉴딜이오. 어머니가 세상을 떴을 때 팀은 아직 어린애였소. 어머닌 나더러 '그 애를 돌봐 줘라, 존.'이라고 말했고 난 그러겠다고 약속했지. 근데 위스퍼가 그 잡년 때문에 그 애를 죽인 거요."

누넌이 손을 뻗어 내 손을 잡으며 말을 이었다.

"내가 뭔 말을 하려는지 아시겠소? 그게 1년 6개월 전 일인데, 당신 덕분에 처음으로 그놈을 처넣을 기회가 온 거요. 이제 말하겠는데 퍼슨빌에서 선생에게 막말할 사람은 아무도 없소. 적어도 오늘부터는 말이지."

나는 이 말을 듣고 누넌에게 무척 기쁘다고 말했다. 우리가 기분 좋게 떠들고 있는데 호리호리한 몸에 주근깨투성이의 둥근 얼굴에 심한 들창코의 남자가 서장실로 안내되어 왔다. 피크 머리였다.

"방금 팀이 죽었을 때 얘기를 하고 있었네." 서장은 머리에게 의자와 시가를 권하고서 말했다. "위스퍼가 어디 있었는지 말이지. 자네 그날 밤 그곳에 갔었지?"

"넵."

머리가 대답했고 코끝이 더 날카로워졌다.

"위스퍼와 함께였나?"

"계속 같이 있진 않았습죠."

"총이 발사될 때 같이 있었나?"

"아뇨."

초록빛이 감도는 서장의 눈이 더 작고 밝아졌다. 그는 부드럽게 물었다.

"위스퍼가 어디 있었는지 아나?"

"그건 모릅니다."

서장은 지극히 만족스럽게 한숨을 내쉬고는 의자에 등을 기댔다.

"빌어먹을, 자네 그때는 위스퍼와 함께 바에 있었다고 했잖아, 피크."

"넵, 그랬습죠. 하지만 그건 그저 위스퍼가 저에게 부탁했고 저도 친구를 돕고 싶어서 그런 것뿐입니다."

"위증죄로 기소돼도 상관없다 이건가?"

"원 끔찍한 말씀을." 머리는 타구에 침을 퇴 뱉었다. "제가 뭐 법정에서 말한 것도 아니잖습니까."

"제리와 조지 켈리와 오브라이언은 어떤가? 그들도 단지 그 자가 부탁해서 같이 있었다고 한 건가?"

"오브라이언은 그랬죠. 나머지 둘은 모르겠습니다. 제가 바에서 나가려는데 위스퍼와 제리, 켈리랑 맞닥뜨려서 같이 바로 돌아가 한잔 했습죠. 켈리 말이 팀이 살해됐다더군요. 그러자 위스퍼가 말했죠. '알리바이가 있어서 나쁠 건 없지. 우린 줄곧 여기 있었던 거야, 그렇지?' 그러고는 바 뒤에 있던 오브라이언을 봤습죠. 오브라이언이 '물론이지.'라고 말하자 위스퍼가 저를 보더군요. 저도 똑같이 말했습지요. 하지만 요즘 같아서는 그때 왜 그 자식을 보호해 줬는지 모르겠다니까요."

"팀이 살해됐다고 켈리가 그랬어? 죽었다고 한 게 아니고?"

"'살해됐다'가 그 친구가 한 말이었습니다."

"고맙네, 피크. 거짓말을 하면 안 되지만 지난 일은 지난 거니까. 애들은 어떻게 지내나?"

서장이 말했다.

머리는 잘 지낸다고, 다만 애가 원하는 만큼 살이 찌지 않는다고 말했다. 누넌은 검사실에 전화해서 다트와 속기사를 불러 피크가 떠나기 전에 진술을 받아 놓으라고 지시했다.

누넌은 다트와 속기사를 데리고 머틀 제니슨에게 완벽한 진술서를 받아내려고 시티 병원으로 향했다. 나는 가지 않았다. 잠을 자 두는 게 좋을 것 같아 서장에게 나중에 보자고 하고는 호텔로 돌아왔다.

13장

200달러 10센트

조끼 단추를 푸는데 전화벨이 울렸다.

다이나 브랜드가 10시부터 계속 나에게 연락했다며 투덜댔다.

"내가 말한 거, 뭐 좀 해봤어요?"

"좀 살펴봤소. 꽤 괜찮은 것 같더군. 오늘 오후에 터뜨릴까 생각 중이오."

"그러지 마세요. 나랑 먼저 만나요. 지금 올 수 있어요?"

나는 정돈된 흰색 침대를 내려다보며 "그러지." 하고 맥없이 말했다.

한 번 더 냉탕에 들어가 봤지만 별 소용이 없어서 탕 속에서 거의 잠이 들 뻔했다.

내가 다이나의 집 초인종을 누르자 댄 롤프가 들여보내 주었다. 그는 전날 밤 아무 일도 없었던 것처럼 굴었다. 다이나 브랜드가 홀로 들어와 내가 코트 벗는 걸 도와주었다. 다이나는 한쪽 어깨솔기가 5센티미터쯤 뜯어진 황갈색 모직 드레스를 입고 있었다.

다이나는 나를 거실로 데려가 체스터필드 소파에 앉아서 말했다.

"저를 위해 한 가지 해 줘야겠어요. 나 좋아하는 거 맞죠?"

나는 좋아한다고 말했다. 다이나는 내 왼손 주먹 마디를 따스한 검지로 하나하나 세어 보며 설명했다.

"어젯밤 내가 한 얘기에 관해 더 이상 아무 일도 하지 말았으면 해요. 잠깐, 내 말이 끝날 때까지 기다리세요. 댄이 옳았어요. 맥스를 그런 식으로 팔아넘겨선 안 되는 거였죠. 그건 너무 추잡한 일이에요. 게다가 당신이 정말로 원하는 건 누넌이잖아요, 아닌가요? 음, 당신이 착하게도 이번에 맥스를 제외해 준다면, 누넌을 영원히 잡아넣을 건수를 넉넉히 줄게요. 그게 더 낫지 않아요? 당신은 내가 맥스의 말에 화가 나서 넘긴 정보를 써먹지 않을 만큼은 날 좋아하죠, 아닌가요?"

"누넌에게 뭐가 있다는 거지?"

다이나는 내 이두박근을 주무르며 중얼거렸다.

"약속할 수 있어요?"

"아직은."

다이나는 내게 입을 삐죽거리고 말했다.

"난 이제 맥스랑은 완전히 끝이에요, 정말이에요. 당신은 날 쥐새끼로 만들 권리가 없다고요."

"누넌이 어쨌다는 거지?"

"먼저 약속해 줘요."

"안 돼."

다이나는 내 팔을 꼭 쥐고서 새된 목소리로 소리쳤다.

"벌써 누넌에게 갔다 왔군요?"

"그래."

인상을 쓴 채 내 팔을 놔 준 뒤 다이나가 어깨를 으쓱하더니 우울한 목소리로 말했다.

"이제 어쩌면 좋지?"

나는 자리에서 일어섰다. 그때 웬 목소리가 들렸다.

"앉지."

속삭이는 듯한 탈러의 쉰 목소리였다.

고개를 돌린 나는 식당 문 옆에 탈러가 자그마한 손에 커다란 총을 들고 서 있는 걸 보았다. 불그레한 얼굴 한쪽 뺨에 흉터가 난 한 남자가 그 옆에 서 있었다.

내가 앉는 동안 홀로 나가는 다른 문마저 가로막혔다. 입이 헤 벌어진 턱없는 남자, 탈러가 제리라고 부르던 남자가 그 문을 지나 앞으로 한 걸음 다가왔다. 그는 총이 두 자루였다. 킹 가의 술집에 있던 금발머리 두 사내 중 좀 더 비쩍 마른 사내가 제리의 어깨 너머로 보였다.

다이나 브랜드가 체스터필드 소파에서 일어나 탈러를 등진 채 내게 말했다. 분노로 거칠어진 목소리였다.

"이건 나랑 상관없는 일이에요. 이 남자가 직접 찾아와서 심한 말을 해서 미안하다고 사과하면서 당신에게 누넌을 넘기면 짭짤한 수익을 올릴 수 있을 거라고 말했어요. 전부 속임수였는데, 내가 멋모르고 넘어가 버린 거예요. 정말이에요! 내가 당신에게 얘기하는 동안 저 남자는 위층에서 기다리기로 했고요. 저치들까지 있는 줄은 몰랐어요. 난……."

제리가 무심한 목소리로 느릿느릿 말했다.

"이년 다리 아래쪽을 쏘면 확실히 주저앉겠지. 입도 다물 거야, 어때?"

내 쪽에선 탈러가 보이지 않았다. 다이나가 나와 그 사이에서 있었기 때문이다. 탈러가 말했다.

"지금은 안 돼. 댄은 어디 있나?"

"화장실 바닥에 있어. 확실하게 맛을 보여 줬지."

다이나 브랜드는 몸을 돌려 탈러를 마주보았다. 뜯어진 스타킹 솔기가 풍만한 다리 안쪽으로 올라가며 S자를 그렸다. 그녀가 말했다.

"맥스 탈러, 이 더러운 난쟁이……."

탈러는 다분히 의도적으로 작은 소리로 속삭였다.

"아가리 닥치고 비켜."

놀랍게도 다이나는 그 말대로 했고, 탈러가 말하는 동안 입을 다물고 있었다.

"그러니까 댁과 누넌이 누넌 동생의 죽음을 나한테 뒤집어씌우려 하고 있다?"

"뒤집어씌울 필요도 없지. 당연한 거니까."

탈러는 얇은 입술을 둥글게 말고서 말했다.

"댁도 누넌만큼이나 썩어 빠졌군."

"그건 당신이 더 잘 알 텐데. 누넌이 당신을 엿 먹이려고 할 때 난 당신 편이었어. 이번에는 정당한 이유로 잡아넣는 거고."

다이나 브랜드가 다시 버럭 화를 내더니 방 가운데서 미친 듯 팔을 휘두르며 소리쳤다.

"모두 꺼져 버려! 왜 내가 네놈들 문제로 골머리를 앓아야 하지? 다 꺼지라고."

롤프를 두드려 팬 금발머리 사내가 씩 웃으며 제리 옆을 비집고 방으로 들어왔다. 그가 다이나의 한쪽 팔을 잡아 등 뒤로 꺾었다.

다이나는 사내 쪽으로 몸을 비틀어 다른 주먹으로 그의 복부를 강타했다. 멋진 일격이었다, 대단했다. 그 바람에 다이나의 팔을 잡고 있던 손을 놓친 사내가 두어 걸음 뒤로 물러났다.

침을 한번 꿀꺽 삼키고 난 사내가 엉덩이에서 곤봉을 휙 꺼내고 다시 다가섰다. 웃음은 씻은 듯 사라지고 없었다.

제리는 하도 웃느라 그나마 있던 턱도 안 보일 지경이었다.

"관둬!"

탈러가 거칠게 속삭였다.

사내는 그 말을 못 듣고 다이나에게 으르렁대고 있었다.

다이나는 1달러 은화처럼 굳은 얼굴로 체중을 거의 왼발에 실은 채 사내를 지켜보았다. 금발머리가 다가선 것은 발차기를 방지하기 위해서였던 것 같았다.

금발머리는 비어 있는 왼손으로 다이나를 잡는 척하더니 다이나의 얼굴에 곤봉을 휘둘렀다.

탈러는 다시 "그만하랬다." 하고 속삭이더니 총을 쐈다.

총알이 오른쪽 눈 아래를 맞추자 금발머리가 빙글 돌아 뒤로 넘어지며 다이나 브랜드의 팔에 쓰러졌다.

기회는 이때다 싶었다.

소동을 틈타서 엉덩이에 손을 가져갔다. 나는 총을 획 뽑아 고함을 치며 탈러의 어깨를 노렸다.

실수였다. 한가운데를 노렸더라면 날려 버릴 수 있었을 텐데. 턱 없는 제리는 웃느라 정신을 놓은 것이 아니었다. 그는 나보다 한발 앞서 쐈다. 그가 쏜 총알이 내 손목에 맞으며 조준이 빗나간 것이었다. 하지만 탈러를 빗겨 간 총알은 그의 뒤에 있던 붉은 얼굴의 남자를 쓰러뜨렸다.

손목이 얼마나 다친 줄 몰라서 총을 왼손으로 바꿔 잡았다.

제리가 다시 나를 쏘려고 하자 다이나가 그에게 시신을 던져 방해했다. 죽은 금발머리가 그의 무릎에 가서 쿵 부딪혔다. 나는 그가 균형을 잃은 틈에 덤벼들었다.

그 덕분에 탈러가 내게 쏜 총알이 빗나갔다. 나와 제리는 한 덩어리로 뒤엉킨 채 홀에서 굴러나갔다.

제리는 벅찬 상대는 아니었지만 서둘러 해치워야 했다. 뒤에 탈러가 있었기 때문이다. 나는 제리에게 두 방을 먹이고 발길질을 한 번 하고 적어도 한 차례 머리로 들이받고 나서 마침내 내 밑에 깔렸을 때는 어디 또 물어뜯을 데가 없나 찾아보았다. 그때 그가 내 밑에서 축 늘어졌다. 나는 그의 턱이 있어야 할 곳에 다시 한 번 주먹을 날려서 혹시 기절한 척하는 건 아닌지 확인한 뒤, 문에서 보이지 않도록 주의하며 손과 무릎으로 기어 홀 쪽으로 조금 다가갔다.

나는 벽에 등을 대고 쪼그리고 앉아 탈러가 있는 방향으로 권총을 향한 채 기다렸다. 잠시 아무 소리도 들리지 않고, 오직 내 머리에서 핏줄이 불뚝대는 소리만 들렸다.

그때 내가 굴러 나온 문으로 다이나 브랜드가 걸어 나오더니 제리를 흘끗 보고 다시 나를 보았다. 혀를 깨물며 웃음을 짓던 그녀가 고개를 까딱여 신호하고는 거실로 돌아갔다. 나는 조심스레 그녀를 따라갔다.

탈러가 방 한가운데 서 있었다. 하지만 손도 비어 있었고 얼굴 역시 텅 비어 있었다. 사악한 작은 입술만 빼면 그는 옷가게에 진열된 마네킹이나 다름없어 보였다.

댄 롤프가 뒤에 서서 총구를 탈러의 왼쪽 신장에 겨누고 있었다. 롤프의 얼굴은 피범벅이었다. 롤프와 나 사이에 죽어 널브러져 있는 금발머리한테 흠씬 얻어맞은 것이다.

나는 탈러를 보고 씩 웃으며 "호, 이거 잘됐군." 하고 말하고 나서야 롤프가 다른 총으로 투실투실한 내 몸 한가운데를 겨누고 있는 걸 보았다. 그리 잘된 게 아니었다. 하지만 내 총도 적당한 높이에 있었다. 반반의 확률보다 크게 나쁘지도 않았다.

"총 내려놔."

롤프가 말했다.

내가 다이나를 보았다. 아마도 당황스러운 얼굴이었을 터였다. 그녀가 어깨를 으쓱하고서 말했다.

"이건 댄의 파티 같은데요."

"그래? 내가 이런 놀이를 별로 좋아하지 않는다는 걸 저 작자한테 알려 주는 게 좋을걸."

"총 내려놔."

롤프가 되풀이했다.

"그럼 내가 우리 엄마 아들이 아니지. 이 자식 잡으려다 9킬로그램이나 줄었지만 그쯤은 한 번 더 내줄 수 있거든."

내가 기가 차다는 듯이 말했다.

"당신네 둘 일에는 흥미 없어. 내가 일부러 당신 둘한테……."

롤프가 말했다.

그때 다이나 브랜드가 방을 가로질러 걸어왔다. 그녀가 롤프 뒤에 왔을 때 나는 그의 말을 끊고 그녀에게 말했다.

"당신이 지금 그 친구를 막아 주면 동지가 두 명 생기는 셈이야. 누넌과 나. 탈러는 더 이상 믿을 수 없으니 그를 도와 봐야 아무 소용 없어."

"돈 얘길 해봐, 자기."

다이나가 웃으며 말했다.

"다이나!"

롤프가 저항했지만 곧 붙잡혔다. 다이나는 그의 뒤에 있었고 그를 제어할 만큼 강했다. 그가 다이나를 쏠 것 같지도 않았고, 그 밖의 어떤 방법으로도 다이나가 하려는 일을 막을 수 있을 것 같지 않았다.

"100달러." 내가 값을 불렀다.

"어머나! 당신한테서 정말로 현금 제안을 받을 줄은 꿈에도 생각 못했는데. 하지만 그걸론 부족해요."

"200달러."

"점점 대담해지시는군요. 하지만 아직 당신 목소리가 안 들려요."

"잘 들어. 그거면 내가 롤프의 총을 쏴서 떨어뜨리지 않아도 될 만한 값어치는 되지만 그 이상은 아니야."

"출발은 좋아요. 약해지지 마세요. 어쨌거나 한 번 더 불러봐요."

"200달러 10센트. 그 이상은 못 줘."

"이 덩치만 큰 머저리. 나 안 할래요."

"좋을 대로." 나는 찌푸린 얼굴로 탈러에게 경고했다. "만약 무슨 일이 생기면 꼼짝 말고 가만있어."

"잠깐! 진짜 무슨 짓이라도 벌이려는 거예요?"

다이나가 외쳤다.

"탈러를 데리고 나가야겠어, 어떻게든."

"200달러 10센트요?"

"그래."

"다이나!" 롤프가 내게 시선을 고정한 채 소리쳤다. "그럼 안 돼……."

하지만 다이나는 깔깔 웃으며 롤프의 등 쪽으로 다가가 튼튼한 팔로 그를 휘감아 뒤로 결박했다.

나는 오른팔로 탈러를 옆으로 밀친 뒤 그에게 총을 겨눈 채 롤프의 손을 쳐서 무기를 떨어뜨렸다. 다이나가 롤프를 놓아 주었다.

롤프는 식당 문으로 두 걸음 걸어가서 힘겨운 듯 "이건 아무……."라고 중얼거리고는 바닥으로 무너져 내렸다.

다이나가 롤프에게 달려갔다. 나는 탈러를 홀 문으로 거칠게 밀치면서 아직껏 정신을 잃고 있는 제리를 지나쳐 전화기가 있는 현관 계단 아래 벽감으로 갔다.

나는 누넌에게 전화해서 탈러를 잡았다고 말하며 장소를 일러 주었다.

"성모님! 부디 내가 갈 때까지 죽이지 마십시오."

14장

맥스의 비밀

탈러가 잡혔다는 소문은 삽시간에 퍼졌다.

누넌과 그가 이끌고 온 경찰들과 내가 이제야 정신을 차린 제리와 탈러를 시청으로 데려갔을 때 적어도 백여 명의 사람들이 주위에 둘러서서 우리를 지켜보았다.

모두가 기뻐하는 얼굴만은 아니었다. 누넌의 부하들(좋게 말해도 시시한 무리)은 긴장한 듯 창백한 얼굴로 어정거렸다. 하지만 누넌은 미시시피 강 서쪽에서 가장 의기양양한 사내였다. 탈러를 취조하는 과정이 순탄치 않았다는 점도 그 행복감을 훼방 놓지는 못했다.

탈러는 있을 수 있는 모든 고초를 굳건히 견뎌냈다. 그는 오직 변호사에게만 말하겠다며 고집을 꺾지 않았다. 누넌은 탈러를 그렇게 미워하면서도 유독 그만은 두들기거나 고문 전담

반에 넘기지 않았다. 탈러는 서장의 동생을 살해한 인물이었고 그 배짱도 못마땅했지만, 포이즌빌에서는 여전히 마구잡이로 굴리기 어려운 거물이었던 것이다.

마침내 탈러와 놀아 주는 데 진력이 난 누넌은 그를 올려 보내(감옥은 시청 꼭대기에 있었다.) 안전하게 감금해 두었다. 나는 서장의 시가를 하나 더 태우고, 서장이 병원에서 머틀에게 받아온 상세 진술서를 읽었다. 내가 다이나와 맥스웨인에게 듣지 못한 정보는 없었다.

누넌은 나더러 자기 집으로 저녁이나 먹으러 오라고 초대했지만 손목이 안 좋아서(붕대를 감고 있었다.) 안 되겠다고 거짓말로 둘러댔다. 사실은 약한 화상에 지나지 않았다.

우리가 이런 얘기를 하는데, 사복 차림의 경관 두 명이 내가 쏜 총알에(탈러를 빗맞힌) 맞은 붉은 얼굴의 사내를 데리고 들어왔다. 그는 총알에 맞아 갈비뼈가 한 대 나갔는데, 우리가 정신없는 틈을 타서 뒷문으로 빠져나간 모양이었다. 사복 경관은 그를 병원에서 검거했다. 서장은 사내에게서 아무런 정보도 얻어내지 못한 채 병원으로 돌려보냈다.

나는 일어서서 떠날 준비를 하며 말했다.

“브랜드라는 아가씨가 내게 제보해 준 겁니다. 그래서 그 여자와 롤프를 빼 달라고 말씀드린 것이고요.”

서장은 내 왼손을 잡았는데, 이로써 지난 두어 시간 동안 대여섯 번은 잡은 셈이었다.

"선생이 그 여자를 보살펴 줘야 한다고 생각한다면 그걸로 충분하외다. 더욱이 그 여자가 저 개자식을 잡아넣는 데 도움을 줬다면 그 여자에게 언제라도 필요한 게 있으면 말만 하라고 전해 주시오."

나는 그러마고 대답하고는 호텔로 돌아가며 깔끔한 내 흰색 침대를 생각했다. 하지만 거의 8시가 다 되었고 배도 좀 채워야 했다. 나는 호텔 식당으로 가서 이 문제를 해결했다.

그러고 나서 시가를 태우려니 로비에 있는 한 가죽 의자가 나를 유혹했다. 거기서 덴버에서 온 한 철도감사원과 얘기를 나누게 되었는데, 그는 우연히도 내가 세인트루이스에서 알고 지내던 사람과 지인이었다. 그때 거리에서 요란한 총소리가 들려왔다.

문으로 가서 보니 총소리가 나는 곳은 시청 부근 같았다. 나는 감사원을 내버려 둔 채 시청으로 달려갔다.

내가 3분의 2 정도 갔을 때 자동차 한 대가 무시무시한 속도로 나를 향해 달려오며 총질을 해 댔다.

나는 뒷걸음질을 쳐서 어느 골목으로 들어간 다음 총을 꺼내 들었다. 차가 코앞까지 다가왔다. 가로등 불빛에 앞좌석에 앉은 두 사람의 얼굴이 보였다. 운전자는 모르는 얼굴이었다. 조수석에 앉은 남자는 모자를 눌러써서 얼굴 위쪽은 보이지 않았다. 아래쪽은 탈러였다.

길 건너편에 다른 블록으로 이어지는 골목 입구가 있었고, 골목 끝까지 불빛이 훤했다. 불빛과 나 사이에서 탈러의 차가 부르릉거리며 지나가는 찰나에 누군가가 움직였다. 그는 얼핏 쓰레기통으로 보이는 물건의 그림자 뒤로 숨어 다니며 요리조리 몸을 피했다.

내가 탈러를 잊게 된 것은 그 누군가가 활처럼 움푹 팬 얼굴에 안짱다리였기 때문이다.

한 무리의 경찰이 떠들썩하게 지나가며 아까 달려간 차를 향해 총을 쏴댔다.

나는 재빠르게 길을 건너 안짱다리가 있는 골목으로 들어갔다.

안짱다리가 내 끄나풀이 맞다면 무장하지 않았다고 봐도 좋을 터였다. 그쪽으로 마음을 정한 나는 좁은 골목 한가운데를 똑바로 걸어가면서 눈과 귀와 코를 총동원해 그림자를 쫓았다.

한 블록의 4분의 3쯤 지난 지점에서 한 그림자가 다른 그림자에서 떨어져 나왔다. 그 사내는 내게서 허둥지둥 달아났다.

"멈춰!" 나는 고함을 치며 사내를 향해 발을 굴렀다. "멈추지 않으면 쏜다, 맥스웨인."

맥스웨인은 대여섯 걸음 성큼성큼 내딛고 나서야 발을 멈추고서 뒤로 돌아섰다.

"오, 당신이었군요."

맥스웨인은 마치 내가 자기를 감옥에 데려가는 것은 괜찮다는 투로 말했다.

"그래. 자네들 지금 죄다 밖에 나와서 뭐 하는 거지?"

"나도 당최 모르겠어요. 누군가 다이너마이트를 터뜨려 유치장 바닥에 구멍을 뚫었지요. 난 다른 사람들과 함께 그 구멍으로 빠져나왔고요. 경관들과 떨어져 있는 치들이 몇 있었거든요. 난 그 중 한 무리와 뺑소니를 쳤지요. 그러고는 뿔뿔이 흩어졌고, 나는 여기를 빠져나가 산으로 가려던 참입니다. 난 이 일과 아무 상관도 없어요. 그냥 감방이 폭발하면서 구멍이 났을 때 따라 나온 것뿐이라고요."

"오늘 저녁에 위스퍼가 체포됐거든."

"저런! 그것 때문이로군요. 누넌도 그자를 계속 잡아둘 수 없다는 건 알았어야지. 이 도시에선 안 되지."

우리는 여전히 맥스웨인이 멈춰선 골목에 서 있었다. 내가 물었다.

"위스퍼가 왜 체포됐는지 아나?"

"알고말고요, 팀을 살해해서죠."

"누가 팀을 죽였는지는 아나?"

"그야 물론 위스퍼가 죽였죠."

"자네가 죽였어."

"뭐요? 무슨 소리요? 정신 나갔소?"

"내 왼손에 총이 있어."

내가 경고했다.

"하지만 이보슈, 팀이 그 여자한테 위스퍼가 했다고 하지 않았소? 도대체 나한테 왜 이러슈?"

"팀은 '위스퍼'라고 말하지 않았어. 여자들이 탈러 맥스라고 하는 건 들었지만 이 도시 남자들은 하나같이 위스퍼라고 하더군. 팀은 맥스(Max)라고 한 게 아니라 맥스(MacS)라고 한 거야. 자네 이름 앞부분을 말하다가 다 말하지 못하고 죽은 거지. 내게 총이 있다는 거 잊지 마."

"내가 팀을 뭐 하러 죽인단 말이오? 팀은 위스퍼의 뒤를……."

"나도 거기까지는 아직 모르겠지만 한번 생각해 볼까. 자네는 아내와 틀어졌어. 팀은 여자들과 노닥거리길 좋아했지? 어쩌면 거기 뭔가 있을지 모르겠군. 조사하면 나오겠지. 내가 자네를 의심하게 된 것은 자네가 여자한테 돈을 더 뜯어내지 않았다는 얘기를 들었을 때였어."

"이러지 마슈. 당신도 말이 안 된다는 거 알잖소. 그럼 내가 그 짓을 하고도 거기서 계속 어슬렁거린 이유가 뭐겠수? 나도 알리바이를 만들러 갔어야 하지 않겠냔 말이오, 위스퍼처럼."

"왜냐고? 그때 자넨 짭새였거든. 현장 가까이에 있는 게 모든 일을 직접 처리하는데 유리했으니까."

"당신도 앞뒤가 맞지 않는다는 거 알잖소. 도대체 말이 안 되잖소. 제발 좀 그만두슈."

"그게 얼빠진 소리든 아니든 난 상관없어. 우리가 그 얘기를 들려 줄 사람은 누넌이니까. 누넌은 위스퍼 탈옥 사건 때문에 아마 혼비백산이 되었을 테지."

맥스웨인은 진흙투성이 골목 바닥에 무릎을 꿇고 외쳤다.

"제발 좀 살려 주슈, 그건 안 돼! 내 목을 비틀어 죽일 거란 말이오."

내가 으름장을 놓았다.

"일어나. 소리 좀 그만 지르고. 이제 바른 말을 할 텐가?"

맥스웨인이 계속 징징댔다.

"내 목을 비틀어 죽일 거란 말이오."

"알아서 하든지. 자네가 못하겠다면 내가 하지. 솔직히 털어놓으면 내가 도와줄 만한 일이 없는지 생각해 보고."

"뭘 해줄 수 있소?" 맥스웨인이 자포자기하듯 물으며 다시 칭얼거리기 시작했다. "당신이 날 봐줄지 어떻게 믿으란 거요?"

나는 위험을 무릅쓰고 진실을 조금 밝혔다.

"자넨 내가 여기 포이즌빌에서 무슨 일을 벌이려는지 짐작이 간다고 했지. 그럼 내가 누넌과 위스퍼 사이를 갈라놓으려고 한다는 것도 알 거야. 위스퍼가 팀을 죽였다고 생각하는 한 두 사람은 계속 앙숙이 될 거야. 하지만 자네가 나랑 놀지 않겠다면, 가지, 누넌한테로."

이 말에 기운을 차린 맥스웨인이 물었다.

"그러니까 서장한테 말하지 않겠다 이 말이오? 약속할 수 있소?"

"난 자네한테 아무것도 약속하지 않아. 내가 왜 하지? 난 지금 자넬 발가벗겨 놨어. 나한테 말하든 누넌한테 말하든 정하지. 서둘러 결정하는 게 좋을걸. 밤새 여기 서 있을 생각은 없으니까."

맥스웨인이 마음을 정하고 말을 꺼냈다.

"당신이 얼마나 아는지는 모르겠지만 당신 말대로 내 마누라가 팀한테 넘어가 버렸수. 그래서 내가 이 꼴이 된 거요. 아무나 붙잡고 예전에 내가 어떤 놈이었는지 물어보구려. 난 이런 놈이었수. 마누라가 원하는 대로 해주고 싶었다우. 하지만 마누라가 바라는 건 대부분 내게 힘겨운 일이었소. 하지만 난 달리 방법이 없었소. 내 힘이 닿는 일이었다면, 빌어먹을, 얼마나 좋았겠소. 그래서 난 서슴없이 이혼을 해줬소. 그 자식과 결혼할 수 있도록 말이오. 그 자식이 진심인 줄 알았으니까.

얼마 안 가서 그 자식이 이 머틀 제니슨이란 여자를 쫓아다닌다는 얘기가 들리더이다. 그냥 둘 수가 없었소. 그 자식한테 헬렌과 함께할 정당한 기회까지 줬는데 머틀이라는 여자 때문에 헬렌을 버리려 하다니. 헬렌은 문란한 여자는 아니었다우. 하지만 그날 밤에 그 자식을 호수에서 맞닥뜨린 건 순전히 우연이었소. 그 자식이 여름 별장으로 내려가는 모습을 본 나는 무작정 뒤따라갔소. 조용해서 결판내기에 딱 좋은 곳 같더군.

둘 다 술을 좀 걸쳤던 것 같소. 여하간 우린 맹렬하게 싸웠지요. 그 자식 버티기 힘들었는지 총을 꺼내더군요. 비겁한 놈. 내가 총을 붙잡았는데, 드잡이를 하던 중에 총이 발사됐소. 맹세코 그런 상황이 아니었다면 놈을 쏘지 않았을 거요. 총이 발사됐을 때 우리 둘 다 총에 손을 대고 있었으니까. 난 얼른 그 자리를 떠서 덤불에 숨었소. 하지만 그때 그 자식이 신음하며 말하는 소리가 들리더이다. 다가오는 사람도 있었소. 호텔에서 한 여자가 내려오고 있었지, 머틀 제니슨이란 여자였소.

난 돌아가서 팀이 뭐라고 하는지 듣고 싶었지만, 맨 처음 현장에 도착한 사람이 되기는 조심스러웠소. 그래서 머틀이 팀에게 갈 때까지 기다리며 줄곧 그 자식이 꽥꽥거리는 소리에 귀를 기울였소. 하지만 너무 멀어서 알아들을 수가 없었소. 마침내 내가 달려갔을 때는 그 자식이 죽으면서 여자에게 내 이름을 말하려던 찰나였소.

난 머틀이 팀의 편지와 200달러와 다이아 반지를 내놓으며 제안하기 전까지는 그게 위스퍼의 이름이라고는 생각지도 못했소. 그냥 사건을 처리하는 체하며(당시엔 경찰이었으니까) 근방을 어정거리면서 내 처지를 알려보려던 것뿐이었지요. 그러던 참에 그 여자가 그런 제의를 했고, 그제야 사정이 그리 나쁘지 않다는 걸 안 거요. 그렇게 흘러간 건데 당신이 이제 와서 다시 캐내기 시작한 거외다."

맥스웨인은 진창 속에서 발을 철벅거리다 무심히 덧붙였다.

"그 다음 주에 마누라가 죽었소. ……사고로. 정말 사고였다오. 헬렌은 자신의 포드를 태너에서 긴 내리막길을 내려오고 있던 6번 버스의 정면으로 몰았소. 차는 거기서 멈췄소."

"모크 호는 이 카운티에 있나?"

"아니, 볼더 카운티에 있소."

"그럼 누넌의 영역 바깥이군. 당신을 그리로 데려가서 그쪽 보안관에게 넘기면 어떨까?"

"그건 안 되오. 거기 보안관이 키퍼 상원의원의 사위라오. ……톰 쿡이라고. 그냥 여기 있는 거나 별 차이 없을 거요. 어차피 누넌은 키퍼를 움직여서 날 주무를 테니까."

"자네 말대로라면 법정에서 혐의를 벗을 확률이 최소한 반반은 될 텐데."

"그자들은 기회조차 주지 않을 거요. 반반의 확률이라도 있었다면 이미 법정에 섰을 거요. 하지만 그자들이라면 얘기가 다르지."

"시청으로 돌아갈 테니 입 다물고 있게."

누넌은 뒤뚱거리며 서장실을 왔다 갔다 하면서 내심 자리를 피하고 싶어 안절부절못하는 경찰관 대여섯 명에게 욕바가지를 퍼붓고 있었다.

"거리에서 얼쩡거리고 있기에 잡아왔소."

나는 이렇게 말하면서 맥스웨인을 앞으로 떠밀었다.

누넌은 전직 형사에게 마구잡이로 주먹질과 발길질을 하고 나서 경찰관 하나에게 데려가라고 명령했다.

마침 누넌에게 전화가 왔다. 나는 인사도 없이 가만히 서장실을 빠져나와 호텔로 돌아갔다.

북쪽에서 총소리가 몇 차례 들려왔다.

일당 세 명이 눈을 흘금거리며 안짱걸음으로 내 곁을 지나갔다.

좀 더 가니 또 다른 남자가 내가 편하게 지나가도록 보도 끄트머리로 몸을 피해 주었다. 나는 그가 누군지 몰랐고 그도 날 모른다고 생각했다.

멀지 않은 곳에서 총소리가 한 방 들렸다.

호텔 앞에 도착했을 때 낡아 빠진 검정색 관광자동차가 포장이 터질 만큼 승객을 가득 채운 채 적어도 시속 80킬로미터의 속력으로 거리를 달려갔다.

나는 차의 뒷모습을 보며 씩 웃었다. 포이즌빌이 마침내 냄비 뚜껑 아래서 끓어오르기 시작한 모습을 본 듯했다. 진짜 그곳 토박이라도 된 듯한 기분에 나는 그 끓어오르는 냄비 속에서 내가 썩 좋지 못한 역할을 맡고 있다는 사실도 잊은 채 에누리 없는 12시간 동안 단잠을 잤다.

15장

시더 힐 여관

정오가 조금 지난 뒤 미키 리니헌의 전화를 받고서야 잠에서 깨었다.

"지금 도착했어요. 근데 환영위원회는 어디 있나요?"

"자네들 묶을 밧줄이라도 가지러 갔나 보지. 가방 찾아서 방으로 올라와. 537호야. 눈에 띄지 않게 조심해."

옷을 다 입었을 때 그들이 올라왔다.

미키 리니헌은 덩치는 산더미만 했지만 굼벵이처럼 느려 터졌다. 축 처진 어깨와 마디마디가 다 어긋난 것처럼 흐느적거리는 몸뚱이에 귀는 붉은 날개처럼 쫙 펼쳐졌고, 둥글고 붉은 얼굴은 늘 뜻도 없이 히죽거려서 얼간이처럼 보였다. 그런 모습이 코미디언처럼 보였는데, 실제로도 코미디언 기질이 다분했다.

딕 폴리는 소년처럼 작은 체구의 캐나다인으로, 얼굴은 날카롭고 짜증스러워 보였다. 키높이 구두를 신고 손수건에 향수를 뿌리고 다니는 깔끔한 성격에 말수가 거의 없는 친구였다.

둘은 모두 훌륭한 탐정이었다.

"보스가 일에 관해 무슨 얘기 없었나?"

두 사람이 자리에 앉자 내가 물었다. 우리는 콘티넨털 샌프란시스코 지부의 관리자를 그렇게 불렀다. 보스는 '본디오 빌라도'라고도 불렸는데, 자살행위나 다름없는 일로 곤욕을 치르게 우리를 떠나보내면서도 즐거워 죽겠다는 얼굴로 싱글거렸기 때문이다. 더할 나위 없이 부드럽고 정중하고 나이도 지긋했지만 인간미라고는 교수형 집행인의 눈물만큼도 찾아볼 수 없었다.

미키가 말했다.

"잘 모르는 눈치던데요. 선배님이 지원을 요청하는 전보를 쳤다는 것 말고는요. 한 이틀 보고서를 못 받았다던데요."

"그럼 이삼 일 더 기다리게 해도 되겠군. 퍼슨빌에 관해 아는 것 좀 있나?"

딕은 고개를 흔들었다.

"사람들이 깊은 뜻이라도 있는 듯한 표정으로 포이즌빌이라고 부르는 것만 들었어요."

미키가 말했다.

나는 두 사람에게 내가 아는 것과 내가 한 일을 말해 주었다. 이야기가 막바지에 이를 무렵 전화벨이 울렸다.

다이나 브랜드의 나른한 목소리가 들렸다.

"여보세요! 손목은 어때요?"

"가벼운 화상이야. 탈옥 사건은 어떻게 된 거야?"

"내 탓이 아니에요. 난 할 일을 한 것뿐이라고요. 누넌이 맥스를 붙잡아 두지 못했다니 참 안됐군요. 오늘 오후에 모자 하나 사러 시내에 갈 거예요. 호텔에 있을 거면 잠깐 얼굴 좀 볼까 해서요."

"언제?"

"아, 네, 3시쯤요."

"좋아, 기다리지. 200달러 10센트도 갚아야 하니까."

"어머, 바로 그것 때문에 가는 거예요. 그만 끊어요."

자리로 돌아온 나는 이야기를 계속했다.

이야기가 끝나자 미키 리니헌이 휘파람을 길게 불고 나서 말했다.

"선배님이 왜 보고서 보내는 걸 겁냈는지 알겠군요. 뭘 하려는지 알면 보스가 도와주지 않을 것 같아서 그랬죠?"

"내 생각대로 일이 잘 풀릴 때는 시시콜콜 보고 안 해도 돼. 탐정사무소에도 당연히 규정과 규칙이 있지만 일단 현장에 뛰어들어 작업에 들어가면 상황에 맞춰 기민하게 움직여야 해. 더구나 포이즌빌에서 윤리 따위를 따지다가는 일을 다 망쳐 버리고 말아. 어쨌건 보고서란 게 지저분한 세부사항까지 모조리 적는 것도 아니거니와 자네들도 나한테 보이기 전에 샌프란시스코에 뭐든 써 보낼 생각은 하지도 말라고."

"우리가 할 일은 뭐죠?" 미키가 물었다.

"자네는 핀란드인 피트를 맡아. 딕은 루 야드를 맡고. 자네들도 내 방식대로 해야 할 거야. ……할 수 있을 때 할 수 있는 일을 하는 거지. 내 생각엔 그들 둘이 누넌에게 위스퍼를 가만 내버려 두라고 압력을 넣을 거야. 누넌이 어떻게 나올진 몰라. 지독하게 구린 인간인 데다 동생 살인사건에 대해 보복하고 싶어 하거든."

"그 핀란드 사내를 잡은 뒤에는 어떻게 하죠? 내가 얼마나 멍청한지 떠벌이고 싶진 않지만 이번 임무는 내게 천문학만큼 명쾌해서요. 선배님이 무엇을 왜 했는지, 앞으로 뭘 어떻게 할 건지만 빼면 몽땅 다 알겠어요."

"먼저 그자를 미행하게. 피트와 야드, 야드와 누넌, 피트와 누넌, 피트와 탈러, 야드와 탈러 사이를 쐐기 박듯 끊을 만한 건수가 필요해. 우리가 그자들을 마구 쑤셔 대서 사이를 갈라놓을 수만 있다면(그토록 단단한 유대 관계를 끊어낼 수만 있다면) 그자들 스스로 상대의 등에 칼을 꽂으며 우리가 할 일을 대신 해줄 거야. 탈러와 누넌을 갈라놓은 것이 출발점이었지.

하지만 이대로 그냥 있으면 우리부터 맥이 빠질 거야.

다이나 브랜드를 캐 보면 쓸 만한 정보를 더 얻을 수 있을 테지만 법정에 세우는 건 아무리 신통한 증거가 있어도 소용이 없네. 법정도 그자들이 쥐고 있는 데다가 지금 우리한테 그 방법은 너무 느려. 내가 이미 이리저리 일을 벌려 놓은 상태라 만약 보스가 냄새라도 맡을 양이면 전화통을 붙잡고 설명하라고 귀찮게만 할 테고. 샌프란시스코는 보스의 코를 속일 만큼 먼 거리가 아니잖아. 그런 일을 피하려면 그럴 듯한 결과를 들이밀어야 해. 그러니까 증거는 소용없네. 우리한테 필요한 건 다이너마이트야."

"존경하는 의뢰인 일라이휴 윌슨 씨는 어떻게 되죠? 윌슨 씨는 어쩔 생각이냐고요."

미키가 물었다.

"완전히 파멸시키든가 아니면 아마 두드려 패서라도 우리를 밀어주게 해야겠지. 아무래도 상관없어. 자넨 퍼슨 호텔에 있는 게 좋겠어, 미키. 딕은 내셔널 호텔로 가고. 눈에 띄지 않게 따로따로 행동해. 내 목이 날아가길 원치 않는다면 보스가 눈치 까기 전에 후다닥 해치우라고. 이건 적어 주는 게 좋겠군."

나는 두 사람에게 일라이휴 윌슨과 그의 비서 스탠리 루이스, 다이나 브랜드, 댄 롤프, 누넌, 일명 위스퍼인 맥스 탈러, 그의 오른팔인 턱 없는 제리, 도널드 윌슨 부인, 도널드 윌슨의 비서이자 루이스의 딸, 다이나의 급진파 전 남자친구 빌 퀸트의 이름과 인상착의와 주소를 알려 주었다.

"자 서두르게. 스스로 만든 법 말고는 포이즌빌에 법 따윈 없다는 거 잊지 말고."

미키가 법 같은 건 안중에도 없다고 떠벌였다. 딕은 "나중에 봐요."라고 말하고 미키와 함께 떠났다.

아침을 먹은 뒤 나는 시청으로 찾아갔다.

누넌의 초록빛 눈은 한 잠도 못 잔 사람처럼 게슴츠레했고 안색도 핼쑥했다. 여느 때처럼 열성적으로 내 손을 잡고 위아래로 흔들었고 목소리와 태도에도 으레 그렇듯 다정함이 배어 있었다.

"위스퍼에 관한 소식 좀 있나요?"

호들갑스러운 환대가 끝나자 내가 물었다.

"짚이는 데가 있긴 하오만." 누넌은 벽걸이 시계를 한 번 보고 다시 전화기를 흘끗 보고 나서 말을 이었다. "곧 얘기가 있을 거요. 일단 앉으시오."

"또 누가 달아났나요?"

"제리 후퍼와 토니 아고스티만 아직 못 잡았소. 나머지는 다 잡아들였소. 제리는 위스퍼의 충직한 부하고, 이탈리아 놈은 일당 중 하나요. 권투 시합 때 아이크 부시한테 칼을 꽂은 놈이지."

"위스퍼 일당 중에 또 들어와 있는 놈이 있습니까?"

"아니오. 그 세 놈뿐이외다. 벅 월러스라고, 선생이 쏜 놈은 병원에 있지."

서장은 다시 벽시계를 올려다보고 나서 손목시계를 힐끗 봤다. 정각 2시였다. 마침 전화기로 고개를 돌렸을 때 전화가 울렸다. 그가 전화를 받았다.

"누넌이오……. 그래…… 그래…… 그래…… 좋아."

누넌은 전화기를 옆으로 밀치더니 책상에 있는 진주 버튼들을 마구 눌렀다. 금세 방이 경찰로 가득 찼다.

"시더 힐 여관이다. 베이츠, 자넨 특무대를 이끌고 나랑 같이 가세. 테리, 브로드웨이를 덮치고 뒤에서도 두들겨. 교통 경관들도 몽땅 데리고 가. 인원을 총동원해야 해. 더피, 자네 패는 유니언가와 옛 광산 거리 쪽으로 가게. 맥그로는 본부를 맡아. 있는 대로 애들을 찾아서 모두 우리 쪽으로 보내. 출동!"

모자를 잡은 그들 뒤를 따르며 두꺼운 어깨 너머로 누넌이 내게 외쳤다.

"갑시다, 선생. 결전이오."

누넌을 따라 차고로 가 보니 경찰차 대여섯 대가 부르릉거리고 있었다. 서장은 운전사 옆에 앉았다. 나는 형사 네 명과 함께 뒷좌석에 탔다.

다른 경찰들도 서로 어깨를 밀치며 경찰차로 올라탔다. 기관총이 모습을 드러냈다. 각자에게 소총과 단총, 탄창이 지급되었다.

서장 차가 먼저 이가 부딪칠 정도로 덜컹거리며 출발했다. 우리는 가까스로 차고 문을 빠져나가 행인 두어 명을 지나치며 보도를 대각선으로 가로질러 한바탕 덜컹거리며 갓돌을 넘어 도로로 접어든 뒤 다시 차고 문을 빠져나올 때처럼 아슬아슬하게 트럭을 스치고 지나가 사이렌을 크게 울리며 킹가로 질주했다.

당황한 자동차들이 교통법규도 아랑곳없이 왼쪽 오른쪽으로 차를 돌려 길을 터 주었다. 제법 재미있는 광경이었다.

뒤를 돌아보니 또 다른 경찰차가 우리 뒤를 쫓아왔고 세 번째 차가 막 브로드웨이로 접어들고 있었다. 누넌이 차가운 시거를 씹으며 운전사에게 말했다.

"좀 더 밟아, 팻."

팻은 놀라서 눈이 동그래진 여자의 쿠페를 휘감듯 앞지르더니 전차와 세탁 마차 사이며 우리 차가 그렇게 매끈하게 에나멜 칠이 되어 있지 않았더라면 결코 빠져나갈 수 없었을 좁디좁은 틈새를 모조리 통과한 뒤에야 대답했다.

"알겠습니다. 근데 브레이크가 영 아닌데요."

"멋지군."

내 왼편에 앉은 회색 콧수염을 기른 형사가 대꾸했다, 진심은 아닌 것 같았지만.

중심가에서 벗어나니 방해가 될 만큼 차량이 많지는 않았지만 이번에는 도로가 거칠었다. 30분간의 즐거운 여정이었다. 다들 한 번씩은 다른 사람의 무릎에 올라앉을 기회를 얻었으니까. 마지막 10분은 팻이 지적한 브레이크 얘기를 상기하기에 충분할 만큼 경사지고 울퉁불퉁한 길을 달렸다.

우리가 도착한 곳은 전구가 깨지기 전에는 '시더 힐 여관'이라고 쓰여 있었을 허름한 전광판이 달린 대문 앞이었다. 문에서 2미터가 채 못 되는 곳에 나무로 만든 납작한 도로변 여관이 있었다. 녹색 벽에는 곰팡이가 잔뜩 끼어 있었고 여기저기 쓰레기가 널려 있었다. 정문과 창문은 모두 꽉 닫혀 있었다.

우리는 누넌을 따라 차에서 내렸다. 뒤따르던 차가 길 모퉁이를 돌아 우리 차 옆으로 미끄러져 와서 멈춘 뒤 싣고 있던 인원과 무기를 내려놓았다.

누넌은 이런저런 지시를 내렸다.

경관 3인조가 건물의 삼면을 각각 맡았다. 기관총 사수를 비롯한 다른 셋은 문에서 기다렸다. 나머지는 빈 깡통과 병, 오래된 신문더미를 비집고 건물 정면으로 다가갔다.

차에서 내 왼편에 앉았던 회색 콧수염의 형사는 붉은 도끼를 들고 있었다. 우리는 현관으로 올라섰다.

창문틀 하나에서 총소리가 터져 나왔다.

회색 콧수염의 형사가 도끼 위로 죽어 넘어졌다.

나머지는 모두 달아났다.

나는 누넌과 함께 뛰었다. 우리는 여관이 보이는 배수로에 몸을 숨겼다. 배수로는 깊고 위로도 상당한 둔덕이 있어서 거의 똑바로 서서도 총알을 피할 수 있었다.

서장은 흥분했다.

누넌이 기뻐하며 말했다.

"이런 행운이 있나! 그 자식 여기 있어, 세상에. 위스퍼가 여기 있다고."

"총알이 창문틀 아래쪽에서 나오더군요. 제법 쓸 만한 작전인데요."

누넌이 유쾌하게 대답했다.

"하지만 우리가 완전히 망쳐 놓을 거요. 저 쓰레기장을 싹 쓸어 버릴 거외다. 더피도 지금쯤이면 반대편 길에 도착했을 테고, 테리 셰인도 몇 분 후면 올 거요. 헤이, 도너!" 누넌이 바위 옆에서 엿보고 있는 사내를 불렀다. "더피와 셰인한테 뒤에 도착하는 대로 조이기 시작하라고 해. 가진 거 다 쏟아 부으라고. 킴블은 어디 있나?"

사내는 자기 뒤편에 있는 나무를 손가락으로 가리켰다. 우리가 있는 배수로에서는 나무 윗부분만 보였다.

"기관총 준비해서 갈기라고 해. 전방을 낮게, 수평으로, 치즈 자르듯이 말이야."

누넌이 명령하자 사내가 사라졌다.

누넌은 배수로를 왔다 갔다 하며 위험을 무릅쓰고 고개를 내밀어 주변을 둘러보는가 하면, 때때로 부하들을 부르거나 신호를 보냈다.

그러다 돌아와서 내 옆에 쭈그리고 앉더니 내게 시가를 내밀면서 자기 시가에도 불을 붙였다.

누넌이 만족스레 말했다.

"될 거요. 위스퍼는 벗어나지 못할 거외다. 그자는 끝났소."

나무 옆에 장착된 기관총이 시험 삼아 여덟에서 열 번 정도 간헐적으로 발사되었다. 누넌은 씩 웃고서 입으로 띠 모양의 연기를 만들어 내뿜었다. 일단 작업에 착수하자 기관총은 작은 죽음의 공장처럼 분주하게 금속을 쏟아냈다. 누넌이 한 번 더 연기 띠를 뿜어내고 나서 말했다.

"자, 이제 끝장이오. 끝장이라고."

나도 고개를 끄덕였다. 우리가 둔덕에 기대어 담배를 피우는 동안 더 멀리서 또 다른 기관총이 불을 뿜기 시작했고, 곧이어 세 번째 기관총도 일을 시작했다. 불규칙적으로 소총과 권총, 산탄총도 합류했다. 누넌이 흡족한 얼굴로 고개를 끄덕이며 말했다.

"저렇게 오 분만 하면 그 자식도 지옥이 있다는 걸 알게 될 거요."

오 분이 다 됐을 때 내가 상황을 한번 점검해 보자고 제안했다. 나는 누넌을 제방 위로 먼저 올려 주고 뒤따라 기어올라 갔다.

여관은 아까나 다름없이 황량하고 쓸쓸해 보였지만 훨씬 더 허름해졌다. 안에서는 더 이상 총알이 나오지 않았다. 들어가는 총알은 셀 수도 없을 정도였다.

"어떻게 될 것 같소?" 누넌이 물었다.

"지하실이 있으면 살아 남은 쥐새끼가 있을지도 모르지요."

"뭐, 그야 나중에 처리해도 될 거요."

누넌이 주머니에서 호루라기를 꺼내 시끄럽게 불며 뚱뚱한 팔을 흔들자 발포가 점차 줄어 들었다. 명령이 다 전달되기까지는 시간이 제법 걸렸다.

그런 다음 우리는 문을 박차고 들어갔다.

1층은 발목 높이까지 술이 차 있었다. 집안을 가득 채운 상자 더미와 술통에 총알구멍이 뚫려 아직도 술이 쏟아져 나오고 있었기 때문이다.

쏟아진 술 냄새에 어질어질한 가운데 가득 찬 술 속을 걸으며 주위를 살피던 우리는 시신 네 구를 발견했다. 생존자는 없었다. 모두 거무스름한 외국인으로 보이는 노동자 복장이었다.

그 중 둘은 총알에 맞아 거의 너덜너덜해져 있었다.

누넌이 말했다.

"여기는 그냥 내버려 두고 그만 나가."

유쾌한 목소리였지만 일순간 휘둥그레진 눈에는 두려움이 얼핏 스쳐 지나갔다.

나는 기쁜 마음으로 그곳을 나왔다, 비록 한참을 머뭇거린 끝에 '듀어'라는 상표가 붙은 멀쩡한 술병을 슬쩍했지만.

카키색 복장의 한 경관이 오토바이를 타고 오더니 문 앞에서 뛰어내렸다.

"퍼스트 내셔널 은행에 강도가 들었습니다."

누넌이 사납게 욕지거리를 하면서 고함쳤다.

"당했군. 그놈 꾀에 우리가 넘어간 거야. 망할 자식! 다들 시내로 돌아가. 서둘러."

서장과 함께 탔던 인원만 남고 모두 자기들 차로 달려갔다. 둘은 죽은 형사를 운반했다.

누넌이 곁눈으로 나를 살피더니 말했다.

"원래 만만찮은 놈이오. 우습게 보다가는 큰코다치기 십상이지."

나는 "글쎄요." 하며 어깨를 으쓱한 뒤 어슬렁거리며 누넌의 차로 돌아갔다. 운전사 팻은 이미 운전대를 잡고 있었다. 나는 여관을 등지고 서서 그와 몇 마디 나누었다. 무슨 말을 했는지는 기억나지 않는다. 잠시 후 누넌과 다른 경찰들도 차에 올라탔다.

우리가 그곳을 떠나 막 길모퉁이를 돌 무렵 활짝 열린 여관 문으로는 시뻘건 불꽃만이 널름거리고 있었다.

16장

제리의 퇴장

퍼스트 내셔널 은행 주위는 사람들로 북적였다. 우리는 사람들 사이를 비집고 들어가 문 쪽으로 향했다. 그 앞에는 얼굴이 온통 일그러진 맥그로가 어정쩡하게 서 있었다.

"여섯 명이었고, 모두 복면을 썼습니다." 우리가 안으로 들어가자 맥그로가 보고했다. "놈들이 들이닥친 것은 2시 30분경이었습니다. 다섯은 돈을 갖고 튀었습니다. 여기 경비원이 그 중 제리 후퍼를 꺼꾸러뜨렸습니다. 저쪽 벤치 위에 있는 송장이 그놈입니다. 도로도 차단했고, 여기저기 전화도 했습니다. 너무 늦지 않았으면 좋겠습니다만입쇼. 그놈들을 마지막으로 본 건 검정색 링컨을 타고 막 킹가로 꺾어질 때였습니다."

우리는 제리의 시신을 보러 갔다. 갈색 옷을 덮은 채 로비 벤치에 눕혀져 있었다. 총알이 왼쪽 어깨뼈 아래를 관통했다.

은행 경비원은 악의라고는 찾아볼 수 없는 늙수그레한 영감이었는데, 가슴을 쫙 펴며 자랑스럽게 당시 상황을 설명했다.

"처음엔 손쓸 겨를이 없었습죠. 쥐도 새도 모르게 들이닥쳤으니깝쇼. 근데 시간이 좀 지체되었습죠. 이놈들 아예 은행을 송두리째 퍼 담더라고요. 그때까지도 속수무책이었습니다요. 하지만 전 이렇게 생각했습죠. '좋아, 이 피라미들아, 지금은 맘대로들 해봐. 하지만 여기서 나갈 때 보자고.'

전 약속은 꼭 지킵니다요. 두말하면 잔소립죠. 전 놈들을 따라서 곧바로 문으로 뛰었고, 낡은 총을 꺼내들었습죠. 저자가 막 차에 올라탈 때 명중시켰습니다요. 장담하지만 탄약통만 더 있었으면 다 잡았을 겁니다요. 그런 식으로 서서 쏘는 건 여간 어려운……"

누넌이 허파에서 바람이 다 빠지도록 늙은이의 등을 두드려 넋두리를 끊으며 말했다.

"거 참 잘하셨군요. 아주 잘하셨어요."

맥그로가 다시 시신 위에 옷을 덮어 주고 투덜거렸다.

"어떤 놈들인지 본 사람이 아무도 없습니다. 하지만 제리가 있는 걸로 봐서 위스퍼의 장난이 틀림없습니다."

서장은 기쁜 얼굴로 고개를 끄덕이며 말했다.

"그건 자네한테 맡기겠네, 맥. 선생, 근방을 좀 뒤져 보겠소 아니면 나랑 같이 시청으로 돌아갈 거요?"

"아닙니다. 약속도 있고 신발도 갈아 신어야 해서요."

내가 대답했다.

다이나 브랜드의 작은 마몬이 호텔 앞에 서 있었다. 다이나는 보이지 않았다. 나는 내 방으로 올라갔지만 문은 잠그지 않았다. 모자와 코트를 벗는데 노크도 없이 다이나가 들어왔다.

"맙소사, 방이 술 냄새로 진동하네요. 숨도 못 쉬겠어요."

"신발 때문이야. 누넌한테 끌려가서 럼주 웅덩이를 헤집고 다녔더니 그래."

다이나가 창문을 열어 놓고는 창턱에 앉아 물었다.

"무슨 일인데요?"

"누넌이 '시더 힐 여관'이라는 쓰레기 더미에 당신의 맥스가 숨어 있다는 가짜 정보를 들었거든. 그래서 그리로 출동해서 기관총으로 벌집을 만들어 놓고 쓰레기 몇 놈 죽이고 술통만 왕창 박살내고 불을 질러 버리고 나왔어."

"시더 힐 여관이요? 거기 문 닫은 지 1년도 넘었는데."

"그런 것 같더군. 하지만 누군지는 몰라도 창고로 쓰고 있었어."

"근데 맥스가 없었다는 건가요?"

"우리가 거기 있는 동안 맥스는 일라이휴 영감의 퍼스트 내셔널 은행을 턴 모양이야."

"나도 그거 봤는데. 은행에서 두 집 떨어진 벵그렌 가게에서 막 나오던 참이었어요. 내가 차에 올라타려는데 커다란 남자가 은행에서 나오는 모습이 보였어요. 얼굴에 검정 복면을 쓰고 자루와 총을 들고 있더군요."

"맥스도 같이 있었나?"

"아뇨, 설마 그럴 리가요. 제리랑 부하들을 보냈겠죠. 그러려고 데리고 다니는 거니까요. 제리는 나도 봤어요. 차에서 나오는 순간 알아봤죠. 검은 복면을 썼지만 소용없었어요. 다른 사람들도 모두 검은 복면을 썼더군요. 네 명이 은행에서 나와 길가에 세워 놓은 차를 향해 뛰었어요. 제리와 또 다른 녀석은 차 안에 있었고요. 넷이 보도를 가로질러 가까이 다가오자 제리가 마중하러 뛰쳐나갔어요. 그때 총성이 울리더니 제리가 쓰러졌어요. 나머지는 차에 올라타서 튀어 버렸고요. 아 참, 당신, 나한테 진 빚은 어떻게 됐죠?"

난 200달러짜리 지폐와 10센트짜리 동전 하나를 세어 꺼내 놓았다. 다이나가 창턱에서 일어나 돈을 받으러 다가왔다.

"이건 맥스를 잡도록 댄을 떼어 놓아 준 대가예요." 다이나가 가방에 돈을 넣으면서 말했다. "자, 이번에는 팀 누넌이 어떻게 살해되었는지 알려 준 대가도 주셔야죠?"

"그건 누넌이 기소될 때까지 기다려야 해. 지금으로선 그게 쓸모 있는지 어떻게 알겠어?"

다이나가 인상을 찌푸리며 물었다.

"쓰지도 않을 거면서 돈만 움켜쥐고 있다니 도대체 어쩌겠다는 거죠?" 다이나의 얼굴이 밝아졌다. "참, 맥스 지금 어디 있는지 알아요?"

"아니."

"알려 주면 얼마 줄 거죠?"

"한 푼도 없어."

"100달러면 알려 줄게요."

"당신을 그런 식으로 이용하고 싶지는 않아."

"50달러요."

나는 고개를 흔들었다.

"25달러."

"난 맥스를 잡고 싶지 않아. 어디 있는지도 관심 없어. 누던한테나 팔아 보지 그래?"

"그랬다가 돈은 어떻게 수금한담. 술은 향수로만 쓰나요 아니면 마시기도 좀 하나요?"

"오늘 오후에 시더 힐에서 집어온 듀어가 한 병 있어. 가방에는 킹 조지가 있고. 어떤 걸로 하겠어?"

다이나는 킹 조지를 골랐다. 각자 한 잔씩 스트레이트로 마신 뒤 내가 말했다.

"앉아서 마시고 있어. 옷 좀 갈아입고 올게."

이십오 분 뒤 욕실에서 나와서 보니 다이나가 책상에 앉아 담배를 피우며 내 글래드스턴 가방 옆 주머니에 들어 있는 메모장을 보고 있었다.

다이나는 고개도 들지 않고 말했다.

"다른 사건은 청구한 비용들이 꽤 있는 것 같네요. 당신이 왜 좀 더 나에게 너그럽게 대해 주지 않는지 도무지 까닭을 모르겠어요. 봐요, 여기 '인프'란 항목으로 600달러 지출했잖아요. 누군가에게 정보 산 비용이죠? 맞죠? 그 아래는 150달러를 지출했네요, '톱'이라는 이름으로. 뭔 뜻인지는 모르겠지만요. 어머나, 여긴 거의 1000달러나 지출했어요."

내가 메모장을 뺏으며 말했다.

"그건 그냥 전화번호야. 어디서 자랐어? 남의 가방이나 뒤지고!"

"수녀원에서 자랐어요. 거기서 한 해도 빠지지 않고 해마다 품행방정상을 받았죠. 초콜릿에 설탕을 많이 넣으면 식탐으로 지옥에 가는 줄 아는 순진한 소녀였다고요. 열여덟 살까지는 욕이란 게 있는 줄도 몰랐어요. 맨 처음 들었을 때는 거의 까무러칠 뻔했죠."

다이나는 앞에 있는 융단에 침을 뱉고는 의자에 등을 기댄 뒤 다리를 꼬아 침대에 얹어놓고 물었다.

"내 얘길 들으니 소감이 어떠세요?"

나는 다이나의 발을 침대에서 치우고 말했다.

"난 부둣가의 살롱에서 컸어. 바닥에 침 닦아. 아니면 목덜미를 잡아서 던져 버린다."

"먼저 술부터 한 잔 더 해요. 근데요, 저치들이 시청 건축할 때 어떻게 그런 막대한 돈을 챙겼는지 그 까닭을 알려 주면 얼마 줄래요? 신문에도 나고 도널드 윌슨에게도 팔아먹은 건데?"

"나한텐 필요 없어. 다른 걸로 해봐."

"루 야드의 첫째 부인이 정신병동에 수감된 얘기는 어때요?"

"됐어."

"우리 보안관 킹은 4년 전에 빚이 8000달러였는데 지금은 시내에 근사한 영업 지역을 소유하게 됐죠. 전부 말해 줄 순 없지만 어디서 정보를 찾아야 하는지는 알려 줄 수 있는데."

"계속해 봐."

내가 부추겼다.

"아뇨. 당신은 아무것도 살 생각이 없어요. 뭐든 공짜로 건질 생각만 하잖아요. 이 스카치 나쁘지 않네요. 어디서 구했죠?"

"샌프란시스코."

"내가 제안하는 정보를 하나도 사지 않으려는 이유가 대체 뭐죠? 더 싸게 구하고 싶은 거예요?"

"지금 그런 정보는 별 도움이 안 돼. 서둘러야 한다고. 난 다이너마이트가 필요해, 그놈들을 한방에 갈가리 찢어 놓을."

다이나가 깔깔거리며 웃더니 벌떡 일어났다. 커다란 두 눈이 반짝였다.

"나한테 루 야드의 명함이 하나 있어요. 당신이 집어온 듀어를 명함과 함께 피트에게 보내는 거예요. 그러면 선전포고가 되지 않을까요? 시더 힐이 불법 주점이었다면 피트 거라는 뜻이에요. 루의 명함을 술병과 함께 보내면 피트는 누넌이 루의 조종을 받아 그곳을 쳤다고 생각하지 않을까요?"

잠시 그 얘기를 생각해 보고 말했다.

"너무 어설퍼. 그 정도로 넘어갈 작자가 아니야. 게다가 지금 단계에서는 피트랑 루 모두 서장의 적으로 내버려 두고 싶거든."

다이나가 입을 삐죽거리며 말했다.

"당신은 뭐든지 다 안다고 생각하는군요. 한마디로 같이 놀기 힘든 사람이에요. 오늘 밤에 나랑 나갈래요? 남자들이 오금을 못 출 만큼 끝내 주는 새 옷을 장만했거든요."

"그러지."

"8시쯤에 데리러 오세요."

다이나는 따뜻한 손으로 내 뺨을 두드리고 "잘 있어요." 하고는 전화벨이 울리기 시작할 때 방을 나갔다.

미키 리니헌이 전화기 너머로 보고했다.

"제 빈대와 딕의 빈대가 같이 당신 의뢰인 술집에 있습니다. 제 빈대는 침대 두 개인 창녀보다 더 바쁜데요, 아직 뭐가 뭔지 잘 모르겠습니다. 뭐 새로운 소식은 없나요?"

나는 없다고 대답하고 나서 침대에 드러누워 누넌의 시더힐 여관 공격과 탈러의 퍼스트 내셔널 은행 습격 사건이 앞으로 어떻게 전개될지 곰곰이 생각해 보았다. 일라이휴 영감 집에서 영감과 핀란드인 피트와 루 야드가 무슨 얘기를 하는지 들을 수 있다면 얼마나 좋을까. 하지만 나는 그런 능력이야 당연히 없었고 정확한 예측 따위에는 더더욱 소질이 없었기에 삼십 분가량 골머리를 썩이다 낮잠에 빠지고 말았다.

잠에서 깨어났을 때는 거의 7시가 다 되어 있었다. 몸을 씻고 옷을 입은 나는 주머니에 총과 1파인트들이 스카치 병을 넣은 뒤 다이나의 집으로 갔다.

17장

리노 스타키

나를 거실로 데리고 간 다이나는 저만치 뒤로 물러나서 한 바퀴 빙글 돌아 보이며 새 드레스가 어떠냐고 물었다. 나는 맘에 든다고 말했다. 그녀는 색깔은 로즈베이지색이고, 옆에 붙은 거시기는 이러저러하다는 둥 세세하게 설명하고 나서 마지막으로 한마디 던졌다.

"정말로 이 옷이 나한테 어울린다고 생각해요?"

"당신은 늘 멋져. 루 야드와 핀란드인 피트가 오늘 오후에 일라이휴 영감네 들렀다더군."

다이나는 인상을 찌푸리며 말했다.

"내 드레스는 안중에도 없군요. 거기서 뭘 했대요?"

"일종의 작전 회의였겠지, 아마도."

다이나는 속눈썹 사이로 나를 바라보며 말했다.

"맥스가 어디 있는지 정말로 몰라요?"

나는 그제야 알아차렸다. 그렇다고 이제껏 몰랐다고 말할 필요는 물론 없었다.

"아마 윌슨 집에 있겠지만 확인해 볼 만큼 흥미가 없어서."

"얼빠진 양반 같으니. 맥스는 당신과 날 좋아하지 않을 이유가 아주 많다는 거 잊었어요? 이 엄마 말 듣고 어서 잡아요. 당신도 살고 엄마도 살게 하고 싶다면요."

내가 한바탕 웃고 나서 말했다.

"진짜 골칫거리는 그게 아냐. 맥스는 누넌의 동생을 죽이지 않았어. 팀은 '맥스'라고 한 게 아니야. 맥스웨인이라고 하려다가 다 말하기 전에 죽은 거라고."

다이나가 내 어깨를 붙잡더니 86킬로그램의 내 몸뚱이를 흔들려 했다. 거의 그럴 수 있을 만큼 힘이 셌다.

"이런 망할 자식!"

내 얼굴에 끼치는 다이나의 숨결이 뜨거웠다. 얼굴은 그녀의 이빨처럼 새하얬다. 립스틱이 입술에 빨간 상표라도 붙인 것처럼 도드라졌다.

"맥스에게 누명을 씌우고 나도 거기에 한몫 거든 셈이 된 거라면 당장 그를 죽여야 해요, 지금 당장!"

나는 거친 대접을 좋아하지 않는다, 열이 뻗치면 신화에서 뛰쳐나온 괴물처럼 보이는 젊은 여자에게라도. 나는 어깨에서 다이나의 손을 떼어내고 말했다.

"불평은 그쯤 해 둬. 당신은 아직 살아 있어."

"그래요, 아직요. 하지만 당신보단 내가 맥스를 더 잘 알아요. 그를 속인 사람은 결코 오래 살지 못한다는 거 말이에요. 확실히 해치웠다고 해도 문제인데 거기다……"

"법석 좀 그만 떨어. 난 수백만 명을 속여 넘겼지만 지금껏 아무 일도 없었어. 모자랑 코트 챙겨. 배 좀 채우게. 그럼 기분이 한결 나아질 거야."

"내가 나갈 거라고 생각한다면 당신은 미친 거예요. 이런 상태로는 절대……"

"그만해, 누이. 그 자식이 그렇게 위험하다면 여기 있어도 마찬가지야. 달라질 게 뭐지?"

"그야 당연히……. 당신이 뭘 해야 하는지 알아요? 맥스를 처리할 때까지 여기에 있는 거예요. 이건 당신 잘못이고 당신은 날 지켜줘야 해요. 댄도 없는데. 댄은 병원에 있다고요."

"안 돼. 난 할 일이 있어. 아무것도 아닌 일 가지고 너무 열 내지 말라고. 맥스는 지금쯤 당신에 관해선 깡그리 잊어버렸을 거야. 모자랑 코트 챙겨. 나 굶어 죽겠어."

다이나는 다시 내 얼굴 가까이 다가왔다. 그녀의 눈은 내 눈에서 뭔가 무서운 것을 발견한 것처럼 보였다.

"오, 형편없는 인간! 나한테 무슨 일이 생겨도 눈썹 하나 까딱 안 할 거예요. 다른 사람들을 이용하듯 나도 이용한 것이었군요. 당신이 말하던 그 다이너마이트처럼. 너무해요. 난 당신을 믿었는데."

"당신이 다이너마이트란 건 맞아. 하지만 딴생각은 하지 마. 바보 같은 얘기야. 당신은 기분이 좋을 때가 훨씬 예뻐. 이목구비가 큼직큼직해서 화가 나면 완전히 야수로 돌변하거든. 누이, 나 굶어 죽겠다고."

"여기서 먹어요. 어두워진 뒤에는 절대 안 나갈래요."

다이나는 진심이었다. 로즈베이지색 드레스를 앞치마로 바꿔 입고, 아이스박스에서 먹을거리를 꺼냈다. 감자와 상추, 캔에 든 수프, 과일 케이크 반쪽이 나왔다. 나는 밖으로 나가서 스테이크와 롤빵, 아스파라거스, 토마토 두어 개를 사 왔다.

내가 돌아왔을 때 다이나는 진과 베르무트, 오렌지 비터스를 1쿼트 들이 셰이커에 꽉꽉 넣어 섞고 있었다.

"수상한 낌새 없었어요?"

나는 걱정 말라는 듯 사람 좋은 웃음을 지어 보였다. 우리는 식당으로 칵테일을 가지고 가서 요리를 하는 동안 술잔을 주거니 받거니 했다. 술을 마시자 다이나의 기분도 한결 나아졌다. 식탁에 앉아 저녁을 먹을 무렵이 되자 그녀는 두려움을 거의 잊어버렸다. 그녀는 대단한 요리사는 아니었지만 우리는 그녀가 대단한 요리사라도 되는 양 맛있게 먹었다.

저녁을 들고 나서는 진저에일을 섞은 진을 한두 병 더 마셨다.

다이나는 나가서 할 일이 있다며 마음을 바꿔 먹었다. 아무리 더러운 난쟁이 자식이라도 그가 아무것도 아닌 일로 치사하게 굴기 전까지는 다른 누구보다 공평하게 대해 줬으니 자기를 가둬 둘 수는 없지 않느냐, 그녀가 한 일이 맘에 들지 않는다면 그 자식이 꺼지면 되지 않느냐, 리노의 파티에 가기로 약속했으니 나도 실버 애로로 데려갈 것인데 신께 맹세코 무슨 일이 있어도 갈 것이고 누구든 그녀가 못 갈 거라고 생각하는 자는 애완용 빼꾸기나 다름없는 미친놈이 아니냐며 한참을 떠들더니 마지막에 나더러 어떻게 생각하느냐고 물었다.

"리노가 누구지?"

다이나가 앞치마 끈을 풀려다가 잘못 잡아당겨서 오히려 더 바짝 조여 버린 모습을 보면서 내가 물었다.

"리노 스타키요. 맘에 들 거예요. 믿을 만한 사람이에요. 그의 축하 파티에 가기로 했으니까 약속을 지켜야죠."

"뭘 축하하는데?"

"이 거지 같은 앞치마는 왜 이 모양이지? 오늘 오후에 석방됐어요."

"자, 좀 돌아서 봐. 내가 풀어 줄게. 뭣 때문에 들어갔는데? 움직이지 말고 가만히 좀 있어."

"6~7개월 전에 금고를 털었어요. 털록 보석상이오. 리노와 푹 콜링스, 블래키 웨일런, 행크 오마라 그리고 '한 걸음 반'이라고들 부르는 작은 절름발이가 했죠. 비호는 충분히 받았는데(루 야드한테요.) 보석상 협회가 고용한 탐정들이 지난주에 그자들의 짓이라는 것을 알아냈어요. 그러니 누넌은 잡는 시늉이라도 해야 했죠. 아무 의미도 없는 일이지만요. 그들은 오늘 오후 5시에 보석으로 풀려났어요. 이젠 아무도 끽 소리도 못할 거고요. 리노는 늘 이런 식이에요. 벌써 다른 건으로 세 차례나 보석으로 나왔거든요. 당신이 한잔 더 섞어 주면 그동안 난 드레스로 갈아입을게요."

실버 애로는 포이즌빌과 모크 호수 사이의 중간쯤에 있었다.

다이나가 작은 마몬을 몰면서 말했다.

"싸구려 술집은 아니에요. 폴리 드 보토는 사람도 좋고, 취급하는 물건도 다 좋아요. 아마도 버번은 빼야겠지만요. 버번은 항상 시체 같은 맛이 나요. 틀림없이 당신도 그 여자가 맘에 들 거예요. 소란만 피우지 않으면 여기서는 무슨 짓을 해도 무사통과예요. 그 여자, 시끄러운 건 질색이거든요. 다 왔네요. 나무 사이로 빨간 불과 파란 불 보이죠?"

숲을 지나자 술집의 모습이 온전히 눈에 들어왔다. 전등으로 불야성을 이룬 성 모양의 술집이 길가에 서 있었다.

"시끄러운 걸 못 참는다는 게 무슨 뜻이지?"

내 물음과 동시에 '탕 탕 탕' 하는 요란한 권총의 코러스가 들렸다.

"결국 일이 터졌군."

다이나가 웅얼거리며 차를 세웠다.

두 사내가 한 여자를 질질 끌며 술집 현관으로 나와 어둠 속으로 사라졌다. 옆문으로 또 한 사내가 뛰쳐나와 어둠속으로 달음질쳤다. 총소리는 계속 났지만 섬광은 보이지 않았다.

또 다른 사내가 뛰쳐나오더니 건물 뒤쪽으로 몸을 숨겼다.

정면 2층 창문에서 검은 총을 든 사내가 몸을 내밀었다.

다이나가 헉 하고 숨을 내쉬었다.

길가에 있는 울타리에서 오렌지색 섬광이 짧은 순간 창가에 있는 사내를 향해 날아갔다. 창가에 있던 사내의 총도 불을 뿜었다. 그는 몸을 더 밖으로 내밀었다. 울타리에서는 더 이상 불꽃이 보이지 않았다.

창가의 사내는 창틀 위로 한쪽 다리를 올리더니 몸을 구부렸다가 그 반동으로 훌쩍 땅으로 뛰어내렸다.

다이나가 별안간 차를 내몰았다. 아랫입술을 꽉 깨물고 있었다.

창문에서 떨어진 사내는 양손과 무릎으로 땅을 짚고 몸을 일으키고 있었다.

다이나가 사내를 향해 고개를 돌리면서 소리쳤다.

"리노!"

사내는 펄쩍 뛰며 우리를 향해 달려왔다. 그가 세 걸음쯤 뛰어 길을 건너오는 동안 우리 차가 그의 앞에 이르렀다.

다이나는 아직 리노의 발이 내 옆에 있는 발판에 놓이기도 전에 문을 활짝 열었다. 나는 사내를 받아 앉아 놓치지 않으려고 양팔로 붙잡고 있느라 팔이 빠질 뻔했다. 그가 사방에서 쏟아지는 총알세례에 응사하느라 있는 대로 몸을 바깥쪽으로 내밀어 더욱 힘들었다.

그것으로 끝이었다. 사정거리를 벗어나 실버 애로의 소리와 광경에서 멀어지자 우리는 퍼슨빌을 향해 속력을 내었다.

리노가 뒤로 돌아 자리를 잡고 앉았다. 나는 팔을 끌어당겨 관절이 제대로 움직이는지 확인했다. 다이나는 운전하느라 여념이 없었다.

"고마워, 꼬맹이. 정말 도움이 절실한 순간이었어."

리노가 말했다.

"그 정도 갖고 뭘요. 그게 당신이 말한 파티예요?"

"불청객이 왔지 뭐야. 태너 거리 알아?"

"네."

"그 길로 가. 그럼 마운틴 대로로 이어질 텐데 그쪽으로 가면 시내로 돌아갈 수 있어."

다이나는 고개를 끄덕이고 나서 속도를 조금 늦추며 물었다.

"불청객이 대체 누구였어요?"

"나 건드리면 안 된다는 걸 모르는 건달들."

"나도 아는 건달들이에요?"

다이나가 차를 더 좁고 울퉁불퉁한 길로 몰면서 태연자약하게 물었다.

"신경 꺼, 꼬맹이. 이 고물덩이나 최대한 부려먹는 게 좋겠어."

다이나는 마몬의 속도를 시속 24킬로미터 정도 더 올렸다. 이제 다이나는 차가 길에서 벗어나지 않게 하느라 정신이 없었고, 리노는 차에서 떨어지지 않으려고 정신이 없었다. 도로 사정이 좀 나은 곳으로 접어들어서야 두 사람은 다시 입을 열었다.

"꼬맹이가 위스퍼를 찬 거야?" 리노가 물었다.

"그래요."

"듣자하니 네가 배신했다던데?"

"그렇게들 떠들겠죠. 당신 생각은요?"

"그자를 차 버린 건 잘했어. 하지만 탐정과 한패가 돼서 그를 팔아넘긴 건 좋지 않아. 엄청 큰 실수 한 거야. 난 그냥 물어보니까 말해 주는 거야."

리노가 말하면서 나를 쳐다보았다. 서른네다섯쯤 된 남자로, 키가 훤칠하고 체격도 건장했지만 뚱뚱하지는 않았다. 커다란 갈색 눈은 눈빛이 흐린 편이었으며, 양미간이 넓은 얼굴은 누르께한 말상이었다. 유머 감각이라고는 찾아볼 수 없는 무표정한 얼굴이었지만 어쩐지 불쾌하지는 않았다. 나도 그를 마주보았지만 말은 하지 않았다.

"그런 식으로 생각한다면 당신도……." 다이나가 말했다.

"앞이나 잘 봐." 리노가 툴툴거렸다.

모퉁이를 휙 돈 순간이었다. 늘씬한 검정색 자동차가 우리 앞을 가로막고 있었다. 바리케이드였다.

총알이 사방에서 날아왔다. 리노와 내가 총을 쏴 대는 동안 다이나는 작은 마몬을 폴로 경기용 말처럼 민첩하게 몰았다.

다이나는 차를 길 왼편으로 밀어붙여 왼쪽 바퀴를 연석 위에 걸치고 리노와 내 무게를 실은 채 재빠르게 차를 돌렸다. 장정 둘의 무게에도 불구하고 우리가 앉은 쪽으로 차가 기울기 시작하자 총알같이 왼쪽 바퀴를 오른쪽 연석에 걸치고는 적을 등진 채 유유히 차를 몰아 적의 사정거리에서 벗어났다. 마침 우리 총알도 바닥이 난 상태였다.

엄청 많은 사람이 엄청 많은 총알을 퍼부었지만 우리가 알기로 다친 사람은 아무도 없었다.

리노가 팔꿈치를 차문에 걸친 채 자동권총에 탄창을 갈아 끼우며 말했다.

"잘했어, 꼬맹이. 차 잘 가지고 놀던데."

"이제 어디로 가죠?"

다이나가 담담한 어조로 물었다.

"우선 멀리 가야지. 그냥 이 길로 가. 천천히 생각하면 되니까. 우리가 시내로 들어가지 못하게 하려는 속셈이군. 계속 밟으라고."

이제 퍼슨빌에서 16~20킬로미터쯤 벗어났다. 차 몇 대가 지나갔지만 추격하는 낌새는 없었다. 좁은 다리를 덜거덕거리며 달릴 때였다. 리노가 말했다.

"언덕 꼭대기에서 오른쪽으로 꺾어."

리노의 말대로 차를 꺾자 바위투성이 산등성이 아래 나무들 사이로 굽이치는 흙길이 나타났다. 이 길로는 한 시간에 16킬로미터도 가기 힘들어 보였다. 오 분 동안 기다시피 달리고 나자 리노가 멈추라고 말했다. 어둠 속에서 가만히 앉아 있던 삼십 분 동안 아무것도 보이지 않고 아무 소리도 들리지 않았다. 그러자 리노가 말했다.

"길을 따라 2킬로미터 채 못 가면 빈 오두막이 있어. 거기서 쉬는 게 어때? 오늘 밤에 다시 시내로 진입해 봐야 소용없는 짓이야."

다이나는 다시 총알 세례를 받는 것만 아니라면 뭐든 좋다고 했다. 나는 도시로 돌아가는 다른 길을 찾아보고 싶기는 했지만 괜찮다고 말했다.

울퉁불퉁한 비포장도로를 따라 조심스레 달리자 이윽고 한 번도 페인트칠을 한 것 같지 않은 작은 오두막이 헤드라이트 불빛에 모습을 드러냈다.

"여기예요?"

다이나가 놀란 눈으로 리노를 보며 물었다.

"그래. 가서 살펴보고 올 테니 기다리고 있어."

리노는 금세 헤드라이트 불빛이 비추는 오두막 문 앞에 나타났다. 맹꽁이자물쇠에 이것저것 열쇠를 꽂아보던 그는 마침내 자물쇠를 풀고 안으로 들어갔다. 잠시 후 그가 문으로 돌아와 소리쳤다.

"괜찮아. 들어와서 편하게 있으라고."

다이나가 엔진을 끄고 차에서 내렸다.

"차에 손전등 있어?" 내가 물었다.

다이나는 "그래요." 하고 내게 손전등을 건네주고는 하품을 하며 말했다.

"아, 너무 피곤해요. 저기 마실 게 있으면 얼마나 좋을까."

나는 스카치가 있다고 말해 주었다. 이 말에 다이나는 기운을 차린 것 같았다.

오두막에는 갈색 담요를 덮어 둔 군용 간이침대 하나, 전나무 탁자와 그 위에 놓인 카드 한 벌, 말랑말랑한 포커칩 몇 개, 갈색 철제 스토브, 의자 네 개, 오일 램프 하나, 그릇, 냄비,

팬, 양동이 몇 개, 캔 음식이 놓인 선반 세 개, 땔감 한 무더기, 손수레 하나가 있었다.

우리가 들어갔을 때 리노는 램프에 불을 붙이고 있었다. 그가 말했다.

"그리 나쁘진 않군. 내가 차를 숨길게. 그럼 날이 밝을 때까진 안심이야."

다이나는 간이침대로 가서 담요를 들추며 말했다.

"뭐가 있는 것 같기는 한데 어차피 득실거리진 않으니까. 이제 한잔 하죠."

나는 플라스크를 열어 다이나에게 건넸고, 리노는 차를 감춰 두러 밖으로 나갔다. 다이나가 다 마시자 나도 한 모금 들이켰다.

마몬의 엔진 소리가 점점 희미해졌다. 나는 문을 열고 밖을 내다보았다. 언덕 아래 나무와 덤불 사이로 흰 불빛이 언뜻언뜻 비치며 멀어져 가는 것이 보였다. 불빛이 완전히 사라지고 나자 나는 안으로 들어가서 다이나에게 물었다.

"여기서 집까지 걸어간 적 있어?"

"뭐라고요?"

"리노가 차를 갖고 튀었어."

"그 더러운 자식! 그마나 침대라도 있는 곳에 버려 줬으니 다행이네요."

"그거 아무 소용 없어."

"왜요?"

"리노는 여기 열쇠를 갖고 있어. 십중팔구 그를 쫓는 놈들도 여기를 알고 있을 거야. 그래서 리노가 우릴 여기다 내버린 거고. 우리가 그들과 치고받는 동안 자기 혼자 튀겠다는 속셈이지."

지친 얼굴로 간신히 침대에서 일어난 다이나가 리노와 나와 아담 이래의 모든 남자에게 저주를 퍼붓고 나서 나를 보며 불쾌하게 말했다.

"당신은 뭐든 아는군요. 다음엔 어떻게 하면 되죠?"

"그리 멀지 않은 곳에 사방이 탁 트인 편한 자리를 찾아 어떻게 돼 가는지 살펴보는 거야."

"담요 가져갈래요."

"하나쯤이야 없어져도 상관없겠지만 그보다 더 가져가면 우리 속셈을 들킬지도 몰라."

"들키든 말든 알 게 뭐람."

다이나는 투덜댔지만 담요는 하나만 가져갔다.

나는 램프를 훅 불어 끄고 맹꽁이자물쇠를 잠근 다음 손전등 불빛으로 덤불 사이를 비추며 앞으로 나아갔다.

산허리를 더듬어 올라가던 우리는 나뭇잎 사이로 길과 오두막이 얼추 보이면서 불빛만 새어나가지 않으면 들키지 않을 만큼 움푹 꺼진 곳을 발견했다.

담요를 깔고 그곳에 앉았다.

다이나는 내 어깨에 기댄 채 땅이 축축하다느니, 모피 코트를 입었는데도 춥다느니, 다리에 쥐가 난다느니, 담배를 태우고 싶다느니 하며 쉴 새 없이 투덜댔다.

나는 다이나에게 술을 한 모금 주었다. 그러자 십 분 동안 평화가 찾아왔다.

다이나가 말했다.

"감기 걸리겠어요. 누가 올 때쯤이면, 올지도 알 수 없지만, 재채기랑 기침 소리가 떠나갈 걸요."

"한 번만 해봐. 목 졸라 죽여 버릴 테니까."

"담요 밑에 쥐새끼 같은 게 기어 다녀요."

"그냥 뱀일 거야."

"결혼은 했어요?"

"괜한 소리."

"그럼 했군요?"

"아니."

"당신 아내한텐 천만다행이네요."

다이나의 재치 있는 농담에 적절한 응수를 궁리하고 있을 때 저 멀리 길 쪽에서 불빛이 반짝거렸다. 내가 쉿 하는 순간 불빛이 사라졌다.

"뭐죠?"

"불빛이야. 지금은 사라졌어. 우리 손님들이 차에서 내려 집으로 가고 있다는 뜻이지."

제법 시간이 흘렀다. 다이나는 내 얼굴에 따뜻한 뺨을 댄 채 바들바들 떨고 있었다. 발소리가 들리는 것도 같고 시커먼 형체들이 길과 오두막 주위를 왔다 갔다 하는 것 같기도 했지만 확실치는 않았다.

얼마 후 오두막 문에 둥그런 손전등 불빛이 어른거렸다. 우리의 의심도 사라졌다. 묵직한 목소리가 말했다.

"계집은 나와도 좋다."

안에서 대답이 들리기를 기다리는 동안 삼십 초쯤 정적이 흘렀다. 앞서의 묵직한 목소리가 다시 물었다.

"나올 거야, 말 거야?"

다시 좀 더 긴 정적이 흘렀다.

오늘 밤따라 유난히 귀에 익숙한 요란한 총소리가 고요한 정적을 깼다. 쿵쿵거리며 판자를 부수는 소리도 들렸다.

내가 다이나에게 속삭였다.

"자, 놈들이 법석 떠는 동안 저 차를 가로채자."

"그냥 둬요."

다이나가 일어서려는 내 팔을 붙잡았다.

"하룻밤에 너무 많은 일을 겪었어요. 여기도 괜찮잖아요."

"어서 가자고."

내가 우겼다.

다이나는 "난 안 가요." 하고는 꼼짝도 하지 않았다. 이렇게 실랑이를 하는 동안 때를 놓치고 말았다. 놈들은 발로 문을 걷어차고 안으로 들어가 오두막이 텅 빈 것을 발견하고는 욕지거리를 해대며 차로 돌아갔다.

여덟 명을 태운 커다란 차는 리노가 간 길을 따라 달려갔다.

"다시 들어가는 게 좋겠어. 오늘 밤엔 다시 돌아오지 않을 거야."

"그 플라스크에 스카치가 남아 있으면 정말 좋겠어요."

내 손을 잡고 일어서며 다이나가 말했다.

18장

페인터가

오두막에 있는 캔 중에는 아침으로 먹을 만한 것이 하나도 없었다. 할 수 없이 양동이에 들어 있던 구역질나는 물로 커피를 끓여 아침을 대신했다.

2킬로미터를 채 못 걸었을 때 한 농가가 나타났다. 그 집 사내아이에게 몇 달러를 쥐어 주자 흔쾌히 집에 있던 포드로 우리를 시내로 데려다주었다. 킹가 위쪽에 있는 작은 음식점 앞에 내린 우리는 메밀 케이크와 베이컨을 배가 터지도록 먹었다.

그런 다음 택시를 타고 9시 조금 전에 다이나의 집에 도착했다. 천장부터 지하실까지 이 잡듯이 집을 살펴봤지만 누가 찾아 온 흔적은 없었다.

"언제 돌아올 거예요?"

다이나가 나를 배웅하러 문으로 따라 나오면서 물었다.

"자정 전에 잠깐이라도 한번 들르지. 루 야드는 어디 살아?"

"페인터가 1622번지요. 페인터가는 세 블록 가면 나와요. 1622번지는 네 블록 위쪽이고요. 거길 가려는 거예요?"

내가 대답하기도 전에 다이나가 내 팔에 두 손을 얹고 간청했다.

"맥스 좀 잡아 줄래요? 무서워 죽겠단 말이에요."

"조금 있다 누넌을 부추겨서 물어뜯게 할까 해. 상황을 봐야겠지만."

다이나는 나더러 지저분한 내 일만 끝내면 자기는 어찌 되든 아랑곳도 안 할 망할 놈의 배신자라든가 뭐라든가 하며 한바탕 욕지거리를 퍼부었다.

나는 페인터가로 갔다. 1622번지는 현관 아래에 차고가 있는 붉은색 벽돌집이었다.

한 블록 위쪽에 렌트한 뷰익에 타고 있는 딕 폴리가 보였다. 옆자리에 올라타서 물었다.

"어떻게 돼 가나?"

"2시 발견. 3시 30분 외출, 윌슨 영감 집까지 임무. 미키. 5시. 집. 바빴음. 계속 감시. 3시부터 7시까지 휴식. 이상 무."

이 말은 딕이 전날 2시에 루 야드를 발견했고, 3시 30분에 그를 미행하여 윌슨 영감의 집까지 따라갔으며, 미키가 피트를 미행해 거기로 왔고, 5시에 다시 야드의 뒤를 밟아 집까지 따라갔으며, 집으로 드나드는 사람들은 많았지만 미행하는 자는 없었고, 오늘 새벽 3시까지 감시하다가 좀 쉰 다음 7시에 다시 복귀했으며, 그 후로 아무도 출입한 사람이 없었다는 뜻이었다.

"여긴 관두고 윌슨 영감 집을 감시해야겠어. 위스퍼 탈러가 거기 숨어 있는 것 같아. 그자를 누넌에게 넘길지 말지 결정할 때까지 눈을 떼면 안 돼."

딕은 고개를 끄덕이고 나서 시동을 걸었다. 나는 차에서 내려 호텔로 돌아갔다.

뜻밖에 보스의 전보가 와 있었다.

현재 작전 활동과 배경 상황 상술. 밀린 일일보고서 동봉하여 첫 우편으로 보낼것.

나는 전보를 주머니에 넣으며 사태가 빠른 속도로 진행되기를 빌었다. 이런 상황에서 보스가 원하는 정보를 보낸다면 사직서를 보내는 것이나 다름없었다.

새 칼라로 갈아 단 나는 종종걸음으로 시청으로 달려갔다.

누넌이 반갑게 나를 맞았다.

"안녕하시오. 그러잖아도 한번 들러 주셨으면 하던 참이오. 호텔로 연락했더니 안 계시다고 하더이다."

그날 아침 누넌은 안색이 좋아 보이지는 않았지만 가식적인 이전의 호들갑스러운 환대와는 달리 진심으로 반기는 눈치였다.

내가 자리에 앉는데 전화벨이 울렸다. 누넌은 수화기를 귀에 대고 "뭐라고?" 하고 소리친 뒤 잠시 듣더니 "자네가 직접 가 보는 게 좋겠어, 맥." 하고는 두 번이나 실패한 후에야 가까스로 수화기를 올려놓았다. 얼굴은 다소 축 쳐진 듯했지만 그는 평소와 다름없는 어조로 말했다.

"루 야드가 사살됐소. 방금 현관 계단에서 내려오다 당했다는군."

"그게 답니까?"

딕 폴리를 페인터가에서 한 시간이나 일찍 물리다니. 나는 간신히 분통을 삭이며 물었다. 치명적인 실수였다.

누넌은 무릎을 뚫어지게 응시하며 고개를 흔들었다.

"가서 현장을 보실까요?"

내가 일어서면서 제안했다.

누넌은 일어서지도 않았고 나를 쳐다보지도 않았다.

누넌은 여전히 무릎만 바라보며 지친 얼굴로 말했다.

"아니오. 솔직히 말해 난 가고 싶지 않소. 지금으로선 견뎌낼 자신이 없소이다. 이젠 사람 죽이는 일에 진력이 나오. 넌더리가 난단 말이오."

나는 다시 앉아 의기소침해진 누넌의 마음을 헤아려 가며 물었다.

"누가 죽인 것 같습니까?"

"당최 모르겠소이다. 하나같이 서로 쏴 죽이지 못해 발광들을 하니 말이오. 어디까지 가야 끝이 나려는지."

누넌이 웅얼거렸다.

"리노가 했을까요?"

누넌은 몸을 한번 움칠하더니 나를 쳐다보려다 마음을 고쳐먹고 같은 말을 되풀이했다.

"당최 모르겠소이다."

나는 다른 각도로 접근해 보았다.

"어젯밤 실버 애로 싸움에서 누구 죽은 사람 없나요?"

"고작 셋이오."

"누구죠?"

"어제 오후 5시쯤 보석으로 풀려난 존슨파의 블래키 웨일런과 풋 콜링스, 네덜란드인 별동대 야케 발이 죽었소."

"어떻게 된 일인가요?"

"단순한 싸움질이었던 것 같소. 풋과 블래키, 그리고 그들과 함께 석방된 놈들이 다른 친구들과 축하 파티를 벌이다가 총질로 끝장이 난 거 아니겠소."

"모두 루 야드의 부하들인가요?"

"그건 나도 모르겠소."

나는 자리에서 일어나 "아, 그렇군요." 하고는 문께로 걸어갔다.

누넌이 황급히 나를 불러 세웠다.

"잠깐. 그렇게 가 버리면 어쩌라는 거요. 루의 부하가 맞지 싫소."

나는 다시 의자에 앉았다. 누넌은 이번에는 책상 위를 뚫어져라 응시했다. 사색이 되다시피 창백해진 얼굴은 방금 쑨 풀처럼 축축하게 늘어져 있었다.

"위스퍼는 윌슨 영감 집에 숨어 있어요."

누넌이 고개를 홱 돌렸다. 눈빛이 어두워졌다. 한동안 입을 씰룩이던 그는 다시 고개를 축 떨어뜨렸다. 눈빛이 흐려졌다.

"더 이상 못해 먹겠소. 죽고 죽이는 이놈의 피의 살육에 진절머리가 나오. 이젠 도저히 못 견디겠소이다."

누넌이 웅얼거렸다.

"평화만 찾아온다면 팀을 살인한 자에게 보복할 생각도 포기할 정도인가요?"

"그렇소."

"당신의 복수심이 출발점 아니었습니까. 서장님만 마음을 먹으면 이 짓거리를 끝장낼 수 있을 겁니다."

누넌이 고개를 들더니 뼈다귀를 쳐다보는 개처럼 애절한 눈으로 나를 바라보았다.

"다른 친구들도 서장님만큼 진저리가 났을 겁니다. 서장님의 생각을 얘기해 보세요. 한번 모여서 화해 방법을 논의해 보시죠."

"그래 봐야 뭔가 꿍꿍이가 있다고들 생각할 거요."

누넌이 비참하게 일그러진 얼굴로 거절했다.

"윌슨 영감네서 모이시죠. 위스퍼가 거기 진을 치고 있으니까요. 하지만 그럼 서장님이 위험을 무릅쓰게 될 테죠. 겁나십니까?"

누넌이 얼굴을 찌푸리며 물었다.

"같이 가 주겠소?"

"원하신다면."

"고맙구려. 하, 한번 해봅시다."

19장

평화 회담

그날 밤 누넌과 내가 약속 시간인 9시에 윌슨 영감 집에 도착해 보니 평화 회담의 나머지 대표들도 모두 도착해 있었다. 다들 우리를 보고 고개를 끄덕였지만 인사는 그것으로 끝이었다.

핀란드인 피트만 초면이었다. 주류 밀매업자인 피트는 뼈대가 굵직한 쉰 살의 사내로, 머리가 훌떡 벗어진 대머리였다. 이마는 작았지만 턱은 어마어마하게 컸다. 근육이 불끈거리는, 폭이 넓고 묵직해 보이는 턱이었다.

우리는 윌슨의 서재 한가운데 있는 탁자에 둘러앉았다.

일라이휴 영감이 제일 상석에 앉았다. 둥근 핑크색 머리통에 난 짧은 머리는 빛을 받아 은빛으로 빛났다. 숱 많은 눈썹 아래 둥글고 푸른 눈은 냉혹하고 거만해 보였다. 입과 턱은 모두 한일자를 긋고 있었다.

영감의 오른편에 앉은 핀란드인 피트는 자그마한 검은 눈을 한 번도 깜빡거리지 않고 모든 사람을 예의 주시하고 있었다. 이 주류 밀매업자 옆에는 리노 스타키가 앉았다. 그는 누르께한 말상의 얼굴처럼 눈빛도 무감각해 보였다.

맥스 탈러는 의자에 등을 기댄 채 윌슨 영감의 왼편에 앉아 있었다. 이 난쟁이 도박사는 정성껏 다린 바지를 입고 아무렇게나 다리를 꼬고 있었다. 꾹 다문 입 한 쪽에 담배 한 개비를 물고 있었다.

나는 탈러 옆에 앉았다. 누넌은 내 옆에 앉았다.

일라이휴 윌슨이 일종의 개회사를 했다.

작금의 상황을 그냥 내버려 둘 수는 없다, 우리는 모두 분별 있고 이성적이며 세상일이란 게 제 뜻대로만 할 수 없다는 것을 알 만큼은 충분히 겪어 본 성인들이다, 누구라도 때로는 타협할 필요가 있다, 내가 원하는 것을 얻고 싶다면 상대가 원하는 것도 주어야 한다, 이제 우리가 무엇보다 바라는 것은 이 정신 나간 살육을 끝장내는 것이라고 확신한다, 모든 일을 솔직하게 논의하면 퍼슨빌을 도살장으로 만들지 않고도 한 시간 안에 평화를 되찾을 수 있다며 영감은 장광설을 끝마쳤다.

연설은 썩 훌륭했다.

연설이 끝나자 잠시 침묵이 이어졌다. 탈러는 나를 지나쳐 뭔가 기대하는 듯한 표정으로 누넌을 바라보았다. 다른 사람들도 모두 탈러를 따라 경찰서장 누넌을 바라보았다.

누넌은 얼굴을 붉히더니 쉰 목소리로 말했다.

"위스퍼, 자네가 팀을 죽인 일을 잊기로 했네." 누넌이 일어서서 살찐 앞발을 내밀며 말했다. "맹세의 뜻이네."

탈러의 얇은 입술이 둥글게 벌어지며 섬뜩한 미소를 지었다.

"그 개자식은 죽어 마땅한 위인이었지만 난 죽이지 않았어."

탈러가 냉혹하게 속삭였다.

서장 얼굴이 벌겋다 못해 흙빛이 되었다.

내가 큰 소리로 말했다.

"잠깐 기다려요, 누넌. 이러다간 일이 틀어지고 말 겁니다. 모두가 솔직하게 털어놓지 않으면 아무 결론도 나지 않습니다. 오히려 전보다 더 나빠질 뿐이죠. 팀을 죽인 건 맥스웨인이고, 그건 당신도 잘 알고 있습니다."

누넌이 어안이 벙벙한 눈으로 날 쳐다보았다. 그의 입이 딱 벌어졌다. 무슨 말인지 도무지 이해가 안 된다는 얼굴이었다.

나는 다른 사람들을 한 바퀴 둘러보고 나서 최대한 도덕군자 같은 표정을 지으며 말했다.

"이걸로 그 건은 해결된 겁니다, 맞습니까? 이제 나머지 사안을 매듭지읍시다."

나는 핀란드인 피트에게 말했다.

"어제 당신 창고에서 부하 네 명이 죽은 사건은 어찌 된 겁니까?"

"정말 끔찍한 사건이었소." 피트가 우렁찬 목소리로 말했다.

"누넌은 당신이 그곳을 비밀창고로 쓰고 있는지 몰랐습니다. 그곳이 빈 집인 줄 알고 단지 시내에서 일어난 일을 처리하러 간 겁니다. 당신 부하들이 먼저 발포하자 누넌은 정말로 자신이 탈러의 은신처를 찾아냈다고 생각한 겁니다. 그런데 당신의 창고에 발을 들여놨다는 걸 깨닫고는 당황한 나머지 그곳을 날려 버린 거죠."

내가 설명했다.

탈러는 눈가와 입가에 냉혹한 미소를 지으며 나를 주시하고 있었다. 리노는 여전히 멍하고 무심한 얼굴이었다. 일라이휴 윌슨은 날카롭고 조심스러운 늙은 두 눈으로 나를 보며 내 쪽으로 몸을 기울이고 있었다. 누넌은 뭘 하고 있었는지 모른다. 그를 볼 여유가 없었다. 내가 패를 제대로 쓰고 있는 거라면 유리한 위치에 있는 거지만, 그 반대라면 말할 건덕지도 없는 상태였다.

핀란드인 피트가 말했다.

"부하들이야 위험을 무릅쓴 대가를 받은 거니까 상관없고. 창고 건은 2만 5000달러만 주면 없던 일로 하겠소."

누넌이 간절한 얼굴로 황급히 대답했다.

"좋소, 피트. 돈을 드리리다."

나는 허둥거리는 누넌의 목소리를 듣고 터져 나오려는 웃음을 참느라 입술을 깨물었다.

이젠 누넌을 보아도 괜찮을 것 같았다. 있는 대로 두들겨 맞아 낙담할 대로 낙담한 그는 자신의 뚱뚱한 목을 지키기 위해서라면 뭐든지 할 태세였다. 내가 그를 쳐다보았다.

하지만 누넌은 나를 보려 하지 않았다. 자리에 털썩 주저앉아 다른 누구도 보지 않았다. 내가 던져 넣어 준 늑대 소굴에서 갈가리 찢기기 전에 무사히 빠져나가기만을 고대하는 것처럼 보이지 않으려고 안간힘을 다 했다.

나는 일라이휴 윌슨에게 몸을 돌려 하던 일을 계속했다.

"영감님 은행을 습격당한 건에 관해 불평하실 건가요, 아니면 그냥 넘어가시겠습니까?"

맥스 탈러가 내 팔을 슬쩍 건드리며 말했다.

"당신이 알고 있는 걸 먼저 털어놓으면 누가 불평할 자격이 있는지 말하기가 더 쉬울 거요."

내가 바라던 바였다.

"누넌은, 탈러, 당신을 잡고 싶었지만 야드나 윌슨이 그냥 두라고 말렸을 거요. 아니면 그럴 거라고 지레짐작했거나. 그래서 은행을 털고 당신에게 뒤집어씌우면 후원자들이 당신을 체포하도록 용인해 줄 거라고 잔머릴 굴린 거요. 야드는, 내가 이해하기로, 시내를 장악하고 있었소. 그러니 당신은 야드의 영역에 침입해서 윌슨의 뒤통수를 친 꼴이 되었지. 표면상으로는 그렇게 보였지. 누넌은 두 사람이 열이 바짝 올라 자기가 당신을 잡도록 도와줄 줄 알았던 거야. 당신이 여기 있는 줄도 모르고 말이야.

리노 일당은 교도소에 있었소이다. 리노는 야드의 똘마니였지만 두목을 해치우는 일쯤은 예사로 알았지. 이미 루 야드에게서 시내를 빼앗기로 작정하고 있었소." 나는 리노에게 고개를 돌려 물었다. "안 그런가?"

리노가 굳은 표정으로 나를 보며 대꾸했다.

"맞는 말씀이야."

내가 다시 탈러를 보며 계속 말했다.

"누넌은 당신이 시더 힐에 있다는 거짓 정보를 날조해서 자기 심복이 아닌 경찰을 모조리 끌고 갔소. 심지어 브로드웨이의 교통 경관까지 몽땅 쓸어 갔소. 리노가 멋대로 시내를 휘젓도록 말이오. 연극에 가담한 맥그로와 짭새들은 리노 일당이 유치장에서 몰래 빠져나와 은행을 턴 뒤 다시 들어오도록 도왔고. 훌륭한 알리바이였지. 그러고 나서 한두 시간 후에 그들은 보석으로 석방됐소.

근데 아무래도 루 야드가 눈치를 챘던 모양이오. 그는 어젯밤 실버 애로에 네덜란드인 야케 발과 애들을 풀어 리노 일당에게 본때를 보여 주기로 한 거요. 자기 물건을 도둑질하면 어떻게 된다는 걸 가르쳐 주려는 거였지. 하지만 리노는 빠져나갔고 다시 시내로 돌아왔소. 그때는 둘 중 하나는 골로 가야 할 판이었소. 리노가 선수를 쳐서 오늘 아침 루 야드가 집에서 나올 때 총을 들고 나타나 어느 쪽이 가야 할지 확실히 결판을 낸 모양이오. 이제 보니 루 야드가 골로 가지 않았다면 차지했을 자리에 지금 리노가 앉아 있구려."

모두 꼼짝도 하지 않고 조용히 앉아 있었다. 마치 자기들이 얼마나 조용한지 자랑이라도 하려는 것 같았다. 참석자 가운데 친구라고 할 자가 있다고 믿는 사람은 아무도 없었다. 아무도 함부로 나설 수 없는 상황이었다.

내 말이 어떤 식으로든 영향을 주었는지 어떤지 리노는 아무 내색도 하지 않았다.

"빼먹은 게 있지 않소?" 탈러가 작게 속삭였다.

"제리 말이오?" 나는 다시 일장연설을 늘어놓았다. "그러잖아도 그 얘기를 하려던 참이었소. 당신이 유치장을 폭파시키고 도망쳤을 때 제리도 함께 빠져나갔다가 나중에 잡힌 건지, 아니면 도망가지 않은 건지, 또 왜 그랬는지는 나도 모르오. 은행 습격 작전에 얼마나 기꺼이 따랐는지도 모르겠고. 하지만 제리는 그들을 따라갔고, 사살된 채 은행 앞에 버려졌소. 당신 오른팔이었으니 그가 죽어야 당신이 저지른 짓으로 보였을 테니까. 그는 일당이 은행을 털고 도주하기 시작할 때까지 차에 타고 있었소. 그러다가 차에서 떠밀려 나와 등에 총을 맞았지. 그는 총에 맞을 때 은행 쪽을 향하고 있었소. 차를 등지고 말이오."

"정말인가?"

탈러가 리노를 보고 속삭였다.

리노가 멍한 눈으로 탈러를 보며 차분한 목소리로 물었다.

"그게 뭐?"

탈러가 벌떡 일어나 "난 이만 빠지겠어." 하고는 문으로 걸어갔다.

핀란드인 피트도 동시에 일어나 뼈마디가 굵직굵직한 커다란 손으로 탁자를 짚은 채 가슴이 울리는 우렁우렁한 목소리로 불렀다.

"위스퍼."

탈러가 걸음을 멈추고 돌아서자 피트가 말문을 열었다.

"잘 들어, 위스퍼. 다른 사람들도 마찬가지야. 망할 총질은 이제 그만 끝내. 다들 무슨 말인지 알 거야. 자신에게 뭐가 최선인지 알아내는 데는 대단한 지능이 필요한 것도 아니니까. 그러니 내 말 잘 들으라고. 이렇게 도시를 들쑤셔 놓는 건 사업에도 득 될 게 없어. 난 관두겠어. 얌전히 굴지 않으면 내가 버릇을 고쳐 주겠어.

나한텐 총구멍 앞에서도 콧방귀 하나 뀌지 않는 시퍼렇게 젊은 애들이 떼거지로 있어. 내 사업엔 이런 애들이 그만이지. 필요하다면 당신들한테 보내 주지. 화약이나 다이너마이트 가지고 놀고 싶나? 진짜 노는 게 어떤 건지 얼마든지 보여 줄게. 한바탕 붙고 싶다고? 대환영이야. 내 말 명심해. 내 말은 여기까지야."

핀란드인 피트가 자리에 털썩 앉았다.

탈러는 잠시 생각에 잠긴 듯했지만 아무 말 없이 나가 버렸다. 무슨 생각인지 알 수가 없었다.

탈러가 이렇다 말 한마디 없이 나가 버리자 사람들은 안절부절못했다. 다른 작자들이 코앞에서 무기를 긁어모을 때 거기에 앉아 있으려는 자가 어디 있겠는가.

잠시 후 서재에는 일라이휴 윌슨과 나만 남았다.

우리는 마주앉아 서로를 바라보았다.

이윽고 영감이 말했다.

"경찰서장이 될 생각은 없나?"

"없습니다. 전 심부름이나 하는 얼뜨기인걸요."

"그 작자들과 어울리라는 얘기가 아닐세. 그놈들을 처리하고 나서 하라는 거지."

"또 똑같은 놈들을 데려오실 텐데요."

"이런 망할 놈을 봤나. 아비 뻘 되는 사람한테 좀 공손하게 하면 어디가 덧난다더냐?”

“실컷 욕이나 해놓고 나이 덕이나 보려는 사람한테 말인가요?”

화가 머리끝까지 치민 나머지 영감의 이마에 퍼런 핏줄이 불거졌다. 하지만 무슨 생각을 했는지 영감이 별안간 껄껄 웃었다.

“입 한번 걸쭉하군. 하지만 내가 의뢰한 일을 처리하지 못했다고는 할 수 없겠어.”

“참 많이도 도와주셨죠.”

“그럼 내가 유모라도 붙여 줬어야 한다는 건가? 난 자네한테 돈과 재량권을 줬어. 그게 자네가 요구한 것이고. 더 뭘 어쩌라는 거야?”

“이런 늙어빠진 해적 같으니. 그건 내 협박에 못 이겨서 한 것이고, 지금까지 사사건건 내 일에 방해만 놨잖습니까. 그자들이 서로 집어삼키지 못해 안달이 나 있는 걸 알면서도 말입니다. 그래놓고 이제 와서 날 위해 뭘 해줬다니.”

“늙은 해적이라. 애송이, 내가 해적이 아니었다면 아직도 임금 몇 푼 받으려고 아나콘다 공장에서 뼈 빠지게 일하고 있을 테고, 퍼슨빌 광업회사도 존재하지 않았을 거야. 어차피 자네도 산전수전 다 겪은 친구 같은데. 난 말이야, 애송이, 머리털을 빡빡 미는 곳에 처박힌 적도 있었어. 비위에 안 맞는 일도 많이 했지. (오늘 밤이 올 때까지 난 전에는 있는 줄도 몰랐던 더 살벌한 일도 했었다네.) 하지만 어쩌다 급소를 잡혔기에 때를 기다려야 했어. 세상에, 위스퍼 탈러가 여기 온 뒤로 내 집에서 죄수처럼 지냈다니까. 빌어먹을 인질처럼 지냈단 말이야!"

"거 참 잘됐군요. 이제 누구 편에 서시겠습니까? 절 밀어 주시면 어떨까요?"

"자네가 이긴다면."

내가 자리를 박차고 일어나며 말했다.

"영감님도 그들과 함께 잡히면 더 이상 원이 없겠습니다."

"자네야 그러면 좋겠지만 난 절대 안 잡혀."

윌슨 영감이 그렇게 말하곤 즐거워 죽겠다는 듯 나를 흘끗 보고 나서 말을 이었다.

"난 자네한테 돈을 대주고 있어. 그게 바로 내 마음이야, 안 그런가? 나한테 너무 박정하게 굴지 말라고, 애송이, 나도 말이야……."

나는 "엿이나 잡수쇼." 하고 걸어 나왔다.

20장

아편팅크

딕 폴리가 렌트카에 틀어박힌 채 다음 모퉁이에서 기다리고 있었다. 나는 다이나 브랜드의 집에서 한 블록가량 떨어진 곳에 내려서 걸어갔다.

"피곤해 보이네요." 다이나를 따라 거실로 들어갈 때 그녀가 말했다. "여태까지 일했어요?"

"평화 회담에 좀 참석했지. 회담 결과 십수 명은 죽어나게 생겼어."

전화벨이 울렸다. 다이나가 받더니 나를 불렀다.

리노 스타키의 목소리였다.

"누넌이 자기 집 앞에서 차에서 내리다 총에 맞아 벌집이 되어 골로 갔소. 알려 줘야 할 것 같아 전화했소. 그렇게 험한 꼴은 다시 못 볼 거요. 총알이 서른 발은 박혔을 거외다."

"고맙소." 다이나의 크고 푸른 눈이 무슨 일이냐고 물었다. "평화 회담의 첫 열매를 위스퍼 탈러가 따내셨군. 진 어디 있지?"

"방금 리노 아니었어요?"

"맞아. 포이즌빌의 경찰서장이 공석이 되면 내가 좋아할 줄 알았나 봐."

"그니까 당신 말은……?"

"리노가 그러는데 누넌이 오늘 밤에 죽었대. 진 좀 없어? 내가 부탁이라도 해야 하는 건가?"

"어디 있는지 알면서. 당신이 또 잔꾀를 부린 거죠?"

나는 부엌으로 가서 냉장고 제일 위 칸을 열고 파란색과 흰색이 섞인 둥근 손잡이가 달린 15센티미터 길이의 예리한 얼음송곳으로 얼음을 깼다. 다이나는 문가에 선 채 쉴 새 없이 질문을 던졌다. 난 얼음과 진, 레몬주스와 탄산수를 섞어 두 잔을 만들고 나서야 대답해 주었다.

"그동안 뭐 하고 다닌 거예요?" 음료를 들고 식당으로 가는 동안에도 다이나는 계속 다그쳤다. "당신, 송장이 따로 없네요."

나는 잔을 내려놓고 탁자 앞에 앉아 푸념을 늘어놓았다.

"이 망할 놈의 도시 때문에 정말 환장하겠어. 얼른 벗어나지 않으면 나도 여기 인간들처럼 피도 눈물도 말라 버릴 거야. 지금까지 몇이지? 내가 여기 온 뒤로 살인 사건만 열댓 건이야. 도널드 윌슨, 아이크 부시, 시더 힐에서 죽은 이탈리아 놈 넷과 형사 한 명, 제리, 루 야드, 네덜란드인 야케, 실버 애로에서 죽은 블래키 웨일런과 풋 콜링스, 내가 쏜 경찰 빅 닉, 위스퍼가 여기서 쏜 금발머리, 일라이휴 영감 집에 침입한 야키마 쇼티, 이제는 누넌까지. 일주일도 안 됐는데 열여섯 명이야. 앞으로도 더 죽을 거고."

다이나는 인상을 찌푸리며 나를 보더니 쌀쌀맞게 말했다.

"그런 표정 짓지 마요. 보기 흉해요."

내가 픽 웃으며 말했다.

"나도 한창때는 꼭 필요할 때 한두 놈 해치우긴 했어. 하지만 이렇게 광적인 살인 사건에 엮인 건 이번이 처음이야. 여기서는 제정신으로는 살 수가 없어. 처음부터 함정에 빠진 거야. 일라이휴 영감이 날 저버렸을 때 내게 남은 수는 놈들이 서로 등을 돌리게 하는 것뿐이었어. 내 딴에는 최선의 방법을 택한 거야. 그마저도 엄청난 살상으로 이어지게 생겼으니 이제 난 어떡하지? 일라이휴의 도움을 빌리는 것 말고는 다른 수가 없었다고."

"어쩔 수 없었다면서 뭘 그렇게 야단을 떨어요? 어서 술이나 마셔요."

잔을 반쯤 비우자 좀 더 지껄이고 싶은 충동이 일어났다.

"살인놀이가 지나치면 둘 중 하나가 되지. 진절머리가 나거나 살인광이 되거나. 누넌은 진저리가 났던 거야. 그는 야드마저 피살되자 겁에 질린 나머지 완전히 배짱을 잃어버렸어. 화해할 수만 있다면 무슨 짓이든 하려는 태세였지. 난 그를 설득해서 다른 생존자들과 함께 모여 입장 차이를 좁혀 보라고 제안했어.

그래서 오늘 밤에 윌슨 영감 집에서 모임을 가진 거야. 멋들어진 파티였지. 난 내가 아는 모든 사실을 털어놓으면서까지 그자들의 오해를 풀어 주려고 애쓰는 척하며, 누넌을 발가벗겨 리노와 함께 그들에게 던져 줬어. 그러자 회담이 흐지부지 끝나더군. 위스퍼가 먼저 빠지겠다고 선언했어. 피트는 모두에게 그들이 어떤 입장에 처했는지 경고했고. 그자는 싸움질이 자기 불법 주점 사업에 좋지 않은 영향을 미친다며, 이제부터 누구든 소동을 벌이면 술집 별동대를 풀어 버리겠다고 협박했어. 위스퍼는 개의치 않는 것 같더군. 리노도 마찬가지였고."

"그랬겠죠. 근데 누넌한테 뭘 어떻게 했는데요? 어떻게 누넌과 리노를 벌거벗겼냐고요."

"맥스웨인이 팀을 죽였다는 사실을 누넌이 알고 있었다고 말했지. 거짓말은 그것뿐이었어. 그러고는 리노와 누넌이 은행 강도 사건을 꾸며 위스퍼를 엮을 양으로 제리를 데리고 갔다가 처리해 버린 거라고 했어. 당신 얘기가 맞다면 그렇게 흘러갔을 게 확실했거든. 제리가 차에서 내려 은행 쪽으로 가다가 총에 맞았다는 얘기 말이야. 총알구멍이 등에 나 있었으니까. 거기에 또 아귀가 들어맞는 게, 맥그로 말에 따르면 마지막으로 강도들을 보았을 때 차가 킹가로 꺾어지고 있었다고 했거든. 그 자식들은 시청으로 돌아가서 감옥에 계속 있었다는 알리바이를 만들려는 거였지."

"하지만 은행 경비가 제리를 쐈다고 하지 않았어요? 신문에도 나왔는데."

"그러긴 했지만, 그 경비는 아무 말이든 하고 싶은 대로 말하고 그대로 믿어 버리는 얼간이야. 십중팔구 눈을 감은 채 있는 대로 총알을 쐈을 거야. 쓰러진 건 다 자기가 쏜 거라고 생각하겠지. 혹시 제리가 쓰러지는 모습 못 봤어?"

"봤어요. 제리는 은행 쪽을 향하고 있었지만 너무 혼란스러워서 누가 쐈는지는 보지 못했어요. 하도 여럿이서 총을 쏴대는 데다가……."

"그래. 거기까지 계산에 넣었을 테니까. 거기다 난 리노가 루 야드를 사살한 사실을(적어도 나는 사실이라고 확신해.) 알려 줬어. 이 리노라는 자 보통내기가 아니더군, 맞지? 누넌은 기가 질려 쩔쩔맸는데 리노는 '그래서 뭐?' 한마디로 일축하더라고. 회담은 전체적으로 훌륭하고 신사적이었어. 편은 반반으로 나뉘었지. 피트와 위스퍼 대 누넌과 리노로. 하지만 뭔가 일을 벌여도 파트너가 자길 지원해 줄지 아무도 알 수 없는 상황이었어. 결국 회담이 끝날 무렵이 되자 그 두 패마저 갈라져 버렸지. 누넌은 논외로 밀려났고, 리노와 위스퍼도 서로 등진 채 피트와도 맞서게 됐지. 덕분에 모두들 점잖게 둘러앉아 상대를 주시하는 동안 내가 죽음과 파멸의 마술을 마음껏 부릴 수 있었던 거야.

위스퍼가 맨 먼저 자리를 떴어. 누넌이 집에 도착할 무렵 그의 집에 인원을 모으려고 그런 것 같아. 누넌이 사살됐거든. 핀란드인 피트의 말이 진심이라면(얼굴을 보면 그러고도 남을 위인이었어.) 위스퍼 뒤를 쫓을 거야. 제리가 죽은 데는 누넌만큼이나 리노의 역할도 컸으니까 위스퍼는 리노 뒤를 쫓을 테고. 그 정도는 리노도 알 테니 선수를 쳐서 위스퍼를 없애려 할 거고, 그러면 피트에게 쫓기게 되겠지. 더욱이 리노는 루 야드의 부하들 가운데 자기를 보스로 받아들이지 않으려는 자들을 처리하는 것만도 벅찰 거야. 모두를 뒤섞어 놓으면 한 접시의 훌륭한 요리가 되는 셈이지."

다이나 브랜드가 식탁 위로 손을 뻗어 내 손을 토닥였다. 그러고는 불안한 눈으로 말했다.

"자기, 그건 당신 잘못이 아니에요. 달리 방법이 없었다고 했잖아요. 그보다 잔 비우고 한잔씩 더 하자고요."

내가 다이나의 말에 반박했다.

"다른 방법도 얼마든지 있었어. 일라이휴 영감이 처음에 날 저버린 건 단지 그자들이 완전히 소탕될 거라는 확신이 서기까지는 위험을 감수할 수가 없었기 때문이야. 이 작자들이 영감에게 불리한 정보를 너무 많이 쥐고 있거든. 내가 정말 그 일을 처리할 수 있을지 알 수 없으니 그들 편에 붙은 거지. 영감은 엄밀히 말해서 그들과 같은 부류의 살인자는 아니야. 더구나 이 도시를 자기 사유재산으로 여기기 때문에 그들이 그런 식으로 도시를 빼앗아간 데 불만이 많았던 거지.

오늘 오후에 영감한테 찾아가서 내가 그들을 박살냈다는 걸 알려 줄 수도 있었어. 그러면 영감은 이성적으로 나왔겠지. 내 편을 들어 합법적으로 게임을 끝내도록 지원해 줬을 거야. 그런 방법도 있었단 말이야. 하지만 그자들이 서로 죽이도록 하는 쪽이 더 쉽고 확실했어, 그렇고말고. 이제 생각해 봐도 그러길 잘했다는 생각이야. 대만족이야. 탐정사무소엔 뭐라고 보고해야 좋을지 모르겠군. 만약 내가 무슨 짓을 했는지 보스가 알면 날 기름에 튀겨 버릴 거야. 이 망할 놈의 도시 때문이야. 포이즌빌이 맞아. 독의 도시라고. 날 독에 중독시켰어.

잘 들어. 난 오늘 밤 윌슨 영감의 탁자 앞에 앉아 송어를 낚싯바늘에 꿰어 갖고 놀듯 그자들을 농락했어. 물고기를 낚을 때 느끼는 손맛만큼이나 흥미만점이더군. 난 내가 까발린 것 때문에 누넌이 그날 밤을 넘길 확률이 만의 하나도 안 된다는 걸 알면서도 그를 보며 웃었어. 마음속까지 훈훈하고 행복했다구. 그건 내 본모습이 아냐. 그나마 영혼이 남은 자리에 온통 단단한 딱지가 앉아 버렸어. 20년간 범죄를 다루다 보니 어떤 살인 사건도 속사정은 일절 보지 않고 오직 수입원이자 일로만 볼 수 있게 됐지. 하지만 이런 식으로 죽음을 계획하면서 흥분하는 건 나답지 않아. 바로 이 도시가 날 이렇게 만들어 놓은 거야."

다이나가 너무나 부드러운 미소를 지으며 너무나 따뜻하게 말했다.

"과장이 너무 심하네요, 자기. 그놈들은 죽어도 싸다고요. 그런 얼굴 하지 말라니까요. 소름 끼친단 말이에요."

나는 씩 웃고 나서서 잔을 집어들고 진을 더 가지러 부엌으로 갔다. 내가 돌아오자 다이나는 인상을 찌푸리며 근심에 가득 찬 어두운 눈으로 물었다.

"그 얼음송곳은 뭐 하러 가져와요?"

"내 머릿속이 얼마나 복잡한지 보여 주려고. 하루 이틀 전만 해도 내가 이걸 보고 무슨 생각을 했겠어. 그저 얼음 조각을 깨기에 편리한 도구였을 뿐이지."

나는 15센티미터가량의 강철 송곳을 손가락으로 날 끝까지 부드럽게 쓸어내렸다.

"옷 위로 사람을 쑤시기에 요긴한 도구. 솔직히 말해 난 지금 그런 생각까지 하고 있다니까. 심지어 라이터를 봐도 당신이 싫어하는 놈팡이의 라이터에 니트로글리세린을 채우는 공상을 하고 있는 거야. 당신 집 앞 홈통에 구리선이 하나 있더군. 가늘고 부드러운 데다 길이도 양손으로 잡아 목을 조르기에 딱 맞겠더라고. 만약을 대비해 그걸 집어서 주머니에 넣지 않으려고 얼마나 기를 썼는지 몰라."

"당신 미쳤군요."

"맞아. 내 말이 그 말이라니까. 난 피도 눈물도 없는 살인마가 되고 있어."

"이제 그만해요. 그거 부엌에 가져다놓고 이리 앉아서 정신 좀 차려요."

나는 세 가지 명령 가운데 두 개만 따랐다.

다이나가 나를 나무랐다.

"지금 너무 신경이 곤두서 있는 것 같아요. 지난 며칠간 끔찍한 일을 너무 많이 겪었잖아요. 이대로 가다간 신경과민으로 정신착란증에 걸릴지도 모른다고요."

나는 손을 내밀어 손가락을 쭉 펴 보였다. 손가락은 떨리지 않았다.

다이나가 그 모습을 보더니 말했다.

"그건 아무 상관도 없어요. 문제는 당신 마음이죠. 몰래 빠져나가서 이틀 정도 쉬면 어떨까요? 이미 일은 다 꾸며 놓았으니 알아서 척척 돌아갈 거예요. 솔트레이크로 가요. 그게 좋겠어요."

"그건 안 돼, 누이. 누군가는 여기 남아서 몇 명이나 죽어 나가는지 수를 세야 해. 게다가 그 짜 놓은 일이란 게 사람과 사건으로 얼크러진 현재의 상태를 말하는 거라고. 우리가 도시를 떠나면 그 변수가 변하게 되고, 십중팔구 그 모든 일을 처음부터 다시 시작해야 할 거야."

"당신이 여기를 뜬다는 걸 아무한테도 말하지 않으면 되죠. 게다가 나야 아무 관계도 없잖아요."

"언제부터 관계가 없다는 거지?"

다이나가 내 얼굴 가까이 몸을 기울이며 눈을 가늘게 뜬 채 물었다.

"지금 무슨 소릴 하는 거죠?"

"아, 아무것도 아니야. 단지 당신이 언제 갑자기 무관심한 구경꾼이 됐는지 궁금했을 뿐이야. 도널드 윌슨이 당신 때문에 죽으면서 이 모든 일이 시작됐다는 거 잊었어? 더구나 당신이 내게 위스퍼에 관한 정보를 줬기 때문에 일이 여기까지 오게 된 거 아냐."

다이나가 화를 내며 말했다.

"그건 내 탓이 아니에요. 당신도 잘 알 텐데요. 어차피 다 지난 일이에요. 그런 얘길 들춰내다니 당신도 어지간히 배배 꼬여 있군요. 아무한테나 시비를 걸게."

"어젯밤만 해도 지난 일이 아니었잖아. 위스퍼가 자길 죽일 거라며 겁에 질려 꼼짝도 안 해놓고."

"죽는 얘기 좀 그만 못해요!"

"전에 앨버리가 그러던데 빌 퀸트가 당신을 죽이겠다고 협박했다면서."

"그만하라고 했어요."

"당신은 남자친구들한테 살의를 일으키게 하는 재주를 타고난 모양이야. 앨버리는 윌슨 살해범으로 재판을 기다리고 있고, 당신을 덜덜 떨게 했던 위스퍼도 그렇고. 심지어 나도 당신한테서 자유롭지 않았어. 내가 어떻게 됐는지 한번 보라고. 난 언젠가는 댄 롤프가 당신한테 덤벼들 거라는 생각이 자꾸만 들어."

"댄이 그럴 리가! 당신 미쳤군요. 아니, 내가……"

"그래. 폐병쟁이에 빈털터리인 댄을 당신이 거둬 줬지. 그에게 집도 주고 원하는 대로 마약도 대줬어. 그 대가로 당신은 그를 심부름꾼으로 부려먹고, 내 앞에서 그의 뺨을 때리고, 남들 앞에서도 함부로 때리고 다녔어. 댄은 당신을 사랑해. 언제가 될진 몰라도 아침에 일어나 보니 그가 당신 목을 따 버렸을지도 몰라."

다이나가 몸을 부르르 떨더니 곧 자리에서 발딱 일어나 깔깔거리며 말했다.

"무슨 뜻인지나 알고 떠드는 거예요? 그 참 웃음밖에 안 나오네."

다이나가 빈 잔을 부엌으로 가져갔다.

나는 담배에 불을 붙였다. 갑자기 어째서 자꾸 이런 기분이 드는지, 내가 미쳐 가는 건 아닌지, 무엇 때문에 이런 불길한 예감이 드는지 의아스러워졌다. 아니면 신경이 너무 예민해진 건 아닌지 모든 게 의아스럽기만 했다.

잔을 가지고 돌아온 다이나가 내게 충고를 했다.

"여기를 떠나고 싶지 않다면 다른 좋은 방법이 있어요. 곤드레만드레로 취해서 몇 시간이라도 모든 걸 잊어버리는 거예요. 당신 잔에는 진을 두 배로 넣었어요. 지금 당신한텐 그게 필요해요."

나는 한편으로는 즐기면서 무슨 뜻인지도 모른 채 아무 말이나 마구 주워섬겼다.

"내가 아니라 당신이 필요하겠지. 내가 죽인단 말을 입에 담을 때마다 당신은 마구 대들지. 그러니까 당신은 여자라는 거야. 살인 얘기만 안 하면, 이 도시에서 당신을 죽이고 싶어 할 그 많은 놈들이 당신을 죽이지 않을 거라고 생각하는 거야. 어리석기는. 예를 들어 주지. 우리가 무슨 말을 하든 말든 위스퍼는……."

"그만, 제발 그만해요! 그래요, 나 천치예요. 난 말이 무서워요. 맥스도 무섭고요. 난…… 오, 내가 부탁했을 때 왜 그를 처치하지 않았죠?"

"그건 미안하게 됐어."

나는 진심으로 사과했다.

"당신 생각엔 맥스가……?"

"모르겠어. 어쨌건 당신 말이 맞아. 말이란 아무 소용 없는 거야. 그냥 마시자고. 근데 이 진은 좀 맨숭맨숭한 것 같은데."

"문제는 진이 아니라 당신이에요. 그럼 진짜배기로 한번 마셔 볼래요?"

"오늘 밤엔 니트로글리세린이라도 먹을 수 있겠어."

"이제 마실 것도 크게 다르지 않아요."

다이나는 부엌에서 한동안 달그락거리더니 이제껏 마신 것과 비슷한 술을 잔에 담아 내왔다. 내가 냄새를 맡아 보고 말했다.

"댄의 아편인가, 맞아? 댄은 아직 병원에 있나?"

"네. 머리뼈에 금이 간 모양이에요. 여기 술 대령했습니다, 나리. 원하시는 게 맞는지 모르겠지만요."

나는 약이 섞인 진을 단숨에 들이켰다. 얼마 안 돼 기분이 좋아지기 시작했다. 세상이 온통 유쾌한 핑크빛으로 빛났고 지상은 우정과 평화로 가득했다. 우리는 시간을 잊은 채 정신없이 마시고 떠들어 댔다.

다이나는 진만 마셨다. 나도 얼마 동안은 진만 마시다가 약을 섞은 진을 한 번 더 들이켰다.

그 후 얼마 동안 나는 쇼를 했다. 아무것도 안 보이는데도 깨어 있는 것처럼 눈을 뜨려고 기를 썼다. 더 이상 다이나를 속일 수 없다는 것을 깨닫고서야 쇼를 끝냈다.

마지막으로 다이나가 나를 거실에 있는 체스터필드 소파에 데려다준 기억이 전부였다.

21장

열일곱 번째 살인

나는 꿈을 꾸고 있었다. 볼티모어 할렘 공원에 있는 분수 맞은편 벤치에 베일을 쓴 여자와 나란히 앉아 있었다. 여자와 함께 간 것이었다. 내가 잘 아는 여자였다. 하지만 누군지 갑자기 기억이 안 났다. 기다란 검정색 베일 때문에 얼굴을 볼 수도 없었다.

뭐든 말을 걸어 여자의 대답을 들으면 목소리를 알아들을 수 있을 것 같았다. 하지만 공연히 겸연쩍어서 할 말을 찾는 데 한참이나 걸렸다. 마침내 나는 캐럴 T. 해리스라는 남자를 아느냐고 물었다.

여자가 대답했지만 분수가 솟아오르는 요란한 소리에 파묻혀 아무것도 듣지 못했다.

애드먼드슨 거리에 소방차들이 출동했다. 여자는 나를 버려 두고 소방차 뒤를 따라갔다. 뛰면서 여자는 "불이야! 불이야!" 하고 외쳤다. 나는 그제야 여자의 목소리를 듣고 누군지 깨달았다. 여자는 내게 아주 중요한 사람이었다. 나는 여자를 뒤따라갔지만 한 발짝 늦고 말았다. 여자와 소방차는 사라지고 없었다.

나는 여자를 찾기 위해 미국 거리의 절반을 걸어 다녔다. 볼티모어의 게이가와 마운트로열 거리를 비롯해 덴버의 콜팩스 거리, 클리블랜드의 이트나 가도와 세인트클레어 거리, 댈러스의 매키니가, 보스턴의 라마틴가와 코넬가, 아모리가, 루이빌의 베리 대로, 뉴욕의 렉싱턴 거리를 하염없이 걷다가 마침내 잭슨빌의 빅토리아가에 이르렀는데, 거기서 다시 여자의 목소리를 들었다. 여자는 여전히 보이지 않았다.

나는 여자의 목소리를 따라 정처 없이 거리를 헤매고 다녔다. 여자는 내 이름이 아니라 어떤 낯선 이름을 불렀다. 하지만 내가 아무리 빨리 걸어도, 어느 방향으로 향해도 그 목소리와 조금도 가까워지지 않았다. 엘파소의 연방정부 건물 앞 거리에서도, 디트로이트의 그랜드 서커스 공원에서도 그 소리는 노상 같은 거리에 있는 느낌이었다. 그때 문득 목소리가 사라졌다.

지치고 낙담한 나머지 나는 노스캐롤라이나의 로키 산 역이 건너다보이는 호텔 로비에 들어갔다. 로비에 앉아 있는데 기차가 들어왔다. 여자가 기차에서 내려 로비로 들어오더니 내게 키스를 퍼붓기 시작했다. 모든 사람들이 둘러서서 우리를 바라보며 웃고 있었기 때문에 나는 몹시 불편했다.

그 꿈은 여기서 끝났다.

나는 또 다른 꿈을 꾸었다. 내가 증오하는 사내를 추적해 어느 낯선 도시에 와 있었다. 사내를 발견하면 주머니에 넣어 놓은 칼로 찔러 죽일 작정이었다. 일요일 오전이었다. 교회 종소리가 울리는 가운데 교회로 오가는 사람들로 거리는 매우 붐볐다. 나는 첫 번째 꿈만큼 멀리 걸었지만 그 이상한 도시에서 끝내 벗어나지 못했다.

그때 내가 추적하던 사내가 내게 소리를 질렀다. 나는 그를 보았다. 챙이 넓은 멕시코 모자 솜브레로를 쓴 갈색 피부의 작은 사내였다. 그는 널따란 광장 맞은편에 있는 고층 건물의 계단에 서서 나를 비웃고 있었다. 우리 둘 사이에 가로놓인 광장에는 발 디딜 틈 하나 없이 인파로 뒤덮여 있었다.

주머니에 있는 칼을 단단히 쥔 채 작은 갈색 사내를 향해 뛰기 시작했다. 나는 광장에 모인 군중의 머리와 어깨를 밟으며 달렸다. 사람들마다 어깨와 머리 높이가 달랐고, 그들 사이의 거리도 고르지 않았다. 그 바람에 발을 헛디디기도 하고 버둥거리기도 했다.

작은 갈색 사내는 계단에 선 채 내가 눈앞에 다가갈 때까지 계속 웃고 있었다. 이윽고 그가 건물로 달려 들어갔다. 나는 그를 좇아 수 킬로미터에 달하는 나선형 계단을 올라갔지만 사내는 늘 손끝에서 3센티미터만큼 앞서 갔다. 우리는 옥상으로 올라갔다. 그는 곧장 옥상 끝으로 달려가더니 내 손이 닿을 찰나에 뛰어올랐다.

사내의 어깨가 내 손을 스치며 빠져나갔다. 내 손이 솜브레로를 쳐서 떨어뜨리고 그의 머리를 붙잡았다. 큰 알만 한 부드럽고 단단한 둥근 머리였다. 나는 손가락으로 머리를 단단히 붙잡고 있었다. 한 손으로 머리를 움켜쥔 채 다른 손으로 주머니에서 칼을 꺼내려던 참이었다. 그때 내가 발을 헛디뎌 사내와 함께 옥상에서 떨어졌다는 것을 깨달았다. 우리는 수마일 아래 광장에서 위를 올려다보고 있는 수백만의 얼굴 위로 정신을 잃은 채 떨어졌다.

나는 블라인드 사이로 들어온 어렴풋한 아침 햇살을 받으며 눈을 떴다.

왼쪽 팔뚝에 머리를 기댄 채 식당 바닥에 누워 있었다. 쭉 뻗은 오른손에는 파란색과 흰색이 섞인 다이나 브랜드의 얼음송곳 손잡이가 쥐여 있었다. 바늘처럼 날카로운 15센티미터 길이의 송곳날은 다이나 브랜드의 왼쪽 가슴에 꽂혀 있었다.

다이나는 등을 바닥에 대고 시체가 된 채 누워 있었다. 근육질의 긴 다리는 부엌문을 향해 뻗어 있었고, 오른쪽 스타킹 앞에 올이 한 줄 나갔다.

나는 마치 다이나를 깨울까 봐 걱정이라도 하듯 천천히 그리고 부드럽게 얼음송곳을 놓은 뒤 간신히 팔을 빼고 일어섰다.

눈알이 빠질 것 같았다. 목과 입도 타는 듯 뜨겁고 까끌까끌했다. 부엌으로 간 나는 진 한 병을 발견하고 병나발을 불며 숨이 막힐 때까지 들이켰다. 부엌 시계는 7시 41분을 가리키고 있었다.

진으로 기운을 차린 나는 식당으로 돌아가 불을 켜고 죽은 다이나를 살펴보았다.

피는 그리 많이 흘리지 않았다. 얼음송곳에 뚫린 파란색 실크 드레스 구멍 주위에 1달러 은화 크기의 얼룩만 있었다. 오른쪽 뺨 광대뼈 바로 아래에는 멍 자국이 있었다. 오른쪽 손목에도 손가락에 눌려 생긴 또 다른 멍 자국이 있었다. 다이나의 손에는 아무것도 없었다. 나는 다이나의 몸을 움직여 그 아래 아무것도 없는지 확인했다.

나는 방 안을 샅샅이 살펴보았다. 내가 아는 한 달라진 것은 없었다. 부엌으로 되돌아가 보았지만 이렇다 할 만한 것은 찾을 수 없었다.

뒷문의 용수철 자물쇠는 잠겨 있었고, 억지로 딴 흔적은 보이지 않았다. 현관문에도 가 보았지만 거기서도 아무런 흔적을 찾지 못했다. 집 안을 이 잡듯이 조사해 보았지만 알아낸 것은 아무것도 없었다. 창문도 이상이 없었다. 화장대에 놓여 있던 다이나의 보석도(다이나가 끼고 있던 다이아 반지 두 개를 빼고는), 침실 의자 위 핸드백에 있던 400달러도 그대로였다.

다시 식당으로 돌아간 나는 다이나의 시신 옆에 무릎을 꿇고 앉아 손수건으로 내 손가락이 남긴 흔적을 씻은 듯이 닦아냈다. 잔과 병, 문, 전등 버튼은 물론 내가 건드렸거나 건드렸을 법한 가구들도 하나같이 깨끗이 닦았다.

그런 뒤 손을 씻고, 옷에 피가 묻었는지 살펴보고, 혹시라도 내 소지품이 남았는지 다시 한 번 확인한 다음 현관문으로 갔다. 문을 열고 안 손잡이를 닦고, 문을 닫고 바깥 손잡이를 닦은 나는 소리 없이 그 집을 빠져나왔다.

나는 어퍼 브로드웨이에 있는 한 약국에 들어가 딕 폴리에게 내 호텔로 오라고 전화를 했다. 그는 내가 호텔에 도착한 지 몇 분 만에 도착했다.

"다이나 브랜드가 어젯밤이나 오늘 새벽쯤에 살해됐어. 얼음송곳에 찔렸네. 경찰은 아직 몰라. 다이나에 관해서는 충분히 말해 줬으니 그 여자를 죽일 만한 자가 수도 없이 많다는 건 자네도 알 거야. 내가 먼저 찾아보고 싶은 건 세 놈이야. 위스퍼와 댄 롤프, 빌 퀸트라는 급진주의자. 그들의 인상착의는 알고 있지? 롤프는 두개골 골절로 병원에 있어. 어느 병원인지는 나도 모르니까 시티 병원부터 찾아봐. 미키 리니헌한테도 연락하고. 그 친구 아직 핀란드인 피트를 미행하고 있으니, 피트는 잠시 내버려 두고 자네를 도우라고 해. 먼저 그 세 놈이 어젯밤 어디 있었는지부터 알아봐. 촌각을 다투는 일이라는 것 명심하고."

작은 캐나다인 탐정 딕 폴리는 내가 말하는 동안 호기심 어린 눈으로 나를 지켜보았다. 그는 내게 뭔가 말할 듯 하다가 마음을 바꾸고는 "알겠습니다." 하고 방을 나갔다.

나는 리노 스타키를 찾으러 나섰다. 한 시간 동안 수소문한 끝에 로니가의 하숙집에 있는 그와 전화 통화를 할 수 있었다.

"당신 혼자서?"

내가 만나고 싶다고 하자 리노가 물었다.

"그렇소."

리노는 와도 좋다고 승낙하고는 길을 알려 주었다. 택시를 타고 도착한 곳은 도시 끝자락에 있는 우중충한 2층 건물 앞이었다.

건너편 길모퉁이에 있는 식료품 가게 앞에서 사내 두 명이 어정거리고 있었다. 다음 모퉁이에 있는 집의 낮은 나무 계단에도 또 다른 사내 둘이 앉아 있었다. 네 명 모두 세련미라고는 눈을 씻고 봐도 찾아볼 수 없었다.

내가 벨을 누르자 두 남자가 문을 열었다. 그들도 그리 좋은 인상은 아니었다.

나는 위층 앞쪽에 있는 방으로 안내되었다. 리노는 칼라 없는 셔츠와 조끼 차림으로 창문턱에 발을 얹은 채 의자에 등을 기대고 앉아 있었다.

리노가 누르께한 말상의 얼굴을 끄떡이고 나서 말했다.

"의자 갖다가 앉으시오."

나를 안내해 준 사내는 문을 닫으며 방에서 나갔다. 자리에 앉은 뒤 내가 말을 꺼냈다.

"알리바이가 필요하오. 다이나 브랜드가 내가 어젯밤 그 집에서 나온 뒤에 살해됐소. 내가 그 사건으로 체포될 공산은 없지만, 누넌이 죽은 터라 경찰에서 어떻게 나올지 잘 모르겠소. 경찰한테 혐의를 받을 구실을 주고 싶지는 않소. 하려고만 들면 어젯밤 알리바이는 증명할 수 있지만, 당신이 맘만 먹으면 내 수고를 훨씬 덜 수 있을 거요."

리노는 멍한 눈으로 나를 보며 물었다.

"왜 날 골랐소?"

"어젯밤 당신이 내게 전화했잖소. 내가 엊저녁에 그곳에 있었다는 걸 아는 사람은 당신뿐이오. 그러니 다른 알리바이를 댄다 해도 먼저 당신과 말을 맞춰 놓는 게 좋지 않겠소?"

리노가 물었다.

"당신이 죽인 건 아니오?"

나는 "그렇소."라고 침착하게 말했다.

한참 동안 창밖을 응시하던 리노가 불쑥 물었다.

"대체 내가 왜 당신을 도와야 한다는 거요? 어젯밤 윌슨 집에서 당신이 한 짓 중에 내가 고마워할 거라도 있다는 건가?"

"난 당신에게 조금도 해를 끼치지 않았소. 내가 까발린 정보도 어쨌거나 반쪽짜리였고. 위스퍼에게 나머지를 알아내는 것은 식은 죽 먹기였소. 난 단지 내가 가진 패를 보여 준 것뿐이오. 당신 같은 사람이 걱정할 게 뭐요? 자기 앞가림은 하고도 남지 않소."

"좋아, 한번 해보지. 당신은 태너가에 있는 태너 하우스에 있었소. 그곳은 언덕 위로 30~50킬로미터 정도 가면 나오는 작은 도시요. 당신은 윌슨 집에서 나온 뒤 그곳에 가서 아침까지 거기 있었던 거요. 피크 머리의 가게에서 배회하는 리커라는 남자가 렌트카로 당신을 그곳까지 데려다준 것이고. 거기서 뭘 했는지는 당신이 생각해 둬야 할 거요. 서명을 해 주면 등록부에 올려 두겠소."

"고맙소."

나는 만년필 뚜껑을 빼면서 인사를 했다.

"그런 소린 관두쇼. 최대한 많은 아군이 필요하기 때문이니까. 당신과 내가 위스퍼와 피트랑 한자리에 모이게 될 때 불쾌한 꼴을 당하긴 싫다 이 말이오."

"그런 걱정은 안 해도 될 거요." 내가 약속했다. "경찰서장은 누가 맡았소?"

"맥그로가 서장 대리를 하고 있지. 아마도 서장 자리를 꿰찰 것 같소."

"맥그로는 어떻게 나올 거 같소?"

"핀란드인 피트 편에 붙을 거요. 소동이 벌어지면 피트와 맥그로의 가게 모두 큰 타격을 입을 거고. 사실 좀 타격을 받아도 마땅하지. 위스퍼 같은 자가 멀쩡히 돌아다니는데 가만히 앉아 있다면 난 머저리라 불려도 쌀 거요. 그놈이 죽든 내가 죽든 둘 중 하나요. 그자가 다이나를 죽인 것 같소?"

"그럴 수도 있지." 나는 리노에게 내 이름을 적은 종잇조각을 건네며 말했다. "다이나는 위스퍼를 배반했을 뿐 아니라 팔아넘기기까지 했소. 그것도 여러 번."

"당신과 다이나는 제법 친밀한 사이 아니었던가?"

나는 질문에 답하지 않고 담배에 불을 붙였다. 리노는 잠시 기다리다가 말했다.

"리커를 찾아가서 얼굴 한번 보여 주는 게 좋을 거요. 혹시라도 녀석이 심문받게 되면 당신이 어떻게 생겼는지 설명할 수 있어야 할 것 아니오."

그때 스물두 살 정도 되는 청년이 문을 열고 방으로 들어왔다. 다리가 길고 주근깨가 가득한 깡마른 얼굴에서 무모해 보이는 눈이 빛나고 있었다. 리노가 행크 오마라라고 소개했다. 나는 자리에서 일어나 그와 악수를 나눈 뒤 리노에게 물었다.

"언제든 여기로 오면 당신을 만날 수 있는 거요?"

"피크 머리 아시오?"

"한 번 만난 적 있소. 가게도 알고."

"머리에게 말하면 나한테 전달될 거요. 우린 여기서 나갈 계획이오. 여긴 그리 안전하지 않거든. 하여간 태너 건은 이제 정리된 거요."

"알겠소. 고맙구려."

나는 리노의 집에서 나왔다.

22장

얼음송곳

시내로 들어간 나는 먼저 경찰본부로 향했다.

맥그로가 서장 책상을 차지하고 앉아 금발 속눈썹 아래 두 눈으로 나를 의심스레 쳐다보았다. 가죽처럼 거친 얼굴은 평소보다 주름이 더 깊고 심술궂어 보였다.

"마지막으로 다이나 브랜드를 본 게 언제요?"

맥그로는 인사 한마디 없이 단도직입으로 물었다. 깡마른 코를 거쳐 나온 콧소리는 귀에 거슬리게 거칠었다.

"10시 40분경이었소. 그건 왜 묻소?"

"어디서?"

"다이나의 집에서."

"거기는 얼마나 있었소?"

"십 분이나 십오 분 정도."

"이유는?"

"무슨 이유 말이오?"

"왜 그렇게 금방 나왔냐 말이오."

나는 맥그로가 권하지도 않은 의자에 앉으며 물었다.

"그게 당신과 무슨 상관이지?"

맥그로가 날 노려보며 숨을 한껏 들이마시더니 "살인!" 하는 소리와 함께 내 얼굴에 내뿜었다.

"설마 다이나가 누넌 살해와 연관되었다고 생각하는 건 아니겠지?"

내가 웃으면서 말했다.

나는 담배를 피우고 싶었지만 그 순간에는 초조함을 달래기 위한 행동으로 보일 수 있었다.

맥그로가 내 눈을 들여다보려 했다. 나는 그에게 눈을 실컷 보여 주었다. 다른 많은 사람들처럼 나 역시 내가 거짓말할 때 가장 정직하게 보인다고 굳게 믿고 있었기 때문이다. 그는 곧 탐색을 집어치우고 물었다.

"왜 아니라는 거요?"

맥없는 발언이었다. 나는 "그러게 말이오. 왜 아닐까?" 하고 무심하게 말하고는 맥그로에게 담배를 권하고서 나도 하나 물었다. 그런 뒤 툭 내뱉었다.

"내가 보기엔 위스퍼가 한 짓 같소."

"위스퍼가 거기 있었소?"

맥그로는 처음으로 콧소리를 내지 않고 입으로 말을 내뱉었다.

"거기라니 어디 말이오?"

"다이나의 집 말이오."

"아니오." 내가 이마를 찡그리며 말했다. "뭐 하러 거기 있었겠소. 누넌을 죽이러 갔을 텐데."

"그놈의 누넌은!" 서장 대리가 짜증스레 외쳤다. "근데 자꾸 위스퍼를 끌어들이는 이유가 뭐요?"

나는 제정신이 맞느냐는 얼굴로 맥그로를 보았다.

"다이나 브랜드가 어젯밤 살해됐소." 맥그로가 말했다.

"설마?"

"이제 내 질문에 대답하시겠소?"

"물론이오. 난 누넌 일행과 함께 윌슨 영감의 집에 있었소. 거기서 10시 30분쯤에 나와서 다이나의 집에 들러 태너에 갈 일이 있다고 말해 줬소. 다이나와는 잠깐 시답잖은 얘기를 나눴소. 십 분 정도 한잔씩 하면서. 나 말고는 아무도 없었소. 숨어 있는 게 아니었다면 말이지만. 언제 살해됐소? 어떻게?"

맥그로는 탈러를 누넌 살해범으로 체포하는 데 도움을 받을 수 있을지 알아보게 셰프와 배너먼 형사를 다이나에게 보냈다고 말했다. 형사들은 9시 30분에 다이나의 집에 도착했다. 정문이 약간 열려 있었다. 초인종에 대답하는 사람도 없었다. 집에 들어간 두 형사는 다이나가 식당에 번듯이 누워 죽어 있는 것을 발견했다. 왼쪽 가슴에는 자상이 나 있었다.

검시를 집도한 의사에 따르면 다이나는 얇고 둥글고 뾰족한, 길이 15센티미터의 흉기로 새벽 3시경 살해되었다고 한다. 책상과 옷장, 트렁크 등은 능숙한 솜씨로 송두리째 털려 있었다. 핸드백에도 다른 어느 곳에도 돈은 한 푼도 남아 있지 않았다. 화장대 위에 놓인 보석 상자도 비어 있었다. 손가락에 낀 다이아 반지 두 개만 남아 있었다.

경찰은 다이나를 살해한 흉기를 발견하지 못했다. 지문 전문가는 쓸 만한 증거를 전혀 찾지 못했다. 문이나 창문이 강제로 열린 것 같지도 않았다. 부엌을 보면 다이나가 손님과 술을 마시고 있었다는 걸 알 수 있었다.

"15센티미터에 둥글고 얇고 뾰족하다면." 나는 흉기의 외양을 따라 읊었다. "듣고 보니 다이나가 쓰던 얼음송곳 같군."

맥그로는 전화기에 손을 뻗어 누군가에게 셰프와 배너먼을 들여보내라고 말했다. 셰프는 어깨가 구부정한 키 큰 사내로, 입이 엄숙할 정도로 정직해 보였는데 아마도 치열이 고르지 않아서인 듯했다. 배너먼은 키는 작지만 다부진 체격에 코에는 자줏빛 혈관이 드러나 있었고 목은 자라처럼 짧아서 거의 보이지 않았다.

맥그로는 나에게 셰프와 배너먼 형사를 소개한 뒤 그들에게 얼음송곳에 관해 물었다. 그들은 보지 못했다면서 거기에 없었던 게 확실하다고 말했다. 그런 물건을 놓칠 리가 있겠냐는 얘기였다.

"그 물건이 어젯밤엔 거기 있었소?" 맥그로가 내게 물었다.

"다이나가 그걸로 얼음을 깰 때 그 옆에 서 있었소."

내가 얼음송곳의 생김새를 자세히 설명해 주었다. 맥그로는 두 형사에게 다시 집을 수색하고 집 근방도 찾아보라고 지시했다.

셰프와 배너먼이 가고 나자 맥그로가 물었다.

"그 여자와 친했잖소. 당신 보기엔 어떻게 된 것 같소?"

"나도 아직 잘 모르겠소." 나는 질문을 회피했다. "한두 시간 정도 생각할 시간을 주시오. 한데 당신 생각은 어떻소?"

맥그로는 다시 심술궂은 표정으로 돌아가더니 툴툴거렸다.

"젠장 낸들 어떻게 알겠소이까?"

하지만 맥그로가 더 묻지 않고 나를 보내 줬다는 것은 탈러가 죽였다고 단정했다는 뜻이었다.

나는 난쟁이 도박꾼 탈러가 그랬을지, 아니면 이것도 포이즌빌 경찰서장들이 탈러에게 엉뚱한 혐의를 뒤집어씌우려는 것은 아닌지 생각해 보았다. 지금은 어느 쪽이든 별로 달라질 게 없을 듯싶었다. 분명한 것은 누넌을 처치한 것이(직접 했든 누굴 시켰든) 탈러이고, 탈러를 교수형에 처할 수 있는 기회가 한 번뿐이라는 점이었다.

맥그로의 사무실을 나서니 복도에 사람들이 잔뜩 몰려 있었다. 그중 몇몇은 아주 젊은 애송이들(진짜 어린애들)이었고 외국인도 꽤 눈에 띄었지만 대다수는 어느 모로 보나 한결같이 건달들이었다.

정문 근처에서 시더 힐 원정 때 같이 갔던 도너 경관을 만났다.

"안녕하시오. 웬 사람들이오? 교도소 비우고 다른 놈들이라도 잡아넣으려는 거요?"

"새로 편성된 특수부대입니다. 인원을 보강하고 있거든요."

도너가 가소롭다는 듯이 말했다.

"축하하오."

나는 이렇게 말하고 그 자리를 떠났다.

피크 머리의 당구장에 가 보니 시가 카운터 뒤 책상에서 건달 셋과 잡담을 나누는 머리를 찾을 수 있었다. 나는 다른 쪽에 앉아 애들 둘이 당구공을 갖고 노는 모습을 바라보았다. 얼마 후 호리호리한 몸매의 주인장 피크 머리가 내게 다가왔다.

"언제 리노를 보거든 핀란드인 피트가 자기 일당을 경찰 특수부대에 투입하고 있더라고 말해 주는 게 좋겠네."

"그래야겠군요."

머리가 고개를 끄덕이며 대답했다.

호텔로 돌아가자 미키 리니헌이 로비에 앉아 있었다. 나를 따라 내 방으로 올라온 뒤 그가 보고했다.

"댄 롤프가 지난밤 자정 넘어서 병원을 빠져나갔더군요. 의사들이 그 일로 열이 올라 있습니다. 보아 하니 오늘 아침에 그놈 두개골에서 작은 뼛조각들을 꺼내려고 한 모양입니다. 그런데 그 작자가 옷을 들고 사라진 거죠. 위스퍼는 아직 찾지 못했습니다. 딕은 빌 퀸트를 찾고 있고요. 이 다이나란 여자 살인은 어떻게 된 겁니까? 딕한테 들으니 선배님이 경찰보다 먼저 알고 있었다던데요."

"아마……."

그때 전화벨이 울렸다.

어떤 남자가 웅변하는 듯한 신중한 목소리로 내 이름 뒤에 물음표를 달며 나를 찾았다.

"그렇소만."

목소리가 용건을 말했다.

"저는 찰스 프록터 돈이라고 합니다. 최대한 빨리 틈을 내어 제 사무실에 들러 주시면 선생님께 큰 도움이 될 것입니다."

"뭐라고? 당신 누구요?"

"찰스 프록터 돈이라고 합니다. 변호사지요. 제 스위트룸은 그린가 310번지 러틀리지 블록에 있습니다. 쉽게 발견하실 수 있으리라……"

"무슨 용건인지 말해 줄 수 있겠소?"

"전화로는 논의하지 않는 게 가장 좋은 사안들도 있는 법이지요. 제 사무실에 들러……"

"좋소." 내가 다시 말을 잘랐다. "기회가 되면 오늘 오후에 찾아가겠소."

"매우 큰 도움이 되실 겁니다."

나는 전화를 끊었다.

"브랜드 살해 사건에 관해 말해 주시려던 참이었습니다."

미키가 말했다.

"그게 아냐. 롤프를 찾기가 그리 어렵지 않을 거란 얘기를 하려던 참이었네. 금이 간 두개골에 붕대를 친친 감고 있을 테니까. 한번 찾아보게. 먼저 허리케인가부터 뒤져 봐."

미키는 코미디언 같은 불그레한 얼굴로 히죽 웃고 나서 말했다.

"진행 상황은 말씀 안 하셔도 됩니다. 저야 치다꺼리나 해드릴 뿐인데요 뭐."

미키가 모자를 집어 들고 방에서 나갔다.

나는 침대에 큰대자로 누워 담배를 연거푸 피우며 전날 밤 일을 생각했다. 내 정신 상태와 의식을 잃었던 것, 꿈, 깨어났을 때의 상황. 의식의 흐름이 끊긴 것이 더없이 기쁠 만큼 불쾌한 일이었다.

그때 문을 손톱으로 긁는 소리가 들렸다. 나는 문을 열었다.

문앞에 낯선 남자가 서 있었다. 화려한 옷을 차려입은 깡마른 젊은이였다. 눈썹은 짙었고 작은 콧수염은 석탄처럼 검었으며 얼굴은 창백하고 매우 초조해 보였지만, 소심해 보이지는 않았다.

"테드 라이트라고 합니다." 청년은 손을 내밀며 내가 자기를 만난 게 반가운 일이라도 되는 양 말했다. "위스퍼한테 제 얘기 들으셨을 겁니다."

"위스퍼의 친구인가?"

"네, 그렇습니다." 테드는 두 손가락을 꼭 붙여서 들어 보였다. "바로 이런 사입니다."

나는 아무 말도 하지 않았다. 테드는 방을 한번 둘러보고 신경질적인 미소를 지은 채 열린 화장실 문으로 다가가 안을 들여다본 뒤 내게 돌아와서 혀로 입술을 적시고 나서야 다시 말문을 열었다.

"500달러만 주시면 해치워 드리겠습니다."

"위스퍼를?"

"넵. 더럽게 싸죠."

"내가 왜 위스퍼를 죽이고 싶어 해야 하지?"

"놈이 당신 계집을 없앴으니까요, 아닌가요?"

"그런가?"

"그걸 모를 만큼 어리석지는 않으실 텐데요."

그 순간 어떤 생각이 꿈틀거리기 시작했다. 생각이 물고를 트도록 시간을 벌기 위해 내가 말했다.

"거기 앉지. 얘길 좀 해야겠군."

"얘기고 뭐고 다 필요 없습니다." 테드는 나를 날카롭게 쳐다볼 뿐 의자에 앉을 생각도 안 했다. "놈을 죽이거나 말거나 둘 중 하납니다."

"그럼 말게."

테드는 목구멍 속에서 알아들을 수 없는 소리를 중얼거리더니 문을 향해 돌아섰다. 내가 그를 가로막자 그가 멈췄다. 두 눈은 안절부절못했다.

"위스퍼가 죽은 거로군?"

테드는 뒷걸음질을 치더니 한 팔을 뒤로 뺐다. 나는 86킬로그램의 무게를 모두 실어 그의 턱을 가격했다.

테드는 다리가 꺾이며 쓰러졌다.

나는 테드의 손목을 잡아 일으켜 세우고는 내 코앞까지 획 잡아당긴 다음 사납게 호통쳤다.

"어서 불어. 어떻게 된 거지?"

"난 당신한테 아무 짓도 안 했다고요."

"아는 대로 말해. 누가 위스퍼를 죽였나?"

"난 아무것도 몰라……"

나는 한쪽 손목을 놓고 손바닥으로 얼굴을 철썩 후려치고 나서 다시 양 손목을 바숴 버릴 듯 쥐면서 되풀이 물었다.

"누가 위스퍼를 죽였지?"

"댄 롤프요." 테드가 우는 소리를 했다. "댄이 위스퍼에게 다가가 위스퍼가 여자를 찌른 꼬챙이로 찔렀어요. 정말이에요."

"그게 위스퍼가 여자를 찌른 건지는 어떻게 알지?"

"댄이 그렇게 말했어요."

"위스퍼는 뭐라고 했는데?"

"아무 말도 안 했어요. 그 자식은 좆나 웃긴 표정이었어요. 옆구리에 꼬챙이 손잡이를 매단 채 서 있었죠. 그러더니 순식간에 권총을 꺼내 두 발을 마치 한 발을 쏘듯 댄을 쏘고는 댄과 같이 쓰러지다 머리통이 깨져 버렸죠. 댄은 붕대까지 피범벅이었어요."

"그 다음엔?"

"그게 끝이에요. 두 사람을 뒤집어 봤더니 모두 뻣뻣한 시체가 되었더라고요. 정말이에요."

"또 누가 있었지?"

"아무도 없었어요. 위스퍼는 숨어 지내고 있어서 제가 놈과 일당들 사이에서 연락해 줬거든요. 누넌을 직접 처리하고 난 뒤 놈은 한 이틀간은, 그러니까 진상을 알기 전까진 아무도 믿지 못했던 겁니다. 저만 빼고요."

"그래서 넌 약삭빠른 놈이니까 위스퍼의 적에게 달려가서 이미 죽은 그를 죽여 준답시고 돈을 뜯으려 했다?"

"전 아무 죄도 없어요. 하지만 여기선 위스퍼가 뒈졌다는 소문이 퍼지면 그 패거리들은 하루바삐 토껴야 한다고요." 테드가 징징거리며 설명했다. "그래서 도피 자금을 모아야 했다고요."

"지금까지 얼마나 모았지?"

"피트에게 100달러 받고, 피크 머리에게 (리노 대신) 150달러 받았어요. 일 끝나면 더 받을 거예요." 징징거리던 어조가 어느새 빼기는 목소리로 바뀌었다. "맥그로한테도 받아낼 자신이 있었고, 당신도 조금은 보태 줄 줄 알았죠."

"그런 어수룩한 계획에 귀한 쩐을 던져 주다니 다들 정신이 나간 모양이군."

테드가 우쭐거리며 대꾸했다.

"글쎄요. 그렇게 형편없는 계획은 아닐걸요."

테드가 태도를 바꾸어 다시 비굴한 얼굴로 말했다.

"한 번만 봐주세요, 대장. 눈 한번 질끈 감아 달라고요. 지금 50달러 드리고 맥그로한테 얼마라도 받으면 나눠 드릴게요. 일 끝내고 기차 탈 때까지만 눈 감아 주세요. 부탁이에요."

"위스퍼가 어디 있는지 아는 건 너뿐인가?"

"네, 저 말곤 아무도 몰라요. 쭉 뻗어 버린 댄만 빼고요."

"그 둘은 어디 있지?"

"포터가에 있는 낡은 레드먼 창고요. 뒤쪽으로 들어가 위층에 올라가면 위스퍼가 침대랑 스토브랑 먹을 걸 챙겨 놓은 방이 있어요. 제발 한번만 봐주세요. 지금 50달러 드리고 나중에 더 챙겨 드린다니까요."

나는 테드의 팔을 놔 주며 말했다.

"돈은 필요 없어. 어서 꺼지기나 해. 두 시간쯤 시간을 주마. 그 이상은 안 돼."

"고맙습니다, 대장. 고마워요. 정말 고맙습니다."

테드가 부리나케 도망쳐 버렸다.

코트와 모자를 챙겨 밖으로 나간 나는 그린 길과 러틀리지 블록을 찾아갔다. 그곳은 전성기가 있었는지도 의문스러운 오래된 목조 건물이었다. 찰스 프록터 돈의 사무실은 2층에 있었다. 엘리베이터는 없었다. 나는 낡아서 언제 무너질지 모를 위태로운 나무 계단을 올라갔다.

변호사 사무실은 방이 두 개였는데, 둘 다 지저분하고 어두울 뿐 아니라 냄새까지 났다. 바깥 사무실에서 기다리고 있으려니 그 방에 잘 어울리는 직원이 나와 내 명함을 변호사에게 가지고 갔다. 삼십 초 후 직원이 문을 열고 나와 안으로 들어가라고 손짓했다.

찰스 프록터 돈은 50대의 다소 뚱뚱한 사내였다. 삼각형 모양의 연한 색 눈은 탐색하는 듯했고, 코는 짧고 몽글몽글했다. 입은 매우 두툼해서 꽤나 탐욕스러워 보였다. 들쑥날쑥한 회색 콧수염과 들쑥날쑥한 회색 반다이크 턱수염 사이에 가려 잘 보이지 않는데도 욕심이 다 감춰지지 않을 정도였다. 옷은 실제로는 더럽지 않은데도 칙칙하고 지저분해 보였다.

내가 그곳에 있는 동안 내내 찰스 프록터 돈은 책상에서 일어나지도 않은 채 15센티미터 정도 열려 있는 책상 서랍 끝에 오른손을 올려놓고 있었다.

돈이 말문을 열었다.

"아, 친애하는 선생님, 제 조언의 가치를 알아보시다니 대단히 분별 있는 분이시군요. 만나 뵙게 되어 정말 반갑습니다."

전화로 듣는 것보다 더 웅변조의 목소리였다.

나는 아무 말도 하지 않았다.

찰스 프록터 돈은 내가 아무 말도 하지 않은 것이 뛰어난 분별력의 또 다른 증거라도 되는 양 수염을 한번 훑어 내리더니 이윽고 장광설을 늘어놓기 시작했다.

"정의의 신의 명예로운 이름에 걸고 말씀드리건대 앞으론 매사에 제 조언을 따르시는 것이 올바른 판단을 내리는 데 큰 도움이 되실 것입니다. 친애하는 선생님, 이 번영하는 주의 법조계에서 누구나가 공인하며 적절한 겸손과 진리에 대한 깊이 있는 인식은 물론 영원불변의 가치를 겸비한 한('한'이라는 표현 대신 '바로 저'라고 붙이는 것이 옳다고 생각하는 사람들이 있다는 것을 어째서 숨겨야 한단 말입니까?) 지도자로서, 저의 책임과 특권을 깊이 통감하며 한 치의 거짓도 없이 말씀드리는 바입니다."

찰스 프록터 돈은 이와 같이 장황한 문장을 상당히 많이 알고 있었고 그것들을 거침없이 내게 구사했다. 그가 다시 그 문장들을 구사하기 시작했다.

"따라서 2류 변호사가 하면 불법으로 보일 수 있는 행위도 그것을 행하는 사람이 해당 업계에서(에, 또 감히 말씀드리자면 단지 해당 업계만은 아니지만은) 비난의 여지를 주지 않을 만큼 확고부동한 명성을 떨치고 있는 사람이라면, 인류를 대표하는 그 개인이 인류에 봉사할 기회에 당면했을 적에 하찮은 인습을 조롱하는 더 위대한 윤리로 승화되는 것입니다. 그러므로 친애하는 선생님, 저는 조금의 주저도 없이 고리타분한 전례 같은 하찮은 것들은 고려사항에서 묵살해 버리고 선생님을 청하여 허심탄회하게, 친애하는 선생님, 저를 선생님의 법정 대리인으로 삼으시면 이익을 최대한으로 보존하게 될 것이라고 감히 말씀드리는 바입니다."

"비용은 얼마요?"

내가 물었다.

찰스 프록터 돈이 별안간 거만하게 태도를 바꾸며 말했다.

"그런 건 부차적인 문제에 불과합니다. 하지만 우리 관계에서 마땅히 상당한 위치를 차지하는 사안이므로 결코 간과하거나 무시해서는 안 되는 일이긴 하지요. 우선 1000달러라고 말씀드리겠습니다. 나중에는 물론……."

찰스 프록터 돈이 수염을 비비 꼬며 나머지 말을 끝내지 않았다.

나는 물론 그렇게 많은 돈은 갖고 있지 않다고 대답했다.

"물론 그러시겠지요, 친애하는 선생님. 당연합니다. 하지만 그것은 전혀 중요한 문제가 아닙니다. 그렇고말고요. 언제라도 좋습니다. 내일 오전 10시까지면 아무 때나 상관없습니다."

"내일 10시라. 이제 내가 왜 법정 대리인이 필요한지 알고 싶소."

찰스 프록터 돈은 얼굴이 벌게지며 분개한 어조로 말했다.

"친애하는 선생님, 이건 결코 농담할 일이 아닙니다. 이 점 분명히 말씀드립니다."

나는 농담이 아니라며 정말로 무슨 일인지 모르겠다고 말했다.

찰스 프록터 돈이 목을 가다듬더니 다소 중요한 일인 척 인상을 찡그리며 말했다.

"친애하는 선생님, 자신이 어떤 곤경에 봉착해 있는지 온전히 이해하지 못하셨을 수도 있겠지만, 선생님이 곧 직면하게 될 난관을(법적 난관 말씀이지요, 친애하는 선생님.) 전혀 감도 잡지 못하고 계시리라고 제가 생각할 줄 아셨다면 명백하게 터무니없는 일인 것이, 그 난관은 지금도 커지고 있고 고작해야 어젯밤, 친애하는 선생님, 어젯밤에 일어난 일인 까닭입니다. 하지만 지금은 그 일을 논의할 시간이 없습니다. 레프너 판사님과 긴급한 약속이 있거든요. 내일 오시면 좀 더 철저하게 세부적인 사항들을(확언하건대 그것들은 상당히 많습니다.) 기꺼이 선생님과 논의하겠습니다. 내일 오전 10시에 뵙겠습니다."

나는 다시 오마고 약속하고는 밖으로 나왔다. 그날 저녁은 내 방에서 맛없는 위스키를 마시며 언짢은 생각에 잠겨, 미키와 딕에게서, 오지 않는 보고를 기다렸다. 자정쯤 나는 잠자리에 들었다.

23장

미스터 찰스 프록터 돈

다음 날 아침 반쯤 옷을 입었을 때 딕 폴리가 들어왔다. 그는 간결한 어조로 빌 퀸트가 마이너스 호텔에서 전날 정오에 체크아웃한 뒤 종적을 감추었다고 보고했다.

12시 35분에 오그덴 행 기차가 퍼슨빌을 출발했다. 딕이 콘티넨털 솔트레이크 지부에 연락하여 오그덴 역에 사람을 보내 퀸트를 추적하라고 요청했다.

"어떤 단서도 놓쳐서는 안 될 상황이지만 퀸트는 우리가 찾는 사람이 아닌 것 같아. 다이나에게 차인 지도 오래됐고. 그 때문에 일을 벌이려 했다면 벌써 하고도 남았을 거야. 내 추측엔 다이나가 살해됐다는 소식을 듣고 잠적한 것 같아. 그녀에게 버림받고 협박한 적이 있으니까 말이야."

딕이 고개를 주억거리며 말했다.

"어젯밤 노상에서 총격전이 벌어졌습니다. 강도였죠. 밀주를 실은 트럭 넉 대가 공격받아 불바다가 됐습니다."

거구의 밀주사업자 피트가 일당을 별동대에 넣었다는 소식에 리노 스타키가 응답한 모양이었다.

미키 리니헌은 내가 옷을 다 입었을 때 도착했다.

"댄 롤프가 그 집에 있었던 건 맞습니다. 모퉁이에 있는 그리스인 식료품점 주인이 어제 아침 9시쯤 댄이 나오는 걸 봤답니다. 혼잣말을 중얼대며 비틀비틀 걸어가더래요. 그래서 술에 취한 줄 알았답니다."

"어째서 경찰에 연락하지 않았대? 아님 연락했나?"

"아무도 물어보지 않아서 가만 있었답니다. 이 도시 경찰들 참 훌륭해요. 어떻게 할까요? 경찰 대신 댄을 찾아 이제껏 쌓인 혐의로 경찰에 넘길까요?"

"맥그로는 위스퍼가 다이나를 죽였다고 단정하고 있어. 그 결론을 입증하는 단서가 아니면 신경도 쓰지 않아. 나중에 얼음송곳을 찾으러 온 게 아니라면 댄 롤프는 아니야. 다이나는 새벽 3시에 살해됐어. 댄 롤프는 8시 30분에 거기 없었는데, 그때까지도 얼음송곳은 그대로 다이나 가슴에 박혀 있었거든. 그건……."

딕 폴리가 내 앞으로 바싹 다가서더니 다그쳐 물었다.

"그걸 어떻게 아시죠?"

나를 쳐다보는 딕의 눈길이나 말투가 몹시 거슬렸다.

"내가 그렇다면 그런 거야."

딕이 입을 다물었다. 미키가 씩 하고 얼간이 같은 웃음을 지으며 물었다.

"이제 어떻게 하죠? 이 일부터 해치우죠."

"10시에 약속이 있네. 내가 돌아올 때까지 호텔 근처에 있어. 위스퍼와 롤프는 죽은 것 같아. 그러니 그자들을 찾아다닐 필요 없어." 나는 딕을 노려보며 말했다. "나도 들은 얘기야. 내가 죽인 게 아니라."

작은 캐나다인 딕은 눈을 깔지 않고 고개만 끄덕였다.

혼자 아침을 먹은 뒤 변호사 사무실로 향했다.

킹가에서 모서리를 돌려던 순간 그린가로 자동차를 몰고 오는 행크 오마라의 주근깨투성이 얼굴이 보였다. 옆자리에는 모르는 사내가 타고 있었다. 키다리 행크가 내게 손짓을 하며 차를 세웠다. 나는 그에게 다가갔다.

"리노가 만나고 싶답니다."

"어디로 가야 하지?"

"타시죠."

"지금은 못 가. 오후나 돼야 할 거야."

"그럼 시간 날 때 피크 머리한테 가 보세요."

나는 그러마고 대답했다. 오마라 일행은 그린 길로 차를 몰았다. 나는 남쪽으로 반 블록을 걸어 러틀리지 블록에 도착했다.

변호사 사무실로 올라가는 낡아빠진 계단에 첫 발을 디디려다 뭔가가 눈에 띄어 그 자리에 멈춰 섰다.

그것은 1층의 희미한 구석에 있어서 잘 보이지 않았다. 신발 한 짝이었다. 누가 벗어놓은 것 같은 모양새는 아니었다.

나는 계단에서 발을 떼고 신발이 있는 곳으로 다가갔다. 그러자 신발 등 위로 검정 바짓단과 발목이 나타났다.

덕분에 곧 발견하게 될 것에 각오가 되었다.

찰스 프록터 돈은 계단 뒤와 벽 사이의 우묵한 벽감 속에서 빗자루 두 자루와 대걸레, 양동이 사이에 처박혀 있었다. 이마를 대각선으로 가로지른 칼자국에서 흘러나온 피로 반다이크 수염이 붉게 물들어 있었다. 머리는 목이 부러져야만 가능한 각도로 옆 뒤로 꺾여 있었다.

나는 누넌이 즐겨 쓰던 "일어날 일은 일어나야지."라는 말을 혼잣말로 따라하며 죽은 남자의 코트 한쪽을 조심스레 들어 올려 안주머니에서 검정색 수첩과 서류 다발을 꺼냈다. 코트 주머니에는 쓸 만한 것이라곤 아무것도 없었다. 나머지는 시신을 움직이지 않고는 뒤질 수 없었기에 그대로 두고 나왔다.

오 분 뒤 호텔로 돌아온 나는 로비에 있는 딕과 폴리를 피하기 위해 옆문을 통해 1층과 2층 사이의 계단참으로 올라가 엘리베이터를 탔다.

나는 방에 주저앉아 노획물을 살폈다.

먼저 수첩을 살펴보았다. 어느 문구점에서나 구할 수 있는 인조가죽으로 만든 작은 싸구려 수첩이었다. 그 속에는 나랑은 아무 관계도 없는 메모 쪼가리들과 서른 명쯤 되는 사람들의 이름과 주소가 있었는데, 딱 하나 예외가 있었다.

헬렌 앨버리

허리케인가 1229번지 A

이것이 내 관심을 끈 이유는 첫째, 로버트 앨버리라는 젊은 사내가 도널드 윌슨이 다이나 브랜드와 잘해 나가는 줄 알고 질투가 나서 그를 쏴 죽였다고 시인하고 감옥에 있다는 점이었다. 둘째, 다이나 브랜드가 허리케인가 1229번지 A의 건너편인 1232번지의 자기 집에서 살해되었다는 점이었다.

수첩에 내 이름은 없었다.

수첩을 옆으로 밀쳐놓고 이번에는 서류 뭉치를 펼쳐보았다. 이번에도 대부분은 아무 소용 없는 것들이었다. 하지만 한참이 지난 뒤 마침내 쓸 만한 것이 나왔다.

고무줄로 묶여 있는 편지 네 통이었다.

편지는 개봉한 봉투에 들어 있었는데, 봉투에는 평균 일주일 간격의 소인이 찍혀 있었다. 가장 최근 편지는 6개월밖에 안 된 것이었다. 수신인은 다이나 브랜드였다. 가장 처음에 쓴 것은 연애편지치고 썩 나쁘지 않았다. 두 번째는 약간 우스꽝스러웠다. 세 번째와 네 번째는 열렬하지만 결국 성공하지 못한 구애자가, 특히 그 구애자가 나이가 들어 가고 있을 경우에 얼마나 우스꽝스럽게 보이는지를 알려 주는 훌륭한 본보기라 할 만했다. 편지에는 네 통 모두 일라이휴 윌슨의 이름이 씌어 있었다.

왜 찰스 프록터 돈이 나를 협박해서 1000달러를 받아낼 수 있으리라고 생각했는지 결정적인 증거는 찾지 못했지만, 생각해 볼 거리는 넉넉했다. 나는 파티마 담배 두 개비를 연거푸 피워 머리를 환기한 뒤 아래층으로 내려갔다.

내가 미키에게 말했다.

"나가서 찰스 프록터 돈이라는 변호사에 관해 좀 알아봐. 그린가에 사무실이 있어. 사무실에 들어가진 말고 시간도 많이 쓰지 말게. 단시간에 대충만 알아오면 돼."

딕에게는 허리케인가 1229번지 A로 먼저 출발할 테니 오 분 뒤에 그 부근까지 따라오라고 말했다.

1229번지 A는 다이나의 집 바로 맞은편에 있는 2층짜리 건물의 위층이었다. 1229번지는 주거지 두 개로 나뉘어 있었는데, 각 집마다 출입구가 따로 있었다. 나는 내 목적지의 초인종을 눌렀다.

문을 연 것은 열여덟이나 열아홉쯤 되어 보이는 깡마른 소녀였다. 노르스름한 얼굴에는 윤기가 제법 흘렀고, 짧게 친 갈색 머리카락은 촉촉이 젖어 있었으며, 좁은 양미간에는 어두운 두 눈이 빛나고 있었다.

나를 보자 소녀는 겁에 질려 목이 막힌 듯한 소리를 지르며 두 손으로 입을 가린 채 뒷걸음질쳤다.

"헬렌 앨버리 양이죠?" 내가 물었다.

헬렌이 부인하며 고개를 세차게 흔들었다. 거짓말이었다. 그녀의 눈빛은 정상이 아니었다.

"들어가서 잠시 얘기 좀 나누고 싶은데."

내가 말하면서 집으로 들어가 문을 닫았다.

소녀는 아무 대꾸도 하지 않았다. 그러고는 정면으로 보이는 계단으로 올라가며 고개를 외로 꼬아 겁에 질린 눈으로 자꾸만 나를 살폈다.

우리는 가구라곤 거의 찾아볼 수 없는 거실로 들어갔다. 창문으로 다이나의 집이 보였다.

소녀는 여전히 손으로 입을 가린 채 방 한가운데 서 있었다.

나는 소녀를 해치러 온 게 아니라고 열심히 설득했지만 결국 허사였다. 내가 말을 할수록 그녀의 공포심은 더욱 커지는 것 같았다. 정말 성가신 노릇이었다. 마침내 설득을 포기한 나는 본론으로 들어갔다.

"로버트 앨버리의 여동생 맞지?"

극도의 공포심으로 하얗게 질린 표정 외에는 아무런 대답이 없었다.

"오빠가 도널드 윌슨 살해범으로 체포된 뒤 아가씨는 이 집으로 들어와서 다이나를 감시해 왔어. 왜 그랬지?"

역시 한 마디도 대답은 돌아오지 않았다. 이제 나는 자문자답하는 꼴이 되었다.

"복수를 하기 위해서였지. 아가씨는 다이나 브랜드 탓에 오빠가 살인범이 되었다고 생각한 거야. 그래서 기회를 노렸지. 그저께 밤에 드디어 기회가 왔어. 아가씨는 다이나가 술에 취한 걸 보고 집으로 숨어들어가 거기 있던 얼음송곳으로 그 여자를 찌른 거야."

소녀는 여전히 아무 말도 없었다. 겁에 질린 그녀에게 충격을 줘 봤지만 기억을 되살릴 수는 없었다.

"돈이 아가씨를 도와 책략을 짜 준 거야. 돈은 일라이휴 윌슨의 편지를 갖고 싶어 했거든. 돈이 편지를 찾아오라고 보낸 자가 누구지? 다이나를 살해한 진범이 누구냐고. 도대체 누구냐고!"

이렇게까지 으르대 봐도 아무 소용 없었다. 헬렌의 표정, 아니 무표정에는 아무런 변화가 없었다. 그녀는 입을 꾹 다물고 있었다. 소녀의 엉덩이라도 한 대 때려 주고 싶었다.

"말할 기회는 충분히 줬어. 난 아가씨 이야기를 듣고 싶으니까. 하지만 좋을 대로 해."

소녀는 입을 다무는 쪽을 택했다. 나는 포기했다. 소녀가 무서웠다. 더 윽박지르면 침묵보다 더 미친 짓을 저지를지도 모를 일이었다. 나는 집을 나왔지만 여전히 소녀가 내 말을 단 한 마디라도 알아들었는지 자신이 없었다.

길모퉁이에서 내가 딕 폴리에게 말했다.

"저 안에 헬렌 앨버리라는 소녀가 있어. 열여덟 살에 키는 153센티미터, 깡말라서 몸무게는 45킬로그램이나 나갈까 싶고, 미간이 좁고, 눈은 갈색에 피부는 노랗고, 뻣뻣한 갈색 커트 머리야. 지금 회색 옷을 입고 있어. 그 애를 미행해. 혹시라도 자네한테 달려들면 유치장에 처넣어 버려. 조심해. 빈대처럼 미쳐 날뛸지도 몰라."

나는 리노를 찾아 뭘 원하는지 알아보러 피크 머리의 가게로 향했다. 목적지에서 반 블록 떨어진 곳에 이르자 나는 먼저 상황을 살피려고 어떤 건물 입구로 들어갔다.

죄수 호송차 한 대가 머리의 당구장 앞에 서 있었다. 많은 사람들이 당구장에서 호송차로 끌려들어갔다. 어떤 자는 팔목을 잡힌 채 걸어나오고 어떤 자는 질질 끌려나오고 어떤 자는 떠메여 나왔다. 하지만 그들을 잡고 나오고, 질질 끌고 가고, 떠메고 가는 자들은 보통 경찰과는 달라 보였다. 짐작건대 특수부대에 들어간 피트의 부하들 같았다. 피트는 맥그로의 도움을 받아 탈러와 리노가 바란다면 전쟁도 불사하겠다던 위협을 실행하고 있었던 것이다.

내가 지켜보는 가운데 구급차 한 대가 도착하여 부상자들을 싣고 갔다. 나는 너무 멀리 떨어져 있어서 그가 누군지 또 몇 명이나 되는지도 알아볼 수 없었다. 소동이 한풀 꺾였다 싶자 나는 두어 블록을 돌아 호텔로 돌아왔다.

미키 리니헌이 찰스 프록터 돈에 관한 정보를 가지고 기다리고 있었다.

"그 친구에 관한 농담 한마디 알려 드리죠. '그 사람 형사법 변호사인가요?' '네, 형사한테 신세 많이 지는 변호사죠.' 선배님이 잡은 앨버리라는 녀석 말인데요, 그 가족 중 누군가가 돈이라는 변호사에게 앨버리의 변호를 맡겼다는군요. 앨버리는 돈이 만나러 가자 상대도 하지 않았고요. 이 악명 높은 사기꾼은 지난해 힐이라는 목사를 협박한 혐의로 하마터면 징역살이를 할 뻔했는데, 용케 모면했다는군요. 리버트가에 부동산이 좀 있다지요. 어딘지는 모르겠고요. 계속 파 볼까요?"

"그거면 됐어. 딕한테 연락 올 때까지 여기서 기다리게."

미키는 하품을 찢어지게 하고 나서 자기는 진종일 뛰어다니지 않아도 혈액 순환이 잘 되는 사람이니 잘 됐다며 좋아라 하면서 우리가 전국적으로 유명인이 되고 있는 것을 아냐고 물었다.

나는 무슨 소리냐고 물었다.

"우연히 토미 로빈스를 만났어요. 연합통신이 이번 사건을 다루라고 이리로 파견했다더군요. 다른 통신사와 대도시 신문사 몇 곳에서도 특파원을 보내 우리 얘기를 대서 특필한다던데요."

나는 늘상 입에 달고 사는 불평을 시작했다. 신문이란 것은 도무지 일을 온통 어지럽혀서 사건을 수습할 수 없게 만드는 데 말고는 아무 짝에도 쓸모 없는 물건이라고. 그때 한 소년이 내 이름을 불렀다. 10센트 동전 하나를 주니 내게 전화가 왔다고 알려 주었다.

딕 폴리였다.

"곧바로 나오더군요, 그린가 310번지로요. 경찰이 쫙 깔렸던데요. 돈이라는 변호사가 살해됐답니다. 경찰이 여자를 시청으로 데려갔습니다."

"여자는 아직 거기 있나?"

"네, 서장실에 있습니다."

"계속 붙어 있게. 뭐든 알아내면 즉시 알리고."

나는 미키 리니헌에게 내 방 열쇠를 주고 지시했다.

"내 방에 꼭 붙어 있게. 나한테 오는 건 모두 받아서 전해 주고. 난 모퉁이의 새넌 호텔에 J. W. 클라크라는 이름으로 묵고 있을 거야. 딕한테만 말해 둬."

미키는 "대체 어떻게 된 일입니까?"라고 물었지만 대답을 듣지 못하자, 온 관절을 흐물거리며 그 큰 덩치를 끌고 엘리베이터로 향했다.

24장

지명 수배

나는 새넌 호텔로 가서 숙박부에 가명을 적고 숙박비를 지불한 뒤 321호에 들어갔다.

한 시간이 지나서야 전화벨이 울렸다.

딕 폴리가 나를 만나러 오겠다고 했다.

딕은 오 분이 채 못 되어 도착했다. 걱정으로 수척해진 얼굴이 몹시 굳어 있었다. 목소리도 마찬가지였다.

"선배님한테 체포 영장이 나왔습니다. 살인 두 명, 브랜드와 돈. 제가 전화했고. 미키는 거기 있겠다고. 선배님이 여기 계시다고 했습니다. 경찰이 그를 잡아갔어요. 지금 그를 조지고 있습니다."

"어, 나도 그럴 줄 알고 있었어."

"저도요."

딕이 날카롭게 쏘아붙였다.

나는 느릿한 어조로 대꾸했다.

"딕, 자넨 내가 그 둘을 죽였다고 생각하나, 그런 거야?"

"죽이지 않았다면 지금 당장 아니라고 말하면 됩니다."

"날 밀고라도 할 생각인가?"

딕이 입술을 앙다물었다. 갈색 얼굴이 해쓱해졌다.

"샌프란시스코로 돌아가게, 딕. 자네한테 신경 쓸 일 말고도 할 일이 태산 같아."

내가 말했다.

딕은 매우 조심스럽게 모자를 쓰더니 역시 매우 조심스럽게 문을 닫고 나갔다.

난 4시에 점심을 먹고 담배를 태우며 《이브닝 헤럴드》를 받아보았다.

다이나 브랜드 살인 사건과 함께 새로 일어난 찰스 프록터 돈 살인 사건이 《이브닝 헤럴드》의 1면을 반반씩 차지하고 있었다. 헬렌 앨버리가 연관된 것으로 나왔다.

기사 내용에 따르면 헬렌 앨버리는 로버트 앨버리의 여동생으로, 오빠의 자백에도 불구하고 그가 살인자가 아니라 음모의 희생자라고 굳게 믿었다. 헬렌은 오빠를 변호하기 위해 찰스 프록터 돈을 고용했다. (십중팔구 찰스 프록터 돈이 먼저 헬렌을 찾아간 것이 분명했다.) 로버트 앨버리는 돈뿐 아니라 어떤 변호사도 거부했지만 헬렌은 (필시 돈의 부추김에 놀아나) 소송을 포기하지 않았다.

다이나 브랜드의 집 건너편에 빈 집이 나왔다는 사실을 알고 헬렌 앨버리는 그곳을 빌려 쌍안경을 가지고 잠복했다, 다이나와 그 지인들이 도널드 윌슨 살인 사건의 진범이라는 사실을 증명하겠다는 일념으로.

나도 그 '지인' 중 하나로 보였던 모양이다. 《이브닝 헤럴드》는 나를 가리켜 "샌프란시스코에서 온 사립탐정으로, 이 도시에 며칠 동안 머물면서 맥스('위스퍼') 탈러를 비롯해 대니얼 롤프, 올리버('리노') 스타키, 다이나 브랜드와 친밀하게 지낸 것으로 보인다."고 했다. 바로 우리가 로버트 앨버리를 음모에 빠뜨린 범죄자들이었던 것이다.

《이브닝 헤럴드》에 따르면, 다이나가 살해되던 날 밤 헬렌 앨버리는 창문으로 다이나의 집을 엿보다가 이후 다이나의 시신이 발견된 사정과 관련해 고려해 볼 때 지극히 중요한 사실을 목격했다. 헬렌은 살인 소식을 들은 직후에 그 사실을 찰스 프록터 돈에게 알렸다. 돈의 직원들에게 경찰이 물으니 돈은 그날 오후에 나와 밀담을 나누었다. 그러고는 직원들에게 내가 다음날, 그러니까 오늘 아침 10시에 그의 사무실에 다시 방문할 거라고 말했다. 오늘 아침에 나는 약속을 지키지 않았다. 10시 25분에 러틀리지 블록의 수위가 살해된 찰스 프록터 돈의 시신을 계단 뒤쪽에서 발견했다. 범인은 시신의 주머니에서 귀중한 서류를 훔쳐 간 것으로 보인다.

수위가 시신을 발견한 순간 나는 헬렌 앨버리의 집에 강제로 들어가 그녀를 위협하고 있었다. 헬렌은 간신히 나를 내보내고는 서둘러 돈의 사무실로 갔지만 이미 경찰이 출동해 있어서 그들에게 그간의 이야기를 했다. 내 호텔방에 들이닥친 경찰은 나를 찾지는 못했지만 나와 마찬가지로 샌프란시스코 사립탐정이라고 주장하는 마이클 리니헌이라는 남자를 발견했다. 마이클 리니헌은 아직도 경찰에서 심문을 받고 있다. 탈러와 리노, 롤프 그리고 나는 살인혐의로 수배 중이다. 기사는 수사상의 중대한 진전이 있기를 기대한다며 끝이 났다.

2면에는 흥미로운 반 칼럼짜리 기사가 있었다. 다이나의 시신을 발견한 셰프와 배너먼 형사가 수수께끼처럼 사라진 것이다. 우리 '지인들'이 비열한 짓을 저질렀을 것으로 보인다는 내용이었다.

어젯밤 일어난 약탈 사건과 피크 머리의 술집 습격 사건에 관해서는 기사 한 줄도 나지 않았다.

나는 어두워지고 나서야 밖으로 나왔다. 리노와 만나고 싶었다.

나는 약국에 들어가 피크 머리의 당구장으로 전화를 했다.

"피크 거기 있나?"

"내가 피큰데." 피크와는 전혀 다른 사람의 목소리가 되물었다. "댁은 뉘신가?"

나는 빈정거리는 말투로 "그럼 난 릴리언 기시(미국의 배우. 무성영화인 「국가의 탄생(Birth of a Nation)」, 「태양 아래 결투(Duel in The Sun)」 등에 출연했다. — 옮긴이)다."라고 내뱉고는 수화기를 내려놓고 그 자리를 떠났다.

나는 리노를 찾으려는 생각을 버리고 돈의 시신에서 훔쳐낸, 다이나 브랜드에게 쓴 연애편지로 의뢰인 일라이휴 영감을 을러서 고분고분하게 만들어 보기로 작정했다.

거리의 가장 어두운 곳만 골라서 걸었다. 운동을 싫어하는 남자가 걷기에는 꽤 긴 거리였다. 윌슨 영감 집이 있는 블록에 거의 다 왔을 무렵 나는 평소 영감과 나누던 방식대로 대화를 하기에 딱 맞는 언짢은 기분이었다. 하지만 아직 그를 만날 때가 안 된 모양이었다.

내가 목적지까지 보도블록을 두 개쯤 남겨 두었을 때 누군가 나를 보고 "쉬이잇." 하고 속삭였다.

깜짝 놀라 필시 6미터는 좋이 뛰어올랐을 것이다.

"걱정 마슈." 목소리가 속삭였다.

내가 기어든 덤불 속은 어두웠다. 하지만 조심스레 내다보니 (그때 나는 누군가의 앞뜰에 네 발로 웅크리고 있었다.) 울타리

가까이에 쭈그리고 있는 한 사내의 형체가 보였다.

이제 나는 손에 총을 쥐고 있었다. 걱정 말라는 사내의 말을 곧이들어서 안 될 별다른 이유도 없었다.

일어나서 사내에게 다가갔다. 가까이 가 보니 전날 로니가의 집으로 들여보내 준 사내들 중 하나였다.

사내의 옆에 쭈그리고 앉아 물어보았다.

"어딜 가야 리노를 만날 수 있지? 행크 오마라가 그러는데 리노가 날 만나고 싶어 한다더라고."

"그렇소. 키드 머클라우드 가게 어딘지 아슈?"

"모르겠는데."

"킹가 위쪽 마틴가의 골목 모퉁이에 있수다. 키드를 찾으슈. 저쪽으로 세 블록 되돌아가서 상업 구역으로 가슈. 바로 찾을 수 있을 거요."

나는 잘 알겠다고 말하고 울타리 뒤에 쭈그리고 있는 사내의 곁을 떠났다. 그는 내 의뢰인의 집을 감시하며 아마도 피트나 탈러 혹은 또 다른 리노의 적이 혹시라도 일라이휴 영감을 찾아오면 한 방에 쏘아 죽이려고 기다리는 모양이었다.

사내가 알려 준 대로 길을 따라가 보니 빨강과 노랑 페인트를 뒤집어쓴 음료 및 럼주 가게가 나타났다. 안에 들어가서 키드 머클라우드를 찾았다. 뒤쪽에 있는 방으로 안내되어 들어가니 지저분한 칼라를 달고 금니를 잔뜩 박아 넣고 귀가 한쪽

밖에 없는 뚱뚱한 남자가 자기가 머클라우드라고 했다.

"리노가 날 찾는다더군. 어디 가면 만날 수 있소?"

"그러는 당신은 누구쇼?"

내가 이름을 말해 주자 머클라우드는 아무 말 없이 나가 버렸다. 나는 한 십 분 동안 기다렸다. 그가 열다섯 정도 된 소년을 데리고 돌아왔다. 여드름이 나 울긋불긋한 얼굴에는 아무 표정도 없었다.

"서니랑 같이 가쇼."

키드 머클라우드가 말했다.

소년을 따라 옆문으로 빠져나온 나는 뒷골목을 두 블록 걷고 모래사장을 건너 낡은 문으로 들어간 뒤 목조 건물의 뒷문으로 올라갔다.

소년이 문을 두드리자 안에서 누구냐고 소리쳤다.

"서니예요. 키드가 보낸 사람이랑 같이 왔어요."

문을 연 사람은 키다리 행크 오마라였다. 서니는 어느새 사라지고 없었다. 부엌에 들어가 보니 리노 스타키와 다른 사내 네 명이 식탁에 맥주를 잔뜩 쌓아놓고 둘러앉아 있었다. 내가 들어온 문 위쪽에는 자동권총 두 자루가 못에 걸려 있었다. 무심코 안에서 문을 열었을 때 적이 총을 들고 나타나 손을 들라고 하면, 거기 걸려 있는 총이 요긴하게 쓰일 터였다.

리노는 내게 맥주를 한 잔 따라 준 뒤 나를 데리고 건물 앞쪽 방으로 갔다. 한 사내가 배를 깔고 엎드린 채 한쪽 눈으로 블라인드와 창문 사이로 바깥을 내다보며 거리를 감시하고 있었다.

"가서 맥주 좀 하고 있어."

리노가 사내에게 말했다.

사내가 일어나서 나갔다. 우리는 되는 대로 의자를 끌어당겨 자리를 잡았다.

"당신이 태너에 있었다는 알리바이를 만들어 줬을 때 난 최대한 아군을 많이 확보해야 하기 때문이라고 말했소."

"그럼 한 명은 확보한 셈이오."

"태너 알리바이는 아직 깨지지 않았소?"

"아직은 괜찮소."

"괜찮을 거요. 불리한 증거를 너무 많이 잡히지 않았다면 말이오. 어떤 것 같소?"

불리한 증거는 너무 많았다. 하지만 나는 말했다.

"괜찮다고 하지 않았소. 맥그로는 그냥 장난을 치고 싶은 거요. 내버려 두면 저절로 수그러들 거요. 그건 그렇고 당신 쪽 사정은 어떻소?"

리노가 잔을 비우고 손등으로 입을 닦으며 말했다.

"난 잘될 거요. 사실 바로 그래서 보자고 한 거요. 지금 상황은 이렇소. 피트는 맥그로에게 붙었소. 경찰과 밀주 패거리가 한편이 되어 위스퍼와 맞서게 됐다는 뜻이오. 그런데 젠장! 나랑 위스퍼는 놈들의 합동 공격에 대항하기는커녕 서로 못 잡아먹어 안달이란 말이오. 이건 어리석기 짝이 없는 짓이오. 필시 우리가 다투는 동안 놈들이 어부지리로 우리를 집어삼킬 거요."

나도 똑같은 생각을 하고 있었다고 말했다. 리노가 다시 말을 이었다.

"당신 얘기라면 위스퍼도 들을 거요. 그를 찾아가 주겠소? 그에게 전해 주시오. 내 제안은 이렇소. '지금 위스퍼는 제리 후퍼를 죽인 문제로 날 잡으려고 하고, 나는 선수를 쳐서 그를 제거하려고 한다. 하지만 한 이틀 동안만 그건 잊어버리자. 서로 믿을 필요까지는 없다. 위스퍼는 어차피 직접 나서는 법이 없다. 그냥 애들만 보낼 뿐이다. 나도 이번엔 똑같이 하겠다. 우리 두 패의 애들을 총동원해서 한바탕 휘저어 버리는 거다. 두 패거리가 하나로 뭉쳐 그 빌어먹을 핀란드 놈을 없애고 난 다음에는 우리끼리 총질할 시간은 얼마든지 있을 것이다.'

내 말을 잘 전달해 주시오. 내가 위스퍼든 다른 누구든 싸움을 피하고 싶어 한다는 인상을 주지 않도록 말이오. 피트만 해치워 버리면 우리는 마음 놓고 싸움질을 할 수 있을 거요. 피트는 위스키타운에 숨어 있소. 내 부하들만으로 거기서 그를 끌어내기엔 역부족이오. 위스퍼도 마찬가지고. 우리 둘이 힘을 합하면 가능하오. 이 말을 꼭 전해 주시오."

"위스퍼는 죽었소."

"정말이오?"

리노가 믿을 수 없다는 표정으로 물었다.

"어제 아침에 댄 롤프가 낡은 레드먼 창고에서 위스퍼가 다이나를 찌른 얼음송곳으로 그를 찔러 죽였소."

리노가 다시 따져 물었다.

"확실한 얘기요? 그냥 생각나는 대로 떠드는 건 아니고?"

"확실하오."

"위스퍼의 부하들 중 누구도 놈이 죽은 것처럼 행동하지 않았다니 정말 우습군."

리노가 내 말을 믿기 시작하는 것 같았다.

"그자들은 모르고 있거든. 위스퍼는 숨어 있었고, 그가 어디 있는지는 테드 라이트만 알고 있었소. 테드는 위스퍼가 죽은 걸 알았지. 그 자식은 그걸로 돈도 벌었소. 나더러 당신한테서도 피크 머리를 통해 100달런가 150달러 받았다고 하던데."

"그런 정보라면 그 바보천치한테 두 배라도 줬을 텐데."

리노가 투덜댔다. 그는 턱을 한 번 문지르고 나서 말했다.

"흠, 그럼 위스퍼 건은 정리됐군."

"아니오."

"아니라니 무슨 말이오?"

내가 제안했다.

"부하들이 위스퍼가 어디 있는지 모른다면 알려 줍시다. 그들은 누넌이 위스퍼를 가뒀을 때 그를 감방에서 탈옥시켰소. 맥그로가 비밀리에 위스퍼를 잡아 가뒀다는 말이 퍼지면 이번에도 그러지 않겠소?"

"계속해 보시오."

"이번에도 위스퍼의 부하들이 위스퍼가 갇혀 있는 줄 알고 감방을 친다면 피트의 별동대는 물론이고 경찰 전체에도 큰 타격이 될 거요. 그러면 그동안 당신은 위스키타운에서 운을 시험해 볼 수도 있지 않겠소."

"아마도 어쩌면 그 방법을 시도해 봐야 할지 모르겠구려."

리노가 천천히 중얼거렸다.

"내 생각엔 분명히 통할 거요." 나는 다시 한 번 리노를 부추긴 뒤 자리에서 일어났다. "나중에 봅시……"

"잠깐만 기다리시오. 당신 앞으로 체포 영장이 나와 있으니 이곳에서 지내는 것도 괜찮을 거요. 우리도 당신처럼 좋은 사람이랑 같이 있으면 좋고."

나는 마음이 내키지 않았다. 그렇다고 사실대로 말하면 안 된다는 것쯤은 알았다. 나는 다시 자리에 앉았다.

리노는 소문을 퍼뜨리느라 분주했다. 전화통에 불이 났다.

부엌문은 들락거리는 사람들로 쉴 틈이 없었다. 나간 자보다는 들어온 자가 많았다. 팽팽한 긴장이 맴도는 가운데 집 안은 사람과 담배 연기로 가득 찼다.

25장

위스키 타운

1시 30분쯤 리노가 전화를 받고 돌아왔다. 그러고는 큰 소리로 말했다.

"자, 출동이다!"

리노는 위층으로 올라갔다. 다시 내려왔을 때는 검정색 여행 가방을 들고 있었다. 부하들이 부엌문으로 거의 다 빠져나간 뒤였다.

리노가 내게 검정색 가방을 건네면서 말했다.

"너무 흔들지는 마시오."

가방은 무거웠다.

마지막까지 집에 남아 있던 일곱 명이 우르르 정문으로 몰려나가 행크 오마라가 막 보도 옆에 갖다 붙인 관광버스에 올라탔다. 리노는 오마라 옆에 앉았다. 나는 다리 사이에 가방을 처박은 채 뒷좌석의 사내들 틈에 끼어 앉았다.

첫 교차로에서 또 한 대가 나오더니 우리를 앞질러 달려갔다. 세 번째 차는 우리 뒤를 따라왔다. 우리 차는 목적지를 향해 가기에는 충분히 빠르지만 눈에 띌 만큼 빠르지는 않게 시속 64킬로미터 안팎으로 달렸다.

거의 목적지에 도달했을 때 교란 작전이 터졌다.

일이 시작된 곳은 도시 남쪽 끄트머리에 1층짜리 오두막들이 몰려 있는 블록이었다.

한 사내가 문에서 고개를 내밀더니 손가락을 입에 넣고 날카롭게 휘파람을 불었다.

우리 뒤차에서 사내를 향해 총을 쏘아 꺼꾸러뜨렸다.

다음 모퉁이에서는 콩 튀듯 하는 총알 세례를 헤치고 달려갔다.

리노가 고개를 돌리며 내게 말했다.

"그 가방이 터지는 날에는 우리 모두 달나라로 날아가게 될 거요. 걸쇠를 풀어 두시오. 도착하자마자 단숨에 해치워야 하니까."

내가 걸쇠를 풀었을 무렵 차가 칙칙한 3층짜리 벽돌 건물 앞에 멈춰 섰다.

사내들이 몰려들어 가방을 열고 폭탄을 꺼내갔다. 톱밥 속에 직경 6센티미터짜리 파이프형 폭탄이 가득 들어 있었다.

자동차 위에서는 이미 총알이 불을 뿜어 땅딸보 몇 놈을 쓰러뜨렸다.

폭탄 하나를 집어 들고 보도로 뛰어내린 리노는 총알이 스치고 간 왼쪽 뺨에서 피가 흘러내리는 것도 아랑곳없이 건물 문을 향해 폭탄을 던졌다.

귀가 먹먹할 만큼 엄청난 폭음과 함께 불길이 피어올랐다. 폭발로 인한 후폭풍에 나가떨어지지 않도록 몸을 버티고 있는 동안 커다란 파편들이 우리를 덮쳤다. 한바탕 소동이 끝나고 나자 붉은 벽돌 건물을 견고하게 막고 있던 정문이 온데간데 없이 사라졌다.

한 사내가 앞장을 서서 또다시 입구에 폭탄을 던져 넣었다. 지옥이 따로 없었다. 1층과 2층 창문에 붙은 덧문들이 떨어져 나가면서 불길과 함께 깨진 유리조각이 비 오듯 쏟아져 내렸다.

뒤따르던 차는 길에 정지한 채 근처에 있던 패거리와 총격전을 벌이고 있었다. 우리보다 앞서간 차는 옆 골목으로 들어갔다. 우리가 폭탄을 던지는 사이사이 붉은 벽돌 건물 뒤에서 총소리가 들리는 것으로 보아 그 차는 뒷문을 맡은 모양이었다.

오마라가 길 한가운데로 뛰쳐나가더니 반동을 이용해 건물 꼭대기로 폭탄을 던졌다. 불행히도 폭탄은 터지지 않았다. 오마라는 한 발을 번쩍 들고 목을 움켜쥐더니 뒤로 벌렁 쓰러졌다.

우리 차에 탔던 또 한 사내가 벽돌 건물 옆 목조 건물에서 날아온 총알에 맞아 쓰러졌다.

리노는 한바탕 욕지거리를 퍼붓고 나서 무덤덤하게 말했다.

"날려 줘라, 팻."

팻은 폭탄에다 침을 퇴 뱉고 차 뒤로 돌아가서 팔을 휘둘렀다.

보도에서 물러나 우리를 향해 날아오는 파편들을 피하고 나자 뼈다귀만 앙상히 남은 채 훨훨 타고 있는 건물의 모습이 보였다.

"남은 거 더 있나?"

리노가 물었다. 그리고 한 바퀴 주변을 둘러보자 신기하게도 아무데서도 총알이 날아오지 않았다.

"이게 마지막입니다."

팻은 폭탄을 꺼내며 말했다.

불길은 이제 건물 위층 창문 안에서 춤추고 있었다. 그것을 본 리노가 팻이 쥐고 있는 폭탄을 잡아채면서 말했다.

"물러서. 저 자식들 곧 나올 거다."

우리는 정문에서 물러났다.

안에서 고함 소리가 들렸다.

"리노!"

리노가 차 뒤로 몸을 숨긴 뒤 되받아 외쳤다.

"뭐냐?"

무거운 목소리가 소리쳤다.

"우리가 졌다. 나갈 테니 쏘지 마라."

"우리가 누구냐?" 리노가 물었다. 그러자 무거운 목소리가 다시 대꾸했다.

"피트다. 나까지 네 명 남았다."

"피트, 네놈이 먼저 나와라. 양손은 대가리에 올리고. 나머지도 한 번에 한 놈씩 같은 식으로 나와라. 30초 간격으로 나오면 된다. 자, 이제 나와."

리노가 명령했다.

잠시 기다리자 핀란드인 피트가 양손을 대머리에 얹은 채 다이너마이트에 뻥 뚫어진 문으로 나왔다. 옆집에서 타오르는 불길에 비친 그의 얼굴은 상처투성이였고 옷은 너덜너덜했다.

밀주업자 피트는 잔해를 밟으며 천천히 계단을 내려와 보도로 나왔다.

리노는 피트더러 더러운 핀란드 놈이라고 욕을 퍼붓고는 얼굴과 몸에 네 발을 쐈다.

피트의 거대한 몸뚱이가 쿵 쓰러졌다. 내 뒤에 있던 사내가 낄낄거렸다.

리노는 마지막 남은 폭탄을 입구를 향해 던졌다.

우리는 서둘러 차에 올라탔다. 리노가 운전대를 잡았다. 엔진이 꺼져 있었다. 총에 맞은 모양이었다.

리노가 경적을 울리자 패거리들이 차에서 내렸다.

모퉁이에 멈춘 차가 우리에게 다가왔다. 나는 차를 기다리면서, 불타오르는 두 건물의 섬광에 훤히 빛나는 거리를 두리번거리며 쳐다보았다. 창문에 몇몇 얼굴이 보였지만 우리 외에 길에 있던 사람은 모두 숨고 보이지 않았다. 멀지 않은 곳에서 소방차 소리가 들렸다.

차는 우리가 올라탈 수 있도록 속도를 늦췄다. 차는 이미 발 디딜 틈 없이 꽉 차 있었다. 우리는 겹겹으로 끼여 탔고 나머지는 발판에 매달렸다.

차는 죽은 행크 오마라의 다리를 밟고 넘어 소굴로 향했다. 한 블록은 그닥 편하지는 않았지만 무사히 통과했다. 그 후에는 편하지도 무사하지도 않은 위험천만한 상황이 기다리고 있었다.

앞에 리무진 한 대가 나타나 반 블록 앞까지 달려오더니 차를 옆으로 돌려 우리를 막아선 채 총알 세례를 퍼붓기 시작했다.

또 한 대가 리무진 옆을 돌아 우리를 향해 달려들었다. 거기서도 총알이 비 오듯 쏟아졌다.

우리는 최선을 다했지만 서로들 너무 딱 달라붙어서 제대로 싸워 볼 수가 없었다. 무릎에 한 놈을 앉히고, 또 한 놈은 어깨에 매달고, 귀 바로 옆에서 또 한 놈이 총을 쏴대는 상황에서 똑바로 총을 겨눌 수는 없는 노릇이었다.

그때 건물 뒤쪽에 있던 차가 우리를 응원하러 왔다. 하지만 그때쯤에는 상대편에도 두 대가 더 합류했다. 탈러 일당의 유치장 공격 건이 어느 쪽으로든 결말이 난 모양이었다. 경찰을 돕도록 파견한 피트의 병력이 때맞춰 돌아와 우리의 퇴로를 막고 있었다. 옴짝달싹도 할 수 없는 위기일발의 상황이었다.

나는 불을 뿜고 있는 총 위로 몸을 숙여 리노의 귀에 대고 소리쳤다.

"이건 바보짓이오. 남는 인원은 차에서 내려 길에서 공격합시다."

리노는 좋은 생각이라며 명령을 내렸다.

"몇 놈은 밖으로 나가서 보도에서 공격한다."

나는 어두운 골목 입구를 노리며 제일 먼저 뛰어내렸다.

팻이 내 뒤를 따라왔다. 내 은신처에 이르자 나는 그에게 달려들어 으르댔다.

"나한테 붙지 말고 네가 숨을 구멍을 찾아. 저기 지하실 입구도 괜찮잖나."

팻은 순순히 말을 듣고 그리로 가다가 세 걸음 만에 총에 맞았다.

나는 골목을 살폈다. 길이가 고작 6미터인 막다른 골목으로, 널빤지로 만든 높은 담장이 있고 출입구는 잠겨 있었다.

쓰레기통을 밟고 담을 넘자 벽돌을 깐 뜰이 나왔다. 뜰 옆 담장을 뛰어넘으니 또 다른 뜰이 나타났다. 그 집 담장을 또다시 뛰어넘으니 폭스테리어 한 마리가 미친 듯이 짖어 댔다.

나는 개를 걷어차 버리고 반대편 담장을 넘다 빨랫줄에 몸이 엉켜 간신히 풀어 버리고 나서 뜰을 두 개 더 뛰어넘었다. 그동안 창문에서 고함치는 소리가 들리는가 하면, 웬 병이 하나 날아와 맞을 뻔하면서 마침내 조약돌이 깔린 뒷골목으로 들어섰다.

총소리는 이제 뒤편에서 들렸지만 그리 멀지는 않았다. 나는 온힘을 다해 그곳에서 벗어났다. 다이나가 죽은 어젯밤 꿈에서만큼 긴 길을 걸은 기분이었다.

시계를 보니 새벽 3시 30분이었다. 나는 일라이휴 윌슨의 집 앞에 서 있었다.

26장

공갈

초인종을 수없이 누른 뒤에야 인기척이 났다.

마침내 문을 열어 준 사람은 햇볕에 검게 그을린 꺽다리 운전사였다. 바지와 내의 차림으로 손에 당구대를 들고 있었다.

"무슨 일이오?"

운전사가 따지듯이 묻더니 다시 한 번 내 얼굴을 보고 나서 말했다.

"당신이었군? 그래, 이번엔 무슨 일인데?"

"윌슨 씨를 보고 싶소."

"새벽 4시에? 말이 되는 소릴 해야지."

운전사가 문을 닫으려 했다.

나는 문틈으로 발을 들이밀었다. 그는 발끝에서 얼굴까지 위아래로 내리훑더니 당구대를 휘두르며 으르댔다.

"당신, 무릎이라도 아작 나야 정신 차릴래?"

"시간 없어. 영감을 만나야 해. 얼른 전해."

"그럴 수야 없지. 바로 오늘 오후에 댁이 나타나거든 내쫓으라고 하셨거든."

"그래?"

나는 주머니에서 편지 네 통을 꺼내 첫 편지이자 그나마 덜 우스꽝스러운 편지를 운전사에게 내보이며 말했다.

"그거 영감한테 주고 내가 나머지 편지 가지고 계단에 앉아 있다고 전해. 오 분 동안 기다려도 안 나오면 연합통신의 토미 로빈스에게 가져갈 테니까."

운전사는 편지를 노려보면서 "빌어먹을 토미 로빈스가 뭔지 알게 뭐람!" 하고 소리지르고는 편지를 잡아챈 뒤 문을 닫았다.

사 분 뒤에 운전사가 문을 도로 열고 말했다.

"들어오쇼."

나는 운전사를 따라 위층 영감의 침실로 갔다.

영감은 한 손에는 연애편지를, 다른 손에는 봉투를 구겨 쥔 채 침대에 앉아 있었다.

영감의 짧은 백발머리가 올올이 곤두섰다. 둥근 두 눈은 파랗다 못해 핏발이 서려 있었다. 입과 턱은 한일자로 앙다물어졌다. 한 마디로 그는 분기탱천해 있었다.

영감이 나를 보기가 무섭게 소리쳤다.

"그렇게 큰소리를 뻥뻥 치더니 이제 와서 목숨을 구걸하러 이 늙은 해적한테 돌아오셨다, 그 말인가?"

나는 결코 그런 게 아니라고 부인했다. 그런 얼토당토않은 얘기를 하고 싶으면 목소리를 줄여야 할 것이라고 했다. 안 그러면 LA에 있는 사람들까지 영감이 얼간이라는 걸 알게 될 테니까.

영감은 더 핏대를 세우며 고함쳤다.

"남의 편지 한두 통 훔쳤다고 니가 뭐라도 된 줄……."

나는 손가락으로 귀를 틀어막았다. 그래도 고함 소리는 여전히 들렸지만 그 바람에 기분을 상했는지 영감이 고함을 멈췄다.

그제야 손가락을 떼고 내가 말했다.

"얘기 좀 하게 저 친구는 내보내시죠. 괜찮을 겁니다. 당신을 해칠 생각은 추호도 없으니까."

영감은 "나가." 하고 운전사에게 말했다.

운전사는 마뜩찮은 눈으로 나를 한번 쳐다보고는 문을 닫고 밖으로 나갔다.

그러자 일라이휴 영감이 나를 몰아세우기 시작했다. 당장 편지를 내놓으라고 으르대는가 하면, 어디서 그걸 구했는지, 그걸로 뭘 하고 있는 건지 상소리를 섞어 가며 캐묻는 한편

온갖 소리로 저주를 하며 협박했다.

나는 편지를 건네주지 않고 한 가지만 대답했다.

"영감님이 편지를 찾아오라고 고용한 사람한테서 얻었습죠. 그자가 그 여자를 죽이다니 영감님한텐 참 안된 일입지요."

영감의 얼굴에서 핏대가 사라지고 여느 때 같은 복숭앗빛 얼굴로 돌아왔다. 영감이 입술을 깨물고 눈에 힘을 주며 말했다.

"진정 이런 식으로 나올 텐가?"

가슴에서 울려나오는 비교적 차분한 목소리였다. 이제 싸울 태세가 된 것이다.

나는 침대 옆에 의자를 끌어다 놓고 더없이 즐거운 듯 씩 웃으며 말했다.

"이거밖에는 달리 방법이 없는 것 같은데요." 지그시 나를 지켜보던 영감이 입술을 깨물고 침을 삼켰다. "영감님처럼 지독한 의뢰인은 처음입니다. 도대체 어쩌자는 겁니까? 날 고용해서 도시를 청소하라더니 금방 변심해서 날 버리고 방해만 하지를 않나, 내가 이길 것처럼 보이니까 저울질만 하더니 이젠 또 내가 당한 것 같으니까 집에도 들이지 않으려 하다니. 이 편지를 우연히 발견했으니 망정이지. 그나마 천만다행이지요."

"완전히 공갈이군." 영감이 으르렁거렸다.

"남 말 하시네요. 좋습니다, 그렇다고 치죠."

내가 껄껄 웃으며 대꾸했다.

나는 검지로 침대 모서리를 툭 친 뒤 거세게 영감을 몰아붙였다.

"난 진 게 아닙니다, 영감님. 내가 이긴 거라고요. 영감님은 나한테 버릇없는 녀석들이 자기 도시를 빼앗아갔다고 징징거렸죠. 핀란드인 피트와 루 야드, 위스퍼 탈러, 누넌 말입니다. 지금 그자들 모두 어디 있습니까?

야드는 화요일 오전에 죽었고, 누넌은 같은 날 밤에, 탈러는 수요일 오전에, 마지막으로 피트는 바로 조금 전에 죽었습니다. 영감님이 원하든 말든 난 영감님께 도시를 돌려 드리려고 애쓰고 있단 말입니다. 그걸 공갈이라고 한다면, 좋습니다. 그럼 이제 내가 시키는 대로 하십쇼. 시장을 잡아다가, 이 더러운 동네에도 시장은 있을 테죠. 영감님과 시장이 주지사에게 전화해서…… 내 말 끝날 때까지 잠자코 계십쇼.

주지사에게 전화해서 이곳 경찰이 영감님 손아귀에서 벗어났다, 주류밀매꾼들이 경찰로 위장하고 있다고 성화를 하며 지원을 요청하세요. 주 방위군(일종의 예비군. 그래서 '화이트칼라'니 '통신판매군'이니 하는 표현을 쓴 것이다.—옮긴이)이 제일 좋을 겁니다. 그동안 이곳에서 어떤 일들이 있었는지는 모르겠지만 영감님이 두려워하던 거물들은 모두 죽었습니다. 영감님이 맞서기에는 영감님한테 불리한 정보를 너무 많이 쥐고 있던 놈들 말입니다. 지금 거리에는 죽은 거물의 자리를 차지하고 싶어 안달이 난 놈들이 사방에서 미친 듯이 날뛰고 있습죠. 그런 놈들이 많을수록 일하기는 더 좋습니다. 모든 조직이 지리멸렬이 되어 있으니 화이트칼라 주 방위군이 이곳을 장악하기가 한결 수월할 겁니다. 그런 뒤에는 누가 그 자리를 차지하든 영감님에게 별다른 위협이 되진 않을 테고요.

영감님은 주지사든 시장이든 맘대로 부릴 수 있는 자를 동원해 퍼슨빌 경찰 기능을 정지시키고 통신판매군인 주 방위군의 통제 하에서 다시 경찰 조직을 만드십쇼. 듣자 하니 시장과 주지사도 영감님 손바닥 안에 있다죠. 그러니 영감님이 명령만 내리면 시키는 대로 할 겁니다. 영감님만이 그렇게 할 수 있고, 또 그렇게 하셔야 합니다.

그럼 영감님은 이 도시를 돌려받게 될 겁니다. 말끔히 청소를 해서 언제든 다시 난장판이 될 수 있을 만큼 산뜻한 도시를 도로 찾게 된다고요. 내 말을 듣지 않겠다면 이 편지를 신문쟁이들한테 보낼 겁니다. 영감님 소유의《이브닝 헤럴드》친구들이 아니라 연합통신에 보낸다고요. 이 편지는 돈한테서 입수했습니다. 영감님이 이 편지를 되찾으려고 그자를 고용한 것이 아니고, 그자가 편지를 뺏으려다 그 여자를 죽인 것도 아니라는 걸 증명하려면 재미 좀 보실 겁니다. 하지만 이 편지를 읽게 될 사람들이 맛볼 재미에 비하면 영감님이 느끼게 될 재미는 새 발의 핍니다. 편지, 진짜 열렬하던데요. 어릴 때 동생이 돼지한테 물렸을 때 말고는 그렇게 큰 소리로 웃어젖힌 적이 한 번도 없었으니까요."

여기서 나는 말을 멈추었다.

영감은 부들부들 떨고 있었지만 두려움 때문은 아니었다. 얼굴은 다시 붉으락푸르락해졌다. 그가 마침내 입을 열고 포효했다.

"발표만 해봐. 모가지를 비틀어 버릴 테니까!"

나는 주머니에서 편지를 꺼내 침대에 던져 놓은 뒤 의자에서 일어나 모자를 쓰며 말했다.

"영감님이 편지를 찾아오라고 시킨 놈이 그 여자를 살해했다는 걸 믿게만 할 수 있다면 오른쪽 다리라도 내놓겠습니다. 빌어먹을, 영감님을 교수대에 매다는 걸로 이 일의 대단원을 삼을 수만 있다면 오죽 좋을까요!"

영감은 편지에 손끝 하나 대지 않았다.

"탈러랑 피트 얘기는 사실인가?"

"네, 사실 그대롭니다. 하지만 그렇다고 뭐가 달라집니까? 어차피 다른 놈들한테 또다시 휘둘릴 텐데."

영감은 이불을 옆으로 휙 걷어차고 파자마 밖으로 드러난 다부진 다리와 복숭앗빛 발을 침대 가에 턱 걸쳐 놓았다.

영감이 버럭 소리를 질렀다.

"배짱은 있나? 내가 전에 말한 경찰서장직을 맡을 수 있겠냐고."

"그런 거 없는데요. 영감님이 침대에 숨어 저를 따돌릴 궁리만 하는 동안 영감님 대신 싸우느라 다 잃어버렸거든요. 다른 유모를 찾아보시죠."

영감이 나를 쏘아보았다. 이윽고 눈가에 교활한 잔주름이 잡혔다.

영감이 허연 머리를 끄덕이며 말했다.

"겁이 나는 게로군. 그럼 자네가 그 앨 죽인 건가?"

나는 지난번처럼 영감에게 "엿이나 잡수쇼." 하고 나와 버렸다.

운전사는 아직도 당구대를 들고 아직도 마뜩찮은 눈길로 나를 바라보며 문까지 배웅해 주었다. 뭔가 시비를 걸어 주길 내심 바라는 눈치였다. 내가 아무 말 없이 나와 버리자 문을 쾅 닫았다.

동틀 무렵의 거리는 온통 어스름한 잿빛이었다.

거리 저쪽에 검정색 쿠페 한 대가 나무 밑에 서 있었다. 누가 타고 있는지는 보이지 않았다. 나는 안전을 기하기 위해 반대쪽으로 걸었다. 쿠페가 나를 따라왔다.

자동차가 쫓아오는데 달아나 봐야 소용없는 일이다. 할 수 없이 걸음을 멈추고 차를 정면으로 바라보았다. 차가 내 앞으로 다가왔다. 앞 유리로 미키 리니헌의 불그레한 얼굴을 보고서야 옆구리에 찬 총에서 손을 떼었다.

미키가 문을 활짝 열고 나를 맞았다.

내가 옆에 타자 미키가 말했다.

"이리 오실 줄 알았습니다. 한데 1, 2초 늦었더군요. 집으로 들어가시는 모습은 봤는데 너무 멀어서 말리지 못했어요."

"경찰한테 뭐라고 했어? 계속 밟으면서 얘기해 봐."

"아무것도 모른다고 딱 잡아뗐죠. 짐작되는 것도 전혀 없고 선배님이 뭘 하고 있었는지도 전혀 몰랐다고요. 그냥 이곳에 왔다가 우연히 만난 옛 친구일 뿐이라고 우겨 댔지요. 심문을 받고 있는데 별안간 큰 소동이 일어났어요. 회의실 맞은편에 있는 작은 취조실에 있었는데 난리가 난 틈을 타서 뒤 창문으로 빠져나온 겁니다."

"소동은 어떻게 됐고?"

"경찰들은 무차별 사격을 해 댔어요. 그 자식들 삼십 분 전에 제보를 받고 별동대를 배치해 놨거든요. 진압되기까지 진짜 흥미진진했지요. 경찰 입장에서도 수월한 싸움은 아니었고요. 듣자니 위스퍼 일당이라던데요."

"그래. 리노와 피트가 오늘 밤에 한바탕 붙었거든. 뭐 들은 얘기 없나?"

"저도 그 정도만 들었는데요."

"리노가 피트를 죽이고 도주하다가 매복하고 있던 건달들과 맞닥뜨렸어. 그 후로는 어찌 됐는지 모르겠군. 참, 딕은 어디 있지?"

"호텔에 가 보니 체크아웃했던데요. 저녁 기차를 타려요."

"내가 돌아가라고 했어. 딕은 내가 다이나 브랜드를 죽였다고 믿는 눈치더군. 그래선지 계속 신경을 긁어 대더라고."

"근데요?"

"그럼 자네도 내가 살인범이라고 생각하는 건가? 사실 나도 잘 모르겠어, 미키. 나도 진실을 밝히려고 안간힘을 쓰는 중이야. 미키, 계속 나랑 한 배를 탈 텐가 아니면 딕을 따라 샌프란시스코로 돌아갈 텐가?"

"실제로 죽였는지 안 죽였는지도 모르는 시시한 살인 사건 하나 갖고 너무 폼 잡지 마시죠. 아무려면 어떻습니까? 선배님이 그 여자 돈이랑 보석을 안 가져간 분명하잖아요."

미키가 말했다.

"그건 범인도 마찬가지야. 그 물건들은 내가 그 집에서 나올 때, 그러니까 8시가 지났을 때까지 거기 있었어. 댄 롤프는 그때부터 9시 사이에 다녀갔고. 그자가 가져갔을 린 없어. 그…… 이제 알겠다! 시신을 발견한 경찰들 짓이야. 셰프와 배너먼은 9시 30분에 그 집에 갔어. 보석과 돈 외에도 윌슨 영감이 다이나에게 쓴 편지도 그 작자들이 훔쳤을 거야. 난 그 편지를 돈의 주머니에서 나중에 발견했지. 두 형사들 아마 그 무렵에 행방을 감췄을걸. 이제 알겠나?

다이나의 시신을 발견한 셰프와 배너먼은 그 집을 깡그리 턴 뒤에 경찰서에 연락한 거야. 윌슨 영감이 백만장자니까 그 편지가 좋은 미끼가 될 거라고 생각하고 다른 귀중품과 함께 가져간 거지. 편지를 사기꾼 돈에게 넘겨 일라이휴 영감한테 되팔려고 말이야. 그런데 일을 꾸며 보기도 전에 돈이 살해됐고 편지는 내가 입수했지. 돈의 소지품에서 편지가 발견되지 않자 셰프와 배너먼은 초조해지기 시작했어. 꼬리를 밟힐까 봐 더럭 겁이 난 거야. 돈과 보석만으로도 충분했으니 그길로 삼십육계를 놓은 거지."

"듣고 보니 그럴 수도 있겠네요. 근데 그것만으로 범인을 단정 짓기는 어렵겠는걸요."

미키가 고개를 끄덕거리며 말했다.

"하지만 실마리는 찾은 셈이야. 그러니 실타래를 좀 더 풀어 보자고. 포터가에 있는 레드먼이라는 낡은 창고를 찾아가 보게. 내가 알기로 롤프는 거기서 위스퍼를 죽였어. 다이나를 죽인 얼음송곳으로 위스퍼를 찔렀다더군. 그 말이 맞다면 위스퍼는 다이나를 죽이지 않은 게 돼. 그녀를 죽였다면 뭔가 대비를 하고 있었을 테니까 댄이 멋대로 접근하도록 내버려 두

진 않았을 거야. 시신부터 확인해야겠네."

"포터가는 킹가 위쪽으로 맞은편에 있습니다. 남쪽부터 훑어 보죠. 여기서 더 가깝기도 하거니와 창고가 있을 만한 곳이거든요. 댄 롤프라는 작자는 이 사건과 대체 무슨 관계가 있나요?"

"댄은 아무 관계 없어. 다이나를 죽였다는 이유로 위스퍼를 죽인 거라면 당연히 그자는 범인일 리 없어. 게다가 다이나의 손목과 뺨에는 멍 자국이 있었는데 댄은 그녀보다 훨씬 힘이 약해. 짐작건대 그자는 병원에서 나와 귀신도 모르는 곳에서 밤을 새운 뒤 내가 다이나의 집에서 나온 직후 그 집에 찾아가 자기 열쇠로 문을 열고 들어간 거야. 거기서 죽어 있는 다이나를 발견한 댄은 위스퍼가 한 짓이라고 멋대로 단정하고 다이나의 가슴에서 얼음송곳을 뽑아 위스퍼를 죽이러 간 거지."

"그럼 그 여자를 찌른 사람이 선배님일지 모른다는 생각은 왜 하게 된 겁니까?"

"그 얘긴 관두지." 내가 무뚝뚝하게 말할 때 차가 포터가로 접어들었다. "창고나 찾아보자고."

27장

창고

우리는 버려진 창고가 없는지 열심히 두리번거리며 차를 달렸다. 이제 날이 제법 밝아져서 주위를 살피는 데 어려움은 없었다.

잠시 후 잡초가 무성한 마당 가운데 서 있는 녹이 슨 듯 검붉은 네모난 대형 건물이 눈에 들어왔다. 한눈에 봐도 땅이나 건물이나 오랫동안 사람의 손길이 닿지 않은 듯했다. 그 모습으로 보아 우리가 찾는 창고일 가능성이 높아 보였다.

"다음 모퉁이에서 세우게. 저기가 맞을 것 같군. 내가 둘러보고 올 테니 자넨 차에서 기다리게."

나는 건물 뒤쪽으로 접근하려고 두 블록이나 빙 둘러 돌아왔다. 살금살금 걷지는 않았지만 되도록 소리를 내지 않으려 조심스레 다가갔다.

나는 조심스럽게 뒷문을 열어 보았다. 당연히 잠겨 있었다. 나는 창문으로 다가가 안을 들여다보았지만 어둠과 먼지 때문에 아무것도 보이지 않았다. 창문을 열어 보았지만 꿈쩍도 안 했다.

다음 창문도 마찬가지였다. 나는 건물 모퉁이를 돌아 북쪽으로 자리를 옮겼다. 첫 번째 창문은 열리지 않았다. 다음 창문은 내가 밀어 올리자 아무 소리 없이 서서히 올라갔다.

하지만 창틀 안쪽에는 위에서 아래까지 판자로 못질을 해 놓았다. 겉보기에도 단단하고 튼튼한 판자였다.

한바탕 욕바가지를 퍼붓던 나는 창문을 열었을 때 다행히 소리가 별로 나지 않았던 것이 기억났다. 나는 창틀에 기어 올라간 뒤 판자에 손을 대고 천천히 밀었다.

판자가 움직였다.

나는 손에 힘을 더 주었다. 판자가 창틀 왼쪽으로 밀려나면서 일렬로 반짝이는 못 자국이 보였다.

판자를 더 밀고 안을 들여다보니 암흑 외에는 아무것도 보이지 않고 아무 소리도 들리지 않았다.

오른손에 권총을 거머쥔 채 창틀을 넘어 건물 안으로 들어갔다. 왼쪽으로 한 발자국 물러서자 창문으로 들어오는 희미한 빛도 내게 미치지 못했다.

나는 총을 왼손으로 바꿔 쥐고 오른손으로 판자를 도로 밀어 창문을 막았다.

일 분 동안 숨을 죽인 채 귀 기울여 보았지만 아무 소리도 들리지 않았다. 나는 총신을 오른쪽 옆구리에 바짝 대고 집안을 탐색하기 시작했다. 한 번에 손가락 마디만큼 나아갔지만 발 밑에 닿는 거라곤 마룻바닥밖에는 없었다. 왼쪽 손으로 계속 더듬어도 아무것도 만져지지 않더니 마침내 거친 벽이 손에 닿았다. 빈 방을 가로지른 모양이었다.

나는 벽을 따라 조심스레 걸으며 문을 찾았다. 조금씩 앞으로 나아가기를 대여섯 걸음 만에 드디어 문이 나타났다. 문에 귀를 대 보았지만 아무 소리도 안 들렸다.

나는 손잡이를 찾아 가만가만 돌리고 문을 천천히 밀었다.

뭐가 휭 하고 날아왔다.

나는 네 가지 동작을 동시에 했다. 손잡이를 놓고, 뜀박질을 하고, 방아쇠를 당기고, 왼팔로 묘비처럼 단단하고 무거운 뭔가를 강타했다.

총에서 나오는 불빛으로는 아무것도 보이지 않았다. 뭔가를 본 것 같았지만 그것은 생각뿐이었다. 달리 뭘 해야 할지 몰라서 다시 한 번 방아쇠를 당겼다.

웬 늙은이의 목소리가 애원했다.

"쏘지 말게, 젊은이. 그럴 필요 없네."

"불을 켜시오." 내가 대꾸했다.

성냥을 마룻바닥에 칙 긋자 불이 붙으며 명멸하는 노란 불빛에 초라한 얼굴이 나타났다. 공원 벤치 어디에서나 볼 수 있는 평범하고 무기력한 늙은 얼굴이었다. 늙은이는 힘줄이 다 드러난 두 다리를 쩍 벌린 채 바닥에 앉아 있었다. 다친 데는 없는 성싶었다. 옆에는 탁자 다리 한 짝이 놓여 있었다.

"일어나서 불을 켜시오. 불 켤 때까지 성냥 끄지 말고."

성냥을 한 개비를 더 켜서 조심스레 손으로 가리며 일어난 늙은이는 방을 가로질러 다리가 세 개 달린 탁자 위에 있던 양초에 불을 붙였다.

나는 늙은이 뒤에 바짝 붙어 따라갔다. 왼손이 마비되지만 않았다면 만약을 위해 그의 팔을 부여잡았을 것이다.

"여기서 뭘 하고 있는 거요?"

촛불이 타오르자 내가 물었다.

대답은 필요 없었다. 방 한쪽 구석에 '퍼펙션 메이플 시럽'이라는 상표가 붙은 나무 상자 여섯 개가 쌓여 있었기 때문이다.

늙은이가 신의 이름을 걸고 말하거니와 자기는 무슨 일인지 전혀 모른다느니, 자기가 아는 거라곤 이틀 전에 예이츠라는 남자가 야간 경비원으로 자기를 고용한 것뿐이라느니, 뭔가 잘못된 게 있더라도 자기는 결단코 결백하다고 구구히 설명하는 동안 나는 상자 뚜껑 한쪽을 뜯어 보았다.

안에 들어 있는 병에는 고무도장으로 찍은 '캐나다인 클럽'

이라는 라벨이 붙어 있었다.

상자 수색을 끝낸 나는 노인에게 초를 주어 앞장을 세우고 건물을 조사했다. 예상대로 그곳이 탈러가 숨었던 창고라는 근거는 찾지 못했다.

우리가 술 상자가 있던 방으로 돌아갈 무렵 왼팔에 병을 집어들 정도의 힘이 돌아왔다. 나는 술병 하나를 주머니에 집어넣고 노인에게 충고해 주었다.

"여기서 꺼지는 게 좋을 거요. 영감은 핀란드인 피트가 별동대로 둔갑시킨 놈들 대신 이곳을 지키고 있는 건데, 이제 피트가 죽었으니 그의 사업도 꽝이 돼 버렸거든."

내가 창문을 넘어 밖으로 나오자 노인은 손가락으로 수를 세며 탐욕스러운 눈빛으로 상자들을 바라보았다.

"어떻게 됐어요?"

차로 돌아가자 미키가 물었다.

'캐나다인 클럽'을 주머니에서 꺼낸 나는 코르크를 따서 미키에게 건네주고 나도 한 모금 들이켰다.

미키가 다시 "어떻게 됐냐니까요?" 하고 물었다.

"낡은 레드먼 창고나 찾아보자."

내가 건성으로 대꾸했다.

"선배님처럼 떠벌리고 다니다간 언젠간 폭삭 망할 겁니다."

미키가 차를 몰기 시작했다.

세 블록쯤 더 달려가자 빛바랜 '레드먼 상회'라는 간판이 보였다. 간판이 달린 건물은 납작하고 좁아빠진 직사각형으로, 물결 모양의 지붕 아래 창문 몇 개가 있었다.

"차는 모퉁이에 세워 두세. 이번엔 자네도 같이 들어가지. 아까 혼자 갔다가 재미를 너무 많이 봤거든."

차에서 내리자 정면에 창고 뒤쪽으로 이어지는 골목이 보였다. 우리는 그 길로 들어섰다.

거리에는 간간이 사람들이 눈에 띄었지만 이 지역에 밀집된 공장들이 가동되기에는 아직 너무 이른 시각이었다.

건물 뒤편에서 흥미로운 것을 발견했다. 뒷문은 닫혀 있었지만 자물쇠 부근에 긁힌 자국이 있었던 것이다. 누군가 쇠 지렛대로 열려고 한 것이었다.

미키가 문을 열어 보았다. 문은 잠겨 있지 않았다. 한 번에 15센티미터씩 사이사이 멈추면서 조심스레 문을 밀자 우리가 비집고 들어갈 만큼 문이 열렸다.

안으로 들어가자 어떤 목소리가 들렸다. 뭐라고 말하는지는 알아들을 수 없었다. 들리는 것이라곤 멀리서 나직이 웅얼거리는 희미한 남자의 목소리뿐이었다. 도전적인 말투였다.

미키가 문에 난 자국을 엄지손가락으로 가리키며 속삭였다.

"경찰은 아닌데요."

나는 뒷굽에 무게를 실은 채 두 걸음 안으로 들어갔다. 미키는 내 뒷목에다 입김을 뿜으며 바싹 따라왔다.

테드 라이트가 알려 준 바에 따르면 탈러는 2층 뒷방에 숨어 있었을 것이다. 저 멀리서 들리는 목소리가 그곳에서 나는 것일 수도 있다.

나는 고개를 돌려 미키에게 물었다.

"손전등 있나?"

미키가 내 왼손에 손전등을 쥐여 주었다. 오른손에는 총을 거머쥐고 있었기 때문이다. 우리는 앞으로 기어갔다.

여전히 한 뼘 정도 열려 있는 문으로 빛이 새어 들어와 문이 안 달린 현관까지 가는 길을 비췄다. 현관 뒤쪽은 캄캄했다.

캄캄한 곳을 향해 손전등 불빛을 비추다가 문을 발견한 나는 손전등을 끈 다음 앞으로 걸어갔다. 한 번 더 불빛을 비추자 위로 올라가는 계단이 보였다.

우리는 발밑에서 계단이 무너지기라도 할 것처럼 조심조심 올라갔다.

나직이 웅얼거리는 목소리가 뚝 그쳤다. 뭔가 다른 기척이 느껴졌다. 그게 뭔지는 알 수 없었다. 그게 있기나 하다면 어쩌면 듣기 힘들 만큼 작은 목소리일지도 몰랐다.

내가 아홉 번째 계단에 올라섰을 때 바로 위에서 또렷한 목소리가 들렸다.

"아무렴, 그 계집을 죽인 건 바로 나야."

그 말에 총소리가 연거푸 네 번 대꾸를 했다. 쇠함석 지붕 아래서 터지니 16인치 소총이 마치 장총처럼 요란한 굉음을 냈다.

"좋아." 처음의 목소리가 말했다.

그때쯤 미키와 나는 계단을 뛰어올라가 문을 열어젖혔다. 우리는 가까스로 리노 스타키의 손을 탈러의 목에서 떼어냈다.

힘겨웠지만 소용없는 짓이었다. 탈러는 이미 죽어 있었다.

리노가 나를 알아보고 두 손을 내려뜨렸다.

두 눈은 멍했고, 말상 얼굴은 여느 때나 다름없이 무표정했다.

미키는 탈러의 시신을 방 한쪽에 있는 간이침대에 눕혔다.

전에 사무실로 쓴 듯한 방에는 창문이 두 개 있었다. 창문에서 들어오는 빛 사이로 간이침대 아래 고이 모셔 놓은 시신이 보였다. 댄 롤프였다. 콜트식 군용 자동권총이 마룻바닥 한가운데 내던져져 있었다.

리노의 몸이 비틀거리고 어깨도 축 늘어졌다.

"다쳤소?" 내가 물었다.

"저 자식한테 네 방 먹었소."

리노가 몸을 숙여 양팔로 배를 누르며 차분히 말했다.

"의사를 부르게." 내가 미키에게 말했다.

"소용없소. 내장이 다 날아가 버렸거든."

나는 리노가 몸을 지탱할 수 있도록 접이식 의자를 끌어다 앉혔다.

미키는 밖으로 뛰어나가 아래층으로 내려갔다.

"위스퍼가 죽지 않았다는 거 알고 있었소?"

리노가 물었다.

"몰랐소. 나도 테드 라이트한테 들은 대로 당신한테 전한 것뿐이오."

"테드가 너무 서둘러 튀는 게 영 미심쩍었소. 그래서 확인해 보러 온 거요. 위스퍼는 날 보기 좋게 속여 넘겼소. 내가 총구 앞으로 갈 때까지 죽은 척했던 거요." 리노는 위스퍼의 시신을 멍한 눈으로 응시했다. "저 꼴로 도박을 걸다니, 망할 자식. 죽었다는 놈이 그냥 뻗질 않고 혼자 붕대를 감고 누워서 기다린 거요." 리노가 미소를 지었다. 그에게서 처음 보는 미소였다. "하지만 이젠 고깃덩이에 불과하지."

목소리가 가라앉고 있었다. 리노가 앉은 의자 아래에 작은 피 웅덩이가 고였다. 나는 그를 만지기가 두려웠다. 오직 몸을 지탱하는 팔의 힘만이, 앞으로 숙인 자세만이 그가 쓰러지지 않게 해주는 것 같았기 때문이다.

리노가 피 웅덩이를 응시하며 물었다.

"당신이 다이나를 죽이지 않았다는 건 어떻게 알았소?"

"방금 전까지만 해도 내가 죽이지 않았기만을 바라며 그 생각을 애써 잊고 있었소. 당신한테는 아닌 척했지만 확신은 없었소. 그날 밤 약에 취해서 수많은 꿈을 꾸었소. 종소리가 댕댕거리고 고함 소리가 들리는 그런저런 꿈이었지. 문득 그게 단순한 꿈이 아닐지도 모른다는 생각이 들더군. 마약중독자들의 악몽처럼 주위에서 진짜로 일어난 일과 얽힌 건 아닌가 하고 말이오.

깨어나 보니 불이 꺼져 있더군. 내가 그 여자를 죽인 뒤 불을 끄고 돌아와 얼음송곳을 다시 붙잡았다고는 생각할 수 없었소. 하지만 뭔가 내 생각과 달랐을 수도 있겠다 싶더군. 당신은 그날 밤 내가 그곳에 있었다는 걸 알았소. 그런데도 주저없이 내게 알리바이를 줬지. 그게 생각의 물고를 터줬소. 돈은 헬렌 앨버리의 이야기를 들은 후 나를 협박했소. 경찰은 헬렌의 이야기를 듣고 당신과 위스퍼, 롤프와 나를 엮으려 했지. 난 오마라를 만난 곳에서 반 블록 떨어진 곳에서 돈이 살해당한 걸 발견했소. 그 사기꾼이 당신을 협박하려 했던 모양이라고 생각했지. 그 사실과 아울러 경찰이 우리를 같이 엮으려 한다는 데 생각이 미치자 난 경찰이 나만큼이나 당신네한테도 불리한 정보를 쥐고 있다는 생각에 이르렀소. 그들이 내게 혐의를 둔 것은 그날 밤 헬렌 앨버리가 내가 그 집에 들어가거나 나오는 장면을 보았기 때문이었소. 당신네한테도 똑같은 혐의가 있으리라 추측하는 건 자연스러운 일이었지. 위스퍼와 롤프는 명단에서 제외할 만한 이유가 있었소. 그러고 나니 당신과 나만 남더군. 하지만 당신이 왜 그 여자를 죽였는지, 그게 납득이 안 가더군."

"그랬을 거요." 리노가 바닥에 고인 피 웅덩이가 점점 더 커지는 모습을 보며 말했다. "솔직히 말해서 그건 자업자득이었소. 다름 아닌 다이나 탓이었단 말이오. 그 계집이 내게 전화를 했소. 위스퍼가 자기를 보러 온다며 내가 먼저 도착하면 기습할 수 있을 거라고 말이오. 흥미있는 제안이었소. 난 그 집에 가서 기다렸지만 그자는 나타나지 않았소."

리노는 잠시 이야기를 멈추고 피 웅덩이의 모양을 흥미로운 척 바라보았다. 나는 그가 고통 때문에 말을 멈췄다는 걸 알았지만 그것을 극복하는 대로 계속 말하리라는 것도 알았다. 그는 생전에 그랬듯이 거친 남자라는 껍질을 뒤집어쓴 채 죽고 싶었던 것이다. 말을 하면 고통스럽겠지만 그는 그것 때문에 멈추려 하지는 않았다, 누군가 자기를 지켜보고 있는 동안에는. 그는 리노 스타키였다. 눈 하나 깜빡 하지 않고 무엇이든 빼앗아갈 수 있는 남자였고, 마지막까지 자신의 방식을 고수할 터였다.

잠시 후 리노가 말했다.

"난 기다리는 데 지쳐 버렸소. 문을 두드리고 어떻게 된 거냐고 물었소. 계집은 날 들여보내더니 집 안엔 아무도 없다고 했소. 조금 의심스럽긴 했지만 계집이 맹세코 혼자라고 우기기에 같이 부엌으로 들어갔소. 계집을 알 만큼 아는 터라 덫에 걸린 게 위스퍼가 아니라 나일지도 모른다는 생각이 들기 시작했지."

미키가 들어와 구급차를 불렀다고 전했다.

리노는 그 틈을 타서 잠시 쉬었다가 이야기를 계속했다.

"나중에야 위스퍼가 계집에게 간다고 정말로 전화했고 나보다 먼저 다녀갔다는 걸 알았소. 당신은 약에 취해 있었고. 계집이 무서워서 위스퍼를 들이지 않자 놈은 그냥 가 버렸소. 계집은 나마저 가 버릴까 봐 그 말을 하지 않은 거요. 당신은 약에 취해 정신이 없었으니 위스퍼가 돌아올 때 지켜 줄 사람이 필요했겠지. 그때 난 그런 사정을 아무것도 몰랐소. 단지 그 계집이 어떤 속물인지 알기에 함정에 빠진 게 아닌가 의심이 들었을 뿐이오. 난 계집을 두드려 패서 자백을 받을 생각이었소. 그러자 계집이 얼음송곳을 집더니 마구 비명을 지르더군. 그러고 있는데 어떤 남자의 발소리가 들렸소. 순간 덫에 걸렸구나 싶었지."

리노는 말하기가 힘겨워지자 더 천천히 시간과 공을 들여 한 단어 한 단어를 차분하고 신중하게 내뱉었다. 목소리가 흐릿해졌지만 그는 아닌 척했다.

"나 혼자 당할 수야 없지 않소. 난 계집한테서 송곳을 빼앗아 찔러 버렸소. 그때 당신이 두 눈을 감은 채 말처럼 맹렬히 달려오더군. 그때 계집이 비틀대다 당신과 부딪혔소. 당신은 쓰러져 계집과 함께 굴렀는데, 어느새 당신 손은 송곳 손잡이를 쥐고 있었소. 당신은 계집처럼 평온하게 손잡이를 잡고 잠들었소. 난 그제야 내가 무슨 짓을 했는지 깨달았소. 젠장, 계집이 죽어 버린 거요. 더 이상 어쩔 수 없었소. 난 불을 끄고 집으로 돌아갔소. 당신이……."

피곤해 보이는 구급 대원이(포이즌빌에서 쉴 새 없이 일거리를 준 탓에) 방으로 들것을 가지고 오는 바람에 리노의 이야기가 끝이 났다. 나는 뛸 듯이 기뻤다. 원하는 정보는 다 들었는데, 거기 앉아서 그가 죽을 때까지 떠드는 모습을 지켜보는 것은 썩 유쾌한 일이 아니었기 때문이다.

나는 미키를 구석으로 데려가 귀에 대고 투덜댔다.

"지금부터는 이 일을 자네가 맡아 주게. 난 좀 숨어 있어야겠네. 혐의는 벗겠지만 위험을 감수하기엔 포이즌빌을 너무 잘 알아서 말일세. 자네 차를 몰고 역으로 가서 오그덴 행 기차를 탈 생각이네. 거기서 P. F. 킹이라는 이름으로 루즈벨트 호텔에 묵을 걸세. 쭉 지켜보다가 다시 내 이름을 써도 좋은지 아니면 온두라스로 여행이라도 가는 게 좋을지 알려 주게."

오그덴에서 머무르는 일주일 동안 나는 내가 한 일을 보고하기보다는 법률과 탐정사무소 규율을 덜 어기고 사람을 덜 잡은 것처럼 보이도록 보고서를 꾸미느라 여념이 없었다.

미키는 엿새가 지난 뒤에 호텔에 도착했다.

미키는 리노가 죽었고, 내가 더 이상 범죄자가 아니며, 퍼스트 내셔널 은행 강도사건의 약탈물이 회수되었고, 맥스웨인이 팀 누넌을 살해했다고 자백했으며, 퍼슨빌에 계엄령이 선포되어 가시 하나 없는 달콤한 장미꽃밭으로 변하고 있다고 전해 주었다.

미키와 나는 샌프란시스코로 돌아갔다.

보고서를 그럴듯하게 꾸미느라 들인 땀과 노력을 아끼는 편이 나았을지도 모르겠다. 보스는 결코 속지 않았으니까. 나는 보스한테 경을 치게 혼쭐이 났다.

〈끝〉

대실 해밋 연대표

1894년 _ 5월 27일, 메릴랜드 세인트 메리스 카운티에서 리처드 토머스 해미트와 애니 본드 대실의 세 자녀 중 둘째로 새뮤얼 대실 해미트(Samuel Dashiell Hammett)가 출생.

1898년 _ 볼티모어로 이사감. 아버지는 영업사원, 버스차장, 공장 십장, 경비원 등 갖은 일을 하며 가족 생계를 책임짐.

1908년 _ 볼티모어 기술 전문학교에 입학. 그러나 생활고로 1년도 채 되지 않아 학교를 그만두고 신문 배달원, 사환, B&O 철도의 화물 관리 직원, 포 앤드 데이비스 주식 중개회사 사무원으로 근무.

1915년 _ 콘티넨털 빌딩에 위치한 핑커튼 탐정사무소(Pinkerton detective agency)에서 탐정 일을 시작. 이곳에서 선배 탐정 제임스 라이트(James Wright)에게 일을 배움. (해밋은 훗날 선배인 제임스 라이트가 『붉은 수확』, 『데인 가의 저주』 등의 주인공이 된 콘테넨털 탐정의 모델이 되었다고 밝힘.)

1918년 _ 메릴랜드 미드 신병훈련소에 입소, 군인으로서 복무. 부상자 수송 중대에 배속되나 그해 10월, 고열로 인해 병원에 입원한 후, 기관지 폐렴을 진단받음.

1919년 _ 2월에는 결핵 진단을 받고 제대. 병마와 싸우면서도 적은 장애 연금으로는 생활이 힘들어 핑커튼 탐정으로 복귀, 그러나 병이 도져 다시 입원.

1920년 _ 아이다호와 몬태나에서 핑커튼 탐정으로 근무하며 아나콘다 광산 파업 사건에 휘말림. 이때 파업을 방해하는 역할을 함으로써 평생을 따라다니는 오점으로 남음. 그해 11월 다시 병세가 악화되어 병원에 입원.

1921년 _ 어머니가 사망함. 간호사 조세핀 돌런(Josephine Dolan)과 사랑에 빠져 결혼하여 그해 10월 딸 메리 제인을 낳음(훗날 해밋은 몇몇 사람들에게 메리 제인이 친자가 아니라고 언급.).

1922년 _ 퇴역 군인회에서 지급하는 보조금으로 먼슨 비즈니스 칼리지에서 속기와 작문을 배움. 그해 10월, 첫 번째 단편 「마지막 화살(The Parthian Shot)」이 잡지 《더 스마트 셋(The Smart Set)》에 수록됨. 이후 핑커튼 탐정사무소에서 근무하던 경험을 살린 자전적 소설 「사립탐정의 회고록에서(From the Memoirs of a Private Detective)」 등 네 편의 단편을 차례로 발표. 피터 콜린슨(Peter Collinson)라는 필명으로 《블랙 마스크(Black Mask)》에 처음 기고한 글 「집으로 가는 길(The Road Home)」이 12월 출간.

1923년 _ 10월 《블랙 마스크》에 발표한 단편 「방화 더하기(Arson Plus)」에 처음으로 익명의 탐정이 등장함. 훗날 『붉은 수확』 등 2편의 장편소설과 28편의 단편의 주인공이 된 콘티넨털 탐정의 시초가 됨.

1924년 _ 「터크 가의 집(The House on Turk Street)」, 「그 아무개 아이(The Whosis Kid)」, 「그은 얼굴(The Scorched Face)」, 「열 번째 실뭉치(The Tenth Clew)」, 「죽은 노란 여자들(Dead Yellow Women)」 등 《블랙 마스크》에 정기적으로 단편을 발표.

1926년 _ 5월 24일 딸 조세핀 레베카 출생. 7월에는 음주 문제로 인해 근무 중 폐출혈로 쓰러짐.

1927년 _ 1월, 《토요 문학 비평(Saturday Review of Literature)》에서 범죄 소설 비평을 시작. 「한탕(The Big Knock-Over)」, 「106,000달러 사례금($106,000 Blood Money)」, 「주요 죽음(The Main Death)」을 차례로 집필. 이 시기에 첫 장편소설 『포이즌빌(Poisonville)』을 집필 시작, 제1화가 《블랙 마스크》 11월 호에 수록됨.

1928년 _ 2월, 출판사 알프레드 A. 노프(Alfred A. Knopf)에 완성된 『포이즌빌(Poisonville)』을 『붉은 수확』으로 제목을 바꿔 넘기나 출판사 대표 블랑슈 노프(Blanche Knopf)가 출간 전 폭력적인 장면의 수위를 낮추는 등 몇 가지 수정을 제안. 해밋은 이를 받아들임. 6월, 두 번째 장편소설 『데인 가의 저주』를 완성하여 11월부터 《블랙 마스크》에 연재. 연말에는 『몰타의 매』를 탈고.

1929년 _ 2월, 『붉은 수확』이 출간되고 파라마운트 영화사에서 영화화 판권을 사들임. 출판사 노프에서 『데인 가의 저주』와 『몰타의 매』를 계약. 이 시기 작가 겸 여배우인 넬 마틴(Nell Martin)과 값비싼 새 아파트에서 동거를 시작. 7월에 『데인 가의 저주』가 출간되어 호평을 받고 높은 판매고를 올림. 9월부터 『몰타의 매』가 《블랙 마스크》에서 연재됨.

1930년 _ 2월, 『몰타의 매』가 출간되어 저명한 비평가들로부터 극찬을 받으며 높은 판매고를 올림. 파라마운트 영화사에서 『붉은 수확』을 각색한 영화 「로드하우스 나이트(Roadhouse Nights)」를 개봉. 3월부터 《블랙 마스크》에 『유리 열쇠』를 연재하여 완성. 이 시기에《뉴욕 이브닝 포스트》의 범죄 소설 평론가로 일을 시작함. 6월에는 워너브라더스 영화사에서 『몰타의 매』 영화 판권을 사들임. 11월, 당시 작가 아서 코버(Arthur Kober)의 아내였던 릴리언 헬먼(Lillian Hellman)을 한 파티에서 만나 연인 사이가 됨.

1931년 _ 『유리 열쇠』가 출간되어 호평을 받음. 뉴욕으로 이사한 뒤 작가 윌리엄 포크너(WIlliam Faulkner)와 친분을 맺음. 5월, 워너브라더스 영화사의 「몰타의 매」가 개봉.

1932년 _ 폭행과 강간 미수 혐의로 영화배우 엘리즈 드 비안느(Elise De Vianne)의 고소로 유죄 판결을 받음.

1933년 _《리버티(Liberty)》에 3부작 중편 「어둠 속의 여자(Woman in the Dark)」를 연재. 『그림자 없는 남자』를 탈고. 릴리언 헬먼과 함께 플로리다 키스 제도에 장기간 머물며 그녀의 희곡 「아이들의 시간(The Children's Hour)」을 쓰는 것을 도움.

1934년 _ 1월, 『그림자 없는 남자』 출간. 6월에 MGM에서 제작한 영화가 6월 개봉.

1935년 _ 빚이 늘어나 채권자들로부터 고소를 당함. 여름에 로라 페렐먼과 잠시 연애. 파라마운트 영화사에서 조지 래프트, 에드워드 아놀드 주연 영화 「유리 열쇠」 개봉. 유니버셜 영화사에서 단편을 바탕으로 만들어진 영화 「미스터 다이너마이트(Mister Dynamite)」 개봉.

1936년 _ 1월 열린 《블랙 마스크》 파티에서 하드보일드의 또 다른 대표 작가 레이먼드 챈들러(Raymond Chandler)를 만나 친분을 쌓음. 당시 공산당에 비밀 회원으로 가입. 워너브라더스에서 『몰타의 매』를 두 번째로 영화화하여 「사탄, 숙녀를 만났다(Satan Met a Lady)」라는 제목으로 개봉.

1937년 _ 반 나치 연맹(Anti-Nazi League)과 서부 작가 대회(Western Writers Congress)를 지지하는 등 정치적 활동을 함. 금주에 성공하지만 이혼 소송을 당함.

1938년 _ 4월, 릴리언 헬먼, 랭스턴 휴스(Langston Hughes), 도로시 파커, 말콤 카울리(Malcolm Cowley) 등의 다른 작가들과 함께 스탈린 대숙청을 옹호하는 선언에 서명. 건강이 악화되어 입원하나 이 시기에 다시 술을 입에 댐. 모던 라이브러리 출판사와 새로운 소설 『한 젊은이가 있었네(There Was a Young Man)』를 계약하지만 원고 미납으로 파기됨.

1939년 _ 공산당의 후원을 받는 출판사 이퀄리티 퍼블리셔의 편집위원이 됨.

1940년 _ 랄프 잉거솔을 도와 그의 신문사 PM의 직원들을 채용. 하지만 랄프 잉거솔은 이 신문에 공산주의자의 영향력이 커지고 있음을 공개적으로 비난한 뒤 주주들에게 보내는 문서를 통해 해밋과의 절교 선언. 미국 공산당 서기장 얼 브라우더(Earl Browder)의 대통령 선거운동에 참여.

1941년 _ 독소불가침조약 이후 공산당 정책 변화에 따라 영국 무기 대여와 미국의 전쟁 가담을 공공연하게 반대하나 6월, 독일이 소련을 공격하자 전쟁 지지로 돌아섬. 미국 작가 연맹(League of American Writers)의 회장으로 당선. 존 휴스턴 감독이 험프리 보가트와 메리 애스터 주연으로 새롭게 찍은 영화 「몰타의 매」가 개봉하여 큰 성공을 거둠.

1942년 _ 계약 불이행으로 랜덤하우스에 원고 계약금을 반납. 「유리 열쇠」가 두 번째로 영화화되어 개봉. 미국 2차 세계대전 참전과 함께 군에 자원입대.

1943년 _ 6월, 정치적으로 불온한 병사들을 격리하는 시설인 펜실베이니아의 쉐낭고 훈련소로 보내졌다가 다시 알래스카의 랜덜 기지로 재발령남.

1944년 _ 1월, 《애더키안(The Adakian)》이라는 이름의 군보를 발간.

1945년 _ 9월 제대.

1946년 _ 6월, 공산당에서 후원하는 뉴욕의 민권 대회(Civil Rights Congress) 회장으로 선출. 제퍼슨 사회과학 학교에서 1956년까지 추리소설 작문을 가르침.

1947년 _ 딸인 메리 제인과 함께 생활을 시작함.

1948년 _ 아버지가 사망함. 워너브라더스 영화사와 '샘 스페이드'라는 이름을 갖고 판권 분쟁이 일어남. 이 시기에 장기간의 음주로 병원에 입원하여 금주.

1949년 _ 워너브라더스 영화사에게 패소. 8월, 제퍼슨 사회과학 학교의 재단 이사장으로 선출.

1950년 _ 아내와 딸 조세핀과 함께 생활. 릴리언 헬먼의 희곡 「가을 정원(The Autumn Garden)」을 함께 작업.

1951년 _ 딸 조세핀, 손녀 앤과 함께 생활함. 정부 전복 혐의로 유죄가 확정된 네 명의 공산주의자가 행방을 감추자 보석 자금 관리를 하던 해밋이 소환됨. 법정에서 답변을 거부하자 법정 모독죄로 6개월 형을 선고받고 켄터키 애시랜드 연방 교도소에 수감.

1952년 _ 국세청에서 10년간 밀린 세금에 대해 선취 특권을 행사함으로써 거리에 나앉게 됨. 뉴욕 캐토나에 있던 친구 새뮤얼 로젠 박사의 호의로 임대료 없이 그곳 문지기 오두막에서 살게 됨.

1955년 _ 8월, 릴리언 헬먼과 지내는 동안 심장마비 증세를 겪음.

1956년 _ 밀린 세금에 대해 연방 소송을 당함.

1957년 _ 2월, 4년간 밀린 세금을 갚으라는 명령을 받음.

1958년 _ 건강이 악화되어 릴리언 헬먼의 아파트에 들어감.

1959년 _ 중증 호흡기 질환을 이유로 퇴역 군인회에서 약간의 연금을 받음.

1960년 _ 릴리언 헬먼의 연극 「다락방의 장난감(Toys in the Attic)」 초연을 보기 위해 외출했으나 병세가 악화되어 이후 외출을 하지 못함.

1961년 _ 1월 10일, 레녹스 힐 병원에서 폐암으로 숨을 거둠. 장례식은 뉴욕의 프랭크 E. 캠벨 장례식장에서 치러지고 1월 13일, 알링턴 국립묘지에 묻힘.

옮긴이 | 김우열

전자공학을 전공하고 휴대전화를 설계하다가, 가슴에서 느껴지는 묘한 통증에 이끌려 명상의 길로 들어섰다. 이를 계기로 안정된 직장을 그만두고 자신이 가고자 하는 길에 좀 더 부합하는 번역에 입문했다. 함께 잘사는 것만이 유일한 길이라는 생각으로, 2003년부터 번역지망생과 꾸준히 교류했고 현재 지망생스터디 카페 '주간번역가' 카페지기로 활동하고 있다. 지은 책으로 『나도 번역 한번 해볼까?』, 옮긴 책으로 『계층이동의 사다리』, 『구글드』, 『시크릿』, 『몰입의 재발견』, 『죽음의 신비』, 『평전 마키아벨리』 등이 있다.

대실 해밋 전집 1

붉은 수확

1판 1쇄 펴냄 2012년 1월 16일
1판 4쇄 펴냄 2023년 5월 17일

지은이 | 대실 해밋
옮긴이 | 김우열
발행인 | 박근섭
편집인 | 김준혁
책임편집 | 김준혁 · 장은진
펴낸곳 | 황금가지

출판등록 | 2009. 10. 8 (제2009-000273호)
주소 | 06027 서울 강남구 도산대로 1길 62 강남출판문화센터 5층
전화 | **영업부** 515-2000 **편집부** 3446-8774 **팩시밀리** 515-2007
홈페이지 | www.goldenbough.co.kr

도서 파본 등의 이유로 반송이 필요할 경우에는 구매처에서 교환하시고
출판사 교환이 필요할 경우에는 아래 주소로 반송 사유를 적어 도서와 함께 보내주세요.
06027 서울 강남구 도산대로 1길 62 강남출판문화센터 6층 민음인 마케팅부

㈜민음인은 민음사 출판 그룹의 자회사입니다.
황금가지는 ㈜민음인의 픽션 전문 출간 브랜드입니다.